祕密花園

The Secret Garden

FRANCES
HODESON BURNETT
法蘭西絲・霍森・柏內特——著
謝靜雯——譯

導讀與領讀

——諮商心理師蘇絢慧

《祕密花園》與《柳林風聲》、《愛麗絲漫遊奇境》並列為最受喜愛的青少年文學經典，它們描寫與敘述的故事，和青少年生命發展階段的任務與課題極有呼應性和可看性。青少年階段的生命發展任務是建立「身份認同」和解決「角色混淆」的問題。從《祕密花園》的故事中，兩個少年的喪親悲傷遭遇，讓他們分別遭遇到不知道如何看待自己的問題，也不知道究竟自己該何去何從。

故事裡的孩子，一是失去雙親的瑪麗，她自小生活在印度，由印度籍保母與女傭伺候，對生活的一切一無所知，連雙親因霍亂死去的時候，她也渾然不知，對自己的遭遇與命運更是毫無頭緒。之後，她被送回家鄉英國，寄養在喪妻的姑丈莊園裡繼續生活。由於姑丈仍陷在喪妻之痛中，無心力照顧瑪麗，也無心力照顧自己的兒子柯林，也就是瑪麗的表哥，於是瑪麗和柯林成了莊園裡兩個孤單與不快樂的孩子。

故事由此處展開。從情節的推演中，我們可以看見瑪麗與柯林面對從幼年開始，即受到冷漠、拒絕與疏離的處境，如何從一處隱藏著祕密而被荒廢的花園中，漸漸地發現花園的綠意生機，以及看見花園裡的生命都仍在盡情各自開展生命力。他們低落及憂傷的生命，似乎也從「重建花園」的過程中，重新看見真正的自己，一步一步克服與跨越恐懼與孤單，也迎來自己生命的喜悅及釋放。

以此比擬，我們每個人心中也都有一座祕密花園，也許曾經遭遇某些不為人知的苦痛及悲傷，甚至長久的封閉與孤寂以致荒廢心靈、放逐自我，然而，人的內心確實猶如花園，即使內心脆弱卻同時又充滿生命力、韌性，也同植物及大自然一樣深具療癒力，能在風雨過後、春天到來時，重新站起來或再次萌芽，讓生命的更新生生不息。

你是否在過往的遭遇，也曾有自己對生命際遇的疑惑和不解，也曾感到內心憔悴與孤寂？在《祕密花園》的故事裡，你會看見療癒始終在自然界運行，當你不放棄對生命的熱愛，也不放棄領會愛的存在，那就是療癒。

讀者們可以透過以下五個提問，展開讀書會討論及交流：

1. 在故事中，你對瑪麗與柯林的遭遇有什麼感想？是否在過往，你也有相似的遭遇或經歷，也曾對生命存在感到迷惘？
2. 這是一個從孤苦無依、被自我放逐的經歷，走向擁抱生命與擁抱情感的歷程。

你認為瑪麗與柯林是如何從「令人不喜歡的孩子」的命運，漸漸地克服內心自卑與空洞狀態，成為一個擁有健康情感的人？

3.故事中，因為有朋友伸出友誼之手，並且把生機盎然的花園介紹給瑪麗，讓瑪麗內心的無彩世界開始擁有美麗色彩。你的生命是否也曾經歷友誼關懷，讓你幽暗無色彩的內心漸漸開始看見色彩，找回生命的活力？

4.這本故事的作者柏內特透過創作本書也在探尋自己的療傷之路。或許她投射自己為壞脾氣瑪麗，後來成為討人喜歡的女孩，並從大地之母賜予的美好萬物中獲得對自我療癒的啟發與感動。與書中的喪親主角一樣，作者也歷經喪子之痛，從打造一座屬於自己的花園中甦醒，安放了悲傷，繼續珍愛生命的創作力。你是否也有喪親之痛，那一份痛楚與思念，你又是如何安放的呢？

5.如果，瑪麗與柯林是你認識的孩子，或是你認識的人，你會想對瑪麗與柯林表達什麼同理與肯定之語？你想要傳達的關懷情感會是什麼？

目次

01 人去樓空

瑪麗．萊尼克斯被送到米瑟威特莊園跟姑丈一起住的時候，大家都說從沒見過長相這麼不討喜的小孩，這倒是真的。她有張削瘦的小臉，身形瘦小乾癟，淺色頭髮稀稀疏疏，還老是臭著一張臉。她在印度出生，從小身體大小毛病沒斷過，臉色跟髮色都黃蠟蠟的。她爸爸替英國政府工作，老是忙得團團轉，身體也總是欠安。她媽媽是個大美人，一心只顧著到處參加宴會，跟愛找樂子的人一同尋歡作樂。她根本不想生小孩，瑪麗一出生，她就連忙把瑪麗託給印度奶媽照顧，而且打從一開始就把事情講白：要是奶媽想討女主人歡心，就盡量別讓她見到小孩。瑪麗還是個體弱多病、愛哭愛鬧又醜兮兮的小娃兒時，就被抱得遠遠的。等瑪麗學會走路，變成體弱多病、愛哭愛鬧的小女孩時，依然被遠遠帶開。在瑪麗的記憶中，除了印度奶媽跟當地僕人黑黝黝的臉龐以外，沒看過什麼親近的人事物。要是讓瑪麗的哭鬧吵到夫人，夫人可會大發雷霆，於是奶媽與僕人總是對瑪麗唯命是從，事事順她的意。到了六歲，瑪麗已經成了惹人嫌的自私小暴君。有個英國年輕女家教來教瑪麗讀書寫字。女家教很討厭瑪麗，短短三個月就辭職求去。陸陸續續前來頂替的女家教，卻總是比第一個更快離開。要不是瑪麗真心想學讀書識字，到現在可能連字母都沒學會。

某天早晨，天氣悶熱得嚇人，那時瑪麗大約九歲。她醒來就覺得有氣，看到床邊站的僕人不是平時的奶媽，心裡就更煩了。

「你來幹嘛？」她對陌生女人說：「我不准你待在這邊，叫我奶媽過來。」

女人一臉害怕，但只是吞吞吐吐說：奶媽沒辦法過來。結果瑪麗大吵大鬧，對女人又踢又打，但女人只是一臉更惶恐，再三重複說：奶媽沒辦法來小姐身邊。

那天早晨瀰漫著一股神祕氣氛，沒一件事照著平日的慣例進行，好幾位當地僕人好像都不見人影。瑪麗看到的那幾位，個個面如死灰、神情驚懼，要不是悄悄來去，不然就是快步疾走。可是沒人願意跟她透露什麼，奶媽還是遲遲不來。晨間時光漸漸流逝，瑪麗孤零零的沒人理會。她東晃西蕩，最後走進花園，到迴廊附近的樹下獨自玩耍。瑪麗假裝自己正在打造花圃，把大大的猩紅色木芙蓉插在小土堆上，火氣愈來愈大，口中唸唸有詞，忙著演練奶媽莎蒂回來時，要對她說以及要臭罵她的話。

「豬！豬！豬玀的女兒！」她說。因為罵當地人豬玀，是最嚴重的侮辱。

瑪麗咬牙切齒反覆說著，這時就聽到媽媽跟某人踏上屋外迴廊。媽媽身邊有個金髮膚白的青年。兩人站在那裡，以低沉奇怪的語調交談。瑪麗認識那個年輕人，他的模樣像個男孩，聽說剛從英國過來，是個年紀很輕的軍官。瑪麗盯著軍官看，但大多時候還是目不轉睛望著媽媽。瑪麗一有機會看到媽媽，總是有這種反應，因為夫人（瑪麗向來這麼稱呼她）身材高䠷苗條，長相姣好，穿的衣服非常美麗。秀髮宛若捲起的絲綢，鼻子小巧精緻，似乎什麼都不看在眼裡。夫人有雙笑盈盈的大眼睛，穿的衣服質料輕薄，隨風飄逸。瑪麗用「滿滿的蕾絲」來形容這些服飾。今天早晨，媽媽身上的衣服，似乎比平常點綴了更多蕾絲，眼裡卻不帶一絲笑意。媽媽杏眼圓睜、滿是恐懼，哀求似的仰望那位金髮膚白軍官的臉龐。

「狀況有那麼糟嗎？噢，是真的嗎？」瑪麗聽到媽媽說。

「很慘，」年輕人抖著聲音說：「真的很慘，萊尼克斯太太。你早該在兩個星期以前進山裡避難的。」

夫人焦慮的絞著雙手。

「噢，我知道我早該去的！」她嚷嚷：「我留下來只是為了參加那場愚蠢的晚宴，我真傻！」

就在那一刻，僕人的宿舍突然傳來哭號，媽媽一把揪住青年的胳膊。瑪麗全身打著哆嗦站起來。哀號聲愈來愈狂亂。

「怎麼啦？怎麼啦？」萊尼克斯太太倒抽一口氣。

「有人死了，」年輕軍官回答：「你怎麼沒說僕人之間已經爆發疫情了？」

「我又不知道！」夫人高喊：「跟我來！快跟我來！」她轉身奔進屋裡。

接著，恐怖的事情接二連三發生，瑪麗終於明白了那天早晨的謎團。原來有種最致命的霍亂爆發了，大家像蒼蠅一般紛紛染病死去。奶媽前一天晚上就病倒了，剛剛就是因為奶媽死了，所以僕人們才在小屋裡哀嚎痛哭。還不到隔天，又有三個僕人一命嗚呼。僕人們因為害怕而逃之夭夭。恐慌氣息籠罩著每個角落，所有的平房裡都有垂死的人。

翌日，在一片混亂跟惶恐之中，瑪麗躲進育兒室，被大家所遺忘。沒人想到她，也沒人想要她。出了怪事，她卻被蒙在鼓裡。在那段時間裡，瑪麗哭個不停，睡睡又醒醒。她只知道大家病了，耳邊淨是神祕又駭人的聲響。有一次，她悄悄溜進飯廳，發現那裡空蕩蕩的。吃到一半的餐點就擱在桌上，椅子跟盤子被推開，彷彿用餐的人不知怎的急忙起身。她吃了點水果跟餅乾，因為口乾舌燥，又喝下將近滿杯的酒。她不知道這個酒有多烈，只覺得嚐起來甜甜的。不久，就覺得好睏，於是回到育兒室，把自己關在裡頭。小屋那邊不斷傳來哭喊跟倉促的腳步聲，她害怕極了。酒使她昏昏欲睡，幾乎撐不開眼皮。她躺在床上，好長一段時間不省人事。

她深陷夢鄉的那段時間裡，發生了不少事情。但她睡得好沉，小平房傳來的哭喊哀號，或是有東西被扛進扛出的聲音，一概都沒驚擾到她。

她一覺醒來，卻繼續躺平，盯著牆壁看。房裡一片靜悄悄。就她記得的，家裡從沒這麼安靜過，既聽不到講話聲，也聽不見腳步聲。她納悶，不知道染上霍亂的人是不是都康復了？災難是不是過去了？她也在想，既然奶媽死了，接下來換誰來照顧她？會有新的奶媽過來，也許那個奶媽會知道一些新故事。以前的故事瑪麗都聽膩了。奶媽死了，但她沒哭。她不是那種重感情的孩子，不曾真正關心過誰。大家忙著應付霍亂，腳步非常倉促，也頻頻傳出哭喊哀嚎，這些噪音都讓她害怕。好像沒人記得她還活著，這點讓她覺得氣悶。大家在驚慌過度的情況下，無人想起那個沒人喜愛的小女孩。大家碰上霍亂的時候，眼中似乎只剩自己，其他一概不復記憶。可是等大家康復了，一定會有人想起來，然後來找她才對。

不過，就是沒人來。當她躺著等待的時候，屋裡似乎愈來愈安靜。她聽到草蓆上有東西窸窣作響，往下一瞧，看到有條小蛇滑了過來，用珠寶般的雙眼望著她。這種小蛇無害，傷不了她，所以她不怕。蛇好像趕著離開房間。她看著蛇從門下縫隙鑽了出去。

「好奇怪，好安靜喔，」她說：「小平房好像只剩下我跟蛇。」

話才說完，馬上就聽到大院裡有腳步聲，接著腳步聲來到迴廊上，是男人的腳步聲。那些男人走進小平房，壓低聲音交談。沒人去迎接他們或是跟他們講話。他們好像輪流把門一扇扇打開，四處巡視房間。

「真是太悲慘了！」她聽到有人說。「那麼美麗的女人！我想，那孩子的下場也一樣。聽說有個孩子，只是一直沒人看到。」

幾分鐘過後，他們一推開門就看到瑪麗。她站在育兒室中央，這個小小人兒看來又醜又暴躁。因為肚子剛好餓了，加上大家對她不聞不問，所以氣得眉頭緊皺。先走進來的是一位魁梧的軍官，她以前看過他跟爸爸說話。高大軍官一臉疲倦苦惱，可是一看到她便大吃一驚，嚇得幾乎往後跳了一步。

「巴尼！」他大喊，「這邊有個孩子！孤零零一個人！竟然在這種地方！老天爺，她是誰啊？」

「我是瑪麗．萊尼克斯，」小女孩說，僵硬的挺直身子。男人提到爸爸的小平房時，竟然說什麼「在這種地方」，她覺得這樣說很沒禮貌。「大家得到霍亂的時候，我睡著了。我剛剛才醒來。為什麼沒人過來？」

「是那個一直沒人看到的孩子！」男人驚呼，轉向他的同伴：「她真的被大家忘了！」

「為什麼大家把我忘掉了？」瑪麗邊說邊跺腳：「為什麼沒人過來？」名叫巴尼的青年很傷心的望著她。瑪麗甚至覺得自己看到他眨了眨眼睛，想把淚水眨掉似的。

「可憐的孩子！」他說：「這裡一個人也不剩，所以沒人能過來。」

就在這種怪異又突然的情況下，瑪麗發現自己失去雙親，他倆都病死了，連夜被送走。少數倖存的幾位當地僕人，也都急著離開這棟房子，沒人記得有個小小姐，所以整個地方才會這麼安靜。小平房裡除了她跟那條沙沙作響的小蛇，真的一個人也沒有。

02 瑪麗小姐臭脾氣

瑪麗總是喜歡從遠處望著媽媽。她覺得媽媽真漂亮。可是，既然瑪麗對媽媽認識不多，所以期待瑪麗很愛媽媽，在喪母之後十分想念，是不可能的事。其實，瑪麗根本不想念媽媽。瑪麗這孩子很自我，眼裡向來只有自己。要是年紀大一點，發現自己一人孤零零留在世上，一定會很焦慮。可是，正因為她年紀還小，向來有人照顧得服服貼貼，她自然以為永遠會這樣下去。她滿腦子都是：不知道收留她的是不是好人家？那邊的人會不會像奶媽跟當地僕人那樣，對她很客氣？讓她為所欲為？

起先她被帶到英國牧師克勞福先生家去。她知道自己不會一直待在那裡，也不想待下來。牧師一窮二白，養了五個年齡相仿的孩子。小孩一身破破爛爛，老是吵鬧不休、爭搶玩具。他們家的小平房亂糟糟的，瑪麗覺得好討厭。瑪麗對他們很不客氣，才來這裡一兩天，就沒人願意跟她玩了。到了第二天，他們就替她取了個綽號，氣得她火冒三丈。

先想到這個綽號的是貝索。貝索這個無禮小男孩，有雙放肆無禮的藍眼睛跟朝天鼻，瑪麗好討厭他。就像霍亂爆發那天一樣，她自己在樹底下玩耍。她打造了個小花園，弄出幾個土堆，土堆之間用小徑隔開。貝索湊過來，站在附近看她玩。他興致一來，突然提出建議。

「要不要在這邊放一堆石頭，當成假山？」他說：「就在中間那邊。」他傾身指出位置。

「走開啦！」瑪麗大喊：「我不想跟男生玩，走開！」

頓時，貝索一臉氣呼呼，接著開始捉弄她。他平日就常捉弄自家姊妹。他繞著她跳舞、扮鬼臉，又唱又笑。

瑪麗小姐臭脾氣，
你的花園有不有趣？
銀鐘花、貝殼蘭、金盞花，
全部排排站一起。

他唱個不停，最後其他孩子都聽到了，跟著哈哈大笑。瑪麗火氣愈大，他們就唱得愈起勁。之後這段期間，他們私底下談到她的時候，就老叫她「瑪麗小姐臭脾氣」，跟她講話時也常這麼叫她。

「你快被送回家鄉了，」貝索跟她說：「就是這個週末，我們都很高興。」

「我才高興呢，」瑪麗回答：「家鄉在哪裡？」

「她竟然不知道家鄉在哪裡！」貝索說，用的是七歲小孩那種輕蔑語氣：「當然是英國啊，我們家奶奶就住那邊，我們姊姊梅柏去年被送到她那裡。你不是要去你奶奶那邊，你沒有奶奶，你是要去你姑丈那裡，他叫亞奇伯．克瑞文先生。」

「他的事情，我什麼都不曉得。」瑪麗氣沖沖說。

「我知道你不曉得，」貝索回答：「你什麼也不知道，女生什麼都不懂。我聽到我爸媽講起他，說他住在鄉下一棟好大的房子裡，房子好大好荒涼，沒人接近他。說他脾氣壞死了，不讓別人靠近。即使他願意讓別人過來，別人也不肯去。他是駝子，人很壞。」

「你說的話，我才不信。」瑪麗說。她不想再聽，轉身用手指堵住耳朵。

可是，事後瑪麗想了好久好久。克勞福太太那天晚上跟瑪麗說，再過幾天就要送她搭船回英國，到姑丈身邊去，也就是住米瑟威特莊園的亞奇伯．克瑞文先生。瑪麗面無表情、不感興趣的倔強模樣，讓他們不知該作何感想。他們試著對她好，可是，克勞福太太想親親她時，她只是把臉別開；克勞福先生拍拍她肩膀時，她只是僵著身子。

「她這孩子長得真不起眼，」克勞福太太事後同情的說：「她媽媽是個美人胚子，也很有教養。可是，瑪麗的表現是我見過的孩子裡，最不討人歡心的一個。我們家孩子叫她『瑪麗小姐臭脾氣』，雖然這樣很頑皮，可是，孩子們會這樣，也是有幾分道理啊。」

「要是瑪麗的媽媽更常去育兒室露露臉，讓瑪麗多看看那張漂亮臉蛋跟良好儀態，瑪麗可能多少會學到一點待人處世之道。那個可憐的美人兒現在過世了，很多人根本不知道她有個孩子呢，想來還真心酸。」

「她一定很少正眼看瑪麗，」克勞福太太嘆口氣說：「瑪麗的奶媽病死的時候，根本沒人想到這個小不點。真是的，僕人自顧自逃命去，把她一人丟在空蕩蕩的平房裡。麥格魯上校說，他打開門，發現她一個人站在房間中央，差點嚇得魂都飛了。」

瑪麗在一位軍官夫人的照看下，遠渡重洋前往英國。夫人要帶自家孩子回英國上寄宿學校。她忙著照料自己的兒女，很樂意趕快把瑪麗交託給來接瑪麗的婦人。婦人名叫梅德拉克太太，是米瑟威特莊園的女管家，亞奇伯．克瑞文先生派她來倫敦跟軍官夫人會合。梅德拉克太太身材粗壯、面頰通紅，一雙黑眼神情銳利。她穿了深紫色洋裝，外面披了絲質黑斗篷，邊緣綴有烏黑的流蘇，頭戴黑呢帽，上面綴有幾朵絲絨紫花，只要腦袋瓜一動，花就會跟著顫抖。瑪麗一點也不喜歡她，不過既然瑪麗很少喜歡別人，所以這點也不足為奇。況且，梅德拉克太太對瑪麗顯然也沒什麼好感。

「天啊！她真是個不起眼的小東西！」梅德拉克太太說：「聽說她媽媽是個美人

胚子呢，這孩子怎麼沒遺傳到什麼呢？夫人？」

「也許長大就會漂亮一點吧，」軍官夫人好性子的說：「如果她氣色沒那麼差，表情開朗點，五官其實還不錯啦。孩子的改變是很大的。」

「那她得先經過十八變才行，」梅德拉克太太回答：「就我看來……米瑟威特莊園那裡，沒啥東西可以讓孩子變好！」

瑪麗站在下榻的旅館窗邊，他們隔了點距離，就以為她聽不見。瑪麗望著窗外來來往往的巴士、馬車跟行人，可是聽得一清二楚。她對姑丈跟他的宅邸愈來愈好奇。那是什麼樣的地方？他是什麼樣的人？什麼是駝子？她從沒見過，也許印度沒有駝子。

打從她寄人籬下、沒奶媽照顧以來，她開始覺得寂寞，腦子也萌生不曾有過的奇怪念頭。她開始想，爸爸媽媽還活著的時候，為什麼她好像從來就不屬於任何人？別的小朋友好像都屬於他們的爸爸媽媽，可是她好像不曾真正當過任何人的小女孩。她以前有僕人、食物跟衣服，可是從來沒人把注意力放在她身上。她並不知道這是因為她不討人喜歡。不過話說回來，她當然不知道自己很惹人厭。她常常覺得別人很討厭，卻不知道自己也很惹人嫌。

她覺得梅德拉克太太是她見過最討厭的人了，那張臉長相平凡，老是紅通通，還戴著樣式普通的細呢帽。隔天他們出發前往約克郡，穿越火車站，往車廂走去時，瑪麗把頭抬得老高，盡可能跟梅德拉克太太拉開距離，因為不想讓別人誤以為她是梅德拉克太太的孩子。想到別人可能會誤認她是梅德拉克太太的女兒，她就滿肚子火。

可是瑪麗跟她的想法完全影響不到梅德拉克太太。梅德拉克太太這種人「絕不容忍小鬼胡鬧」；如果有人問她，她就會這麼回答。因為她姊姊瑪麗亞的女兒就快結婚了，所以她根本不想到倫敦來。可是，她在米瑟威特莊園當管家，工作做得自在，薪水又不錯，如果想保住飯碗，不管亞奇伯．克瑞文先生吩咐什麼，一聲令下她就得馬上照辦，從來不敢多問。

「萊尼克斯上尉跟他太太得霍亂死了，」克瑞文先生冷淡簡潔的對她說：「萊尼克斯上尉是我太太的弟弟，我是他們女兒的監護人。這孩子要來這裡住，你得去倫敦把她接來。」

於是梅德拉克太太打包好，啟程上路。

瑪麗窩在車廂角落，模樣平庸又煩躁。瑪麗沒東西可讀可看，只好把戴著黑手套的瘦小雙手疊在腿上，一身黑洋裝襯得臉色更蠟黃，扁塌塌的淡色髮絲從縐綢黑帽底下散逸出來。

「我這輩子從沒見過這麼欠扁的小鬼，」梅德拉克太太心想。（「欠扁」是約克郡人的俗話，意思是被寵壞又任性的。）她從沒見過小孩什麼也不做，淨是坐著不動。最後她看瑪麗看得膩了，就用尖刻冷硬的語調開口說話。

「我想啊，乾脆先跟你說說你要去的地方吧，」她說：「你知道你姑丈的事嗎？」

「不知道。」瑪麗說。

「沒聽你爸媽講過？」

「沒有。」瑪麗皺著眉頭說。她眉頭緊鎖的原因是，她想到爸媽從沒跟她特別提過什麼，什麼事也沒跟她說過。

「噢。」梅德拉克太太咕噥，盯著瑪麗那張沒反應的怪異小臉，連續幾分鐘悶不吭聲，接著又開口了。

「我想先跟你講一些……讓你有點心理準備。你要去的地方很怪。」

瑪麗什麼也沒說。瑪麗那麼無動於衷的樣子，反倒惹得梅德拉克太太很不自在，但她深吸一口氣，然後再接再厲。

「那個地方寬闊又壯觀，可是氣氛陰森森。不過，克瑞文先生對這可是得意得很——這點也夠陰森的了。這棟大宅建在荒原旁邊，有六百年歷史。大宅裡有將近一百個房間，不過大部分都上鎖了。那裡有圖畫、精緻的老家具跟各式各樣的東西，歷史都很悠久了。大宅周圍有個大林苑，也有花園，還有樹木，枝椏都長得垂到地上——有些是啦。」她頓住，又吸一口氣。「可是，除此之外就沒別的了。」她突兀地收了尾。

瑪麗忍不住開始傾聽，聽起來跟印度真不一樣，凡是新鮮事都能吸引她，但她才不想露出感興趣的模樣呢。這就是她不討喜、惹人厭的特點之一。於是她不動如山的坐著。

「嗯，」梅德拉克太太說：「你覺得怎樣啊？」

「沒感覺，」她回答：「我對這種地方一點也不瞭解。」

聽到這個回答，梅德拉克太太短促一笑。

「哎唷！」她說：「你怎麼像個老太婆似的，你不在乎嗎？」

「不管我在不在乎，」瑪麗說：「都無所謂。」

「這倒是真的，」梅德拉克太太說：「是無所謂。為什麼要把你留在米瑟威特莊園，這我是不清楚啦，除非是覺得這樣安排最方便。有一點倒是很確定，他不會在你身上多花一絲力氣的，他沒在任何人身上下過功夫。」

她突然住嘴，好像及時想起什麼。

「他的背是駝的，」她說：「那就是他怪裡怪氣的原因。他結婚以前，悶悶不樂，有那麼多家產跟大宅也沒啥用處，一直到結了婚才改變。」

儘管不想露出在乎的模樣，但瑪麗的視線還是禁不住轉到對方身上。瑪麗從沒想過駝子也會結婚，所以有點訝異。梅德拉克太太原本就是長舌的人，一看到瑪麗的反應，就興致更高的講下去。好歹也可以用來打發時間。

「她是個甜美漂亮的人，如果她想要一根草，他會為了她走遍全世界去找。誰也沒料到她會嫁給他，可是她真的嫁了。大家都說她貪圖他的財產才嫁過來，可是她不是、真的不是，」她語氣堅定的說：「她過世的時候……」

瑪麗不禁嚇一跳。

「噢！她死了？」瑪麗情不自禁驚呼，想起以前讀過的一則法國童話《一撮髮王子里奇》，講的是個可憐駝子跟美麗公主的故事，她突然替亞奇伯．克瑞文先生難過起來。

「嗯，她死了，」梅德拉克太太回答：「他也變得更怪了。什麼人都不在乎，也不肯見人，大部分時間都出門在外。只要回米瑟威特莊園，就把自己關在大宅的西廂，只准皮契去見他。皮契很老了，一路看著他長大，對他一清二楚。」

聽起來好像書裡的情節，不過瑪麗聽了也沒比較開心。有一百個房間的大宅，幾乎全都上鎖禁入；建在荒原邊緣（不管荒原到底是什麼）的房子，聽起來怪可怕的。還有個駝背男人把自己鎖在房間裡！她抿緊嘴唇，瞪著窗外。天氣應景似的下起雨來，雨水好似灰色斜線傾瀉而下，濺在窗玻璃上往下流淌。如果那個漂亮太太還活著，可能會像媽媽一樣，帶來歡樂的氣氛，穿著「滿滿蕾絲」的長禮服，進進出出忙著參加宴會。可是她已經不在了。

「你不用巴望會見到他，因為十之八九，你是見不著的，」梅德拉克太太說：

「也千萬別期待會有人找你聊天，你得自個兒玩耍、照顧自己。到時有人會告訴你，哪些房間可以進去，哪些房間進不得。花園倒是多得很。可是在大宅裡，可不要到處亂晃、探頭探腦。克瑞文先生不准。」

「我才不想探頭探腦呢。」壞脾氣的小瑪麗說。她剛剛才突然替克瑞文先生覺得難過，轉眼又不替他難過了，開始覺得他這個人真討厭，會發生那些倒楣事都是活該。

她把臉轉向車廂窗戶，玻璃上雨水奔流。她往外盯著灰濛濛的暴雨，看起來彷彿會永遠下不停。她目光定定望著雨天良久，眼前那片灰色變得愈來愈沉重，最後她沉沉睡去。

03 穿越荒原

瑪麗睡了好久好久，一覺醒來，梅德拉克太太已經在沿途的車站買了午餐籃，兩人一起吃了點雞肉、冷牛肉、奶油麵包，還喝了點熱茶。雨勢似乎更猛烈了，雨水頻頻滑下車窗。車站裡的人都穿著雨衣，濕答答的閃著水光。列車員點亮車廂裡的油燈。梅德拉克太太喝過茶，吃了雞肉跟牛肉以後，心情大好；飽餐一頓之後，最後也睡著了。瑪麗直直坐好，盯著對方看，眼看著那頂細呢帽滑到一邊去。雨水嘩啦啦濺在車窗上，很有催眠效果，最後瑪麗又在車廂角落裡睡著了。再次醒來時，天色早已昏暗。火車已經靠站，梅德拉克太太正想把她搖醒。

「你睡得還真熟！」梅德拉克太太說：「該張開眼睛嘍！司威特火車站到了，還得搭馬車走好長一段路呢。」

梅德拉克太太忙著收拾行囊的時候，瑪麗站起來，努力想撐開眼睛。這個小女孩沒主動幫忙，因為在印度，當地僕人自然會動手收拾或提東西，有人服侍是天經地義的事。

火車站小小的，似乎只有他們要下火車。站長用一種隨意又和善的語氣跟梅德拉克太太交談，口音濃重、發音古怪，瑪麗後來才知道約克郡人就是這麼說話。

「回來啦，」他說：「那個小的也帶來了啦。」

「嗯，就她沒錯。」梅德拉克太太也用約克郡腔答話，轉頭朝瑪麗的方向猛點一下腦袋。「你家太太還好嗎？」

「還行，馬車在外頭等著。」

外側小月台前的馬路上有一輛四輪馬車。瑪麗一眼就看出，這輛馬車很時髦，扶她上車的男僕也很瀟灑。他的防雨長大衣，還有帽子上的防雨罩，都濕亮亮的滴著雨水，所有的東西都是，包括那個魁梧的站長。

男僕關上車門，登上駕駛座，跟車夫坐在一起。一行人駕車啟程，小女孩坐在鋪了舒適軟墊的小角落裡，可是不想再睡了。她坐好，滿心好奇的望著窗外，想瞧瞧這條路的模樣。馬車載著她穿越這條路，前往梅德拉克太太談過的奇怪地方。她原來就不是個膽怯的孩子，也不怎麼害怕，可是她覺得，等她到了那個佇立在荒原邊緣、有一百個房間的宅邸，而且大部分房間都關起來，說不準會發生什麼事。

「什麼是荒原？」瑪麗突然對梅德拉克太太說。

「十分鐘左右再看看窗外，就知道了，」女管家回答：「我們要坐車走五英里路，越過祕索荒原之後，才能到莊園。天很黑，你看不到什麼，可是多少會看到一點。」

瑪麗不再多問，而是在暗暗的角落裡等待，目光緊盯車窗。馬車油燈在前面不遠的地方投下幾道光線，讓她不時瞥見沿途的景象。他們離開車站以後，先穿過一座小村莊，她看到漆了白色塗料的小屋，還有酒館的燈光。接著又經過一座教堂跟牧師公館，也路過一家木屋小店鋪，櫥窗裡擺滿待售的玩具、甜食跟雜貨。然後他們上了公路，她看到樹籬跟樹木。之後有好長一段時間，眼前的景色好像都一成不變，至少就她來說感覺好久好久。

最後，馬匹開始放慢腳步，彷彿在爬坡，轉眼似乎不再有樹籬跟樹木了。事實上，兩旁一片漆黑，什麼都看不見。她身體前傾，臉貼在玻璃窗上，這時馬車突然猛晃一下。

「啊！我們現在一定在荒原上了。」梅德拉克太太說。

馬車油燈在高低不平的路面上，灑下昏黃光線。這條路似乎是在灌木跟低矮植物之間開闢出來的。路的盡頭，大片黑暗在他們眼前跟四周展開。起風了，風兒發出奇特、狂野又低沉的呼嘯。

「這、這不是海吧？」瑪麗說，轉頭看著旅伴。

「不，不是，」梅德拉克太太回答：「也不是田野，更不是山脈，只是占地好幾英里的荒地。上頭除了石南、荊豆跟金雀花，啥也長不出來。除了野生小馬跟羊之外，啥都活不了。」

「感覺好像海喔，感覺上面好像有水，」瑪麗說：「剛剛聽起來就像海的聲音。」

「那是風吹過灌木叢的聲音，」梅德拉克太太說：「對我來說啊，這個荒涼的地方挺恐怖的，不過，還是有滿多人喜歡的，特別在石南花盛開的時候。」

他們一路穿過黑暗，向前奔馳。雨雖然停了，風還是呼嘯低鳴，頻頻發出怪聲。道路起起伏伏，馬車奔過幾座小橋，橋下水流湍急，嘩啦作響。瑪麗覺得這趟車程好像永無止境。她覺得這個廣闊蕭瑟的荒原，好似無垠的黑色汪洋，而她正踩在一小塊乾地上，慢慢橫渡那片汪洋。

「我不喜歡這裡，」瑪麗喃喃自語：「我不喜歡。」然後把薄薄的嘴唇抿得更緊。

瑪麗瞥見一道光的時候，馬匹正在爬坡的路段上。梅德拉克太太也看到了，然後長長舒了口氣。

「欸！看見有光點在閃動，真高興，」她大聲說：「是門房窗裡的燈光。不管怎樣，再等一下下，就能好好享受一杯熱茶嘍。」

正如她說的，還得「等一下下」，因為馬車穿過林苑大門後，還得沿著大道走上兩英里。兩側樹木蓊鬱濃密，枝椏幾乎在頭頂上相遇，彷彿穿過一個又長又暗的拱廊。

他們駛出樹木拱廊，進入空曠的空間，最後停在長長但低矮的房子前面。這棟房子好像圍著石砌中庭往外蔓延。起初，瑪麗以為房裡根本沒點燈，可是一下馬車，就看到樓上角落有個房間透出暗淡微光。

入口有扇巨大的門。門板是用奇形怪狀的厚實櫟樹鑲板拼組而成，鑲板上布滿大鐵釘，還用寬鐵條牢牢固定。門一打開，迎面就是偌大的廳堂，光線非常昏暗，讓瑪麗不想去看牆上肖像裡的臉龐，也不想看套著鎧甲的假人。她站在石砌地板上，看起來很渺小，好似突兀的黑色小人形。她不只看起來如此，內心也覺得自己好渺小、不知所措又格格不入。

男僕幫他們開門，旁邊站了個裝扮整齊俐落的削瘦老翁。

「你帶她去房間，」他嗓音粗啞的說：「他不想見她，他明早就要上倫敦了。」

「好，皮契先生，」梅德拉克太太回答：「只要知道他希望我怎麼做，我都辦得到。」

「他希望你做的，梅德拉克太太，」皮契先生說：「就是保證他不會受到攪擾，不會看到他不想看到的東西。」

接著瑪麗．萊尼克斯就被領上寬闊的樓梯，先穿過長長走廊，爬了一小段階梯以後，又穿過一條走廊，再經過另一段走廊，最後才看見牆上開著一扇門。她踏進房間，爐火早已備妥，桌上擺了晚餐。

梅德拉克太太態度隨便的說：「嗯，終於到嘍！這房間跟隔壁那間就是供你住的，乖乖待在這兩個房間，千萬別忘了！」

瑪麗小姐就這樣來到米瑟威特莊園。她長這麼大，從沒這麼苦悶過。

04 瑪莎

早晨，有個年輕女僕來房裡生火。女僕跪在壁爐前的地毯上，吵雜地耙掃爐灰，吵醒了瑪麗。瑪麗躺在床上看著她好一會兒，接著開始打量房間。她從沒見過這種房間，覺得奇怪又陰暗。牆上蓋滿掛毯，毯上繡著森林情景。樹木底下，人人奇裝異服，遠方隱約看得到城堡塔樓，畫面裡有獵人、馬匹、狗兒跟貴婦。瑪麗覺得自己好像跟這些人一起在森林裡。她透過深窗，看到好大一片隆起的土地，上頭好像沒有樹木，宛如一片無邊無際、死氣沉沉的紫色海洋。

「那是什麼？」瑪麗指著窗外說。

年輕女僕瑪莎站起身來，邊看邊指。

「那邊那個嗎？」瑪莎說。

「對。」

「就是荒原啊，」瑪莎和善的咧嘴笑說：「喜歡嗎？」

「不喜歡，」瑪麗回答：「討厭死了。」

「那是因為你還不習慣，」瑪莎說著便走回壁爐邊：「你現在覺得它很大又光禿禿的，可是以後就會喜歡。」

「你喜歡嗎？」瑪麗問。

「嗯，喜歡啊，」瑪莎答道，快活的擦拭爐柵：「我愛死了，荒原其實不是光禿禿的，上面到處都在長東西，聞起來香甜甜的。到了春天跟夏天，荊豆、金雀花跟石南一開花，就會變得很棒喔，整個荒原聞起來就跟蜜一樣甜，還有吸不完的新鮮空氣。天空看起來很高，蜜蜂嗡嗡，雲雀唱歌，很好聽的。欸！我絕對不會為了任何東西離開荒原，住到別的地方去。」

瑪麗聽她說話，表情沉重又疑惑。這僕人一點都不像瑪麗在印度習慣接觸的那種。印度僕人態度奉承、卑躬屈膝，不敢把主人當成平輩一樣說話。印度僕人會行額手禮，用「窮人的守護者」那類的稱呼主人。要印度僕人做事，不用說「請」，直接命令就好，而不是請求。在印度，習慣上不跟僕人說「請」跟「謝謝」，瑪麗一生氣，就賞奶媽耳光。瑪麗有些好奇，如果有人摑這女僕耳光，女僕會怎麼反應。女僕身材渾圓、面色粉嫩，看來很和善，卻也給人強韌的感覺。瑪麗小姐暗忖，要是自己出手甩瑪莎巴掌，對方是不是會還手。

「你這個僕人怪怪的。」瑪麗靠在枕頭上傲慢的說。

瑪莎蹲坐在腳跟上，拿著黑蠟刷呵呵笑，沒有一絲不悅。

「欸！我知道，」她說：「要是米瑟威特有女主人，我連打雜女僕都當不成，也許會去當廚房女僕的助手，可是他們絕對不會放我上樓來。我長得太普通，約克郡口音又太重。雖然這棟大宅很氣派，可是也很奇怪，因為啊，除了皮契先生跟梅德拉克太太以外，好像沒男主人也沒女主人。克瑞文先生住這邊的時候，根本不管事，況且他幾乎都不在。梅德拉克太太好心才給我這工作。她跟我說啊，要是米瑟威特跟別的大戶人家一樣，她不可能幫我這個忙。」

「你要當我的僕人嗎？」瑪麗問，口氣跟她在印度一樣蠻橫。

瑪莎又動手刷起爐柵。

「我是梅德拉克太太的僕人，」瑪莎堅定的說：「她是克瑞文先生的僕人。可是在樓上，我得做點家事，稍微伺候你一下。不過，你應該不用人怎麼伺候才對。」

「那誰要幫我穿衣服？」瑪麗質問。

瑪莎再次蹲坐在腳跟上，瞪大雙眼，詫異到一開口就是濃濃的約克郡腔。

「自個兒不行嗎？」瑪莎問。

「你說什麼啊？你說的我聽不懂啦。」瑪麗說。

「欸！我都忘了，」瑪莎說：「梅德拉克太太交代過我，要我當心，免得你聽不懂我說的話。我的意思是，你不會自己穿衣服嗎？」

「不會，」瑪麗氣憤的回答：「我從來沒自己穿過，都是奶媽幫我的。」

「嗯，」瑪莎說，顯然完全沒意識到自己多無禮：「什麼時候學都不嫌早。時候到了，該學學了。學會照顧自己，對你有好處的。我媽媽總是說啊，她知道大戶人家的小孩為什麼最後都變得愣頭愣腦，因為有奶媽幫這些小孩洗澡穿衣、帶出門散步，把這些孩子當木偶！」

「在印度不一樣。」臭脾氣瑪麗小姐不屑的說。她快受不了了。

可是瑪莎毫不氣餒。

「欸！我知道不同，」瑪莎幾乎語帶同情說：「我敢說啊，那是因為印度那邊有一堆黑人，而不是受敬重的白人。我聽說你要從印度過來的時候，還以為你也是黑人呢。」

瑪麗氣沖沖從床上猛坐起來。

「什麼！」瑪麗說：「什麼！你竟然以為我是印度人，你……你這豬玀的女兒！」

瑪莎瞪大眼睛，看起來也動氣了。

「你罵誰呀？」瑪莎說：「你也用不著氣成那樣嘛，淑女不應該那樣說話的。我對黑人沒啥成見，在教會宣導小冊裡讀過黑人的事，他們都很虔誠，黑人也是人，就像兄弟一樣。我從來沒親眼看過黑人，本來還很高興就要見到了。今天早上進來替你生火的時候，還悄悄溜到你床邊，偷偷掀開被子，想瞧瞧你的模樣。沒想到你沒比我黑多少，」她失望的說：「皮膚頂多黃了點而已。」

瑪麗忍也不忍，放任自己發洩怒氣。

「你竟然以為我是印度人！你真大膽！你又不懂印度人！他們根本不是人，他們只是僕人，一定要對主人行額手禮。你根本不懂印度，你什麼都不懂！」

女僕目光單純的望著瑪麗。瑪麗氣急敗壞，覺得好絕望，不知怎地頓時覺得好寂寞，覺得離她能理解，也能理解她的一切都好遠好遠。瑪麗往枕頭一撲，埋著臉，激動啜泣起來。她恣意痛哭，溫和的約克郡女孩瑪莎有些害怕，也替她難過，於是走到床邊俯身看她。

「欸！你別哭成這樣嘛！」瑪莎懇求：「你千萬別哭成這樣啊，我不知道你在氣什麼。你說得對，我啥也不懂。小姐，對不起，別哭了。」

瑪莎那種怪怪的約克郡腔，跟堅定的特質，感覺起來很友善，也有安撫作用，對瑪麗起了正面效果。瑪麗漸漸安靜下來，不再哭泣，瑪莎這才鬆了口氣。

「現在該起床嘍，」瑪莎說：「梅德拉克太太交代過，要我把早餐、午茶跟晚餐擺到隔壁房間。我們已經幫你把隔壁改成育兒室了。如果你下床，我會幫你一起穿衣服。要是釦子在背後，你是扣不到的。」

瑪麗終於決定起床。瑪莎從衣櫥裡拿了衣服來，但不是瑪麗昨晚跟梅德拉克太太來到這裡時所穿的。

「這不是我的衣服，」瑪麗說：「我的是黑的。」

瑪麗上下打量那件厚厚的羊毛白外套跟洋裝，接著語氣冷淡的稱讚說：「比我本來的衣服還好呢。」

「你一定要穿這個，」瑪莎回答：「這是克瑞文先生特地交代梅德拉克太太在倫敦買的，他說：『在這裡，我不准小孩穿黑衣服，像幽靈一樣走來走去，會害這個地方變得更悲傷。替她打扮得鮮豔點。』我媽媽說，她懂克瑞文先生的意思。我媽總是很善解人意，她也不怎麼喜歡黑色。」

「我討厭黑色的東西。」瑪麗說。

兩個人從這次的穿衣經驗，都學到了點東西。瑪莎幫自家小妹小弟「扣過釦子」，但從沒見過這種靜靜站著、完全等別人伺候的小孩，一副缺手缺腳的樣子。

瑪麗靜靜把腳伸出來的時候，瑪莎說：「你怎麼不自己穿鞋呢？」

「都是我奶媽穿的，」瑪麗瞪著眼睛回答：「那是習俗啊。」

瑪麗常常把「那是習俗啊」掛在嘴邊。印度當地的僕人老是這麼講。如果有人要他們做祖先一千年來從沒做過的事，他們就會溫和的盯著對方，然後說：「不合習俗」。對方就會知道到此為止，不用多說。

習俗應該是：瑪麗小姐什麼都不用做，只消靜靜站著，僕人就把她當木偶、替她打扮好。可是，在她準備好吃早餐以前，瑪麗就已經開始懷疑，等她在米瑟威特莊園的生活告一段落，一定會學到好幾種新事物，比方說自己穿鞋穿襪、弄掉的東西自己撿。如果瑪莎訓練有素，當過年輕小姐的貼身女侍，就會比較聽話，態度也會恭敬一些，更會知道梳頭髮、扣靴子、撿起東西收拾好，都是自己分內的事務。不過，瑪莎只是個沒受過訓練的約克郡鄉巴佬，在荒原小屋裡長大，家裡有一大群弟弟妹妹。這些孩子除了照顧自己、照料家中更小的弟妹（無論是繈褓中的嬰兒，或是跌跌撞撞學走路的娃兒）以外，怎麼也沒想過要別人服侍。

瑪莎那麼愛聊天，如果瑪麗．萊尼克斯是個一逗就樂的人，可能會對這點一笑置之。但瑪麗只是冷冷聽著瑪莎說話，因為對方的放肆舉止而暗暗詫異。瑪麗起初興趣缺缺，可是，女僕好脾氣又親切的絮絮叨叨，最後瑪麗忍不住注意起對方說的話。

「欸！他們每個人你都該見見，」瑪莎說：「我們家有十二個孩子，我爸爸一個星期只賺十六先令。我跟你說，我媽想破頭，才勉強讓每個孩子都吃到燕麥粥。我們家孩子整天在荒原上滾來滾去玩個不停，媽媽說，荒原的空氣可以把他們養得又肥又壯。媽媽說，她相信他們跟野生小馬一樣，吃草也能填飽肚皮。我們家迪肯十二歲，說他有匹專門屬於他的馬唷。」

「他在哪裡找到的？」瑪麗問。

「在荒原上發現的，那時候馬還很小，跟母馬在一起。迪肯開始跟小馬交朋友，拿點麵包餵馬吃，也摘點嫩草給牠。小馬喜歡上迪肯，跟著他到處玩，還讓迪肯騎在背上呢。迪肯是個善良的小伙子，動物都喜歡他。」

瑪麗從沒養過寵物，一直覺得想養養看，於是對迪肯開始起了點興趣。以前她除了自己以外，不曾對別人產生興趣過，這種健康的感觸在瑪麗的心裡萌芽了。她走進大家替她改裝的育兒室，發現跟她臥房很像。這裡不是兒童房，而是大人的房間，牆上掛著陰暗的舊畫作，還有沉甸甸的舊櫟木椅。房間中央的桌子擺了豐盛可口的早餐，但她胃口向來很小。瑪莎把第一盤擺在瑪麗眼前時，瑪麗興趣缺缺望著它。

「我不想吃。」瑪麗說。

「竟然不想吃燕麥粥！」瑪莎難以置信的驚呼。

「不想。」

「你不知道這有多好吃！摻點糖蜜還是砂糖進去吧。」

「我就是不想吃。」瑪麗又說。

「欸！」瑪莎說：「看到好食物白白浪費掉，真讓人受不了。要是坐在桌邊的是我們家孩子啊，五分鐘不到就會把整桌食物掃個精光。」

「為什麼？」瑪麗冷冷問道。

「為什麼！」瑪莎重複她說的話：「因為他們長這麼大，很少有機會吃飽啊，他們跟小鷹、狐狸一樣，老是覺得餓。」

「我不知道什麼叫做餓。」瑪麗說，因為無知而無動於衷。

瑪莎一臉憤慨。

「嗯，嚐嚐飢餓的滋味，對你有好處的，我很清楚，」瑪莎坦率的說：「你只會閒閒坐著，呆呆盯著好麵包跟肉看，我對這種人最沒耐性了。天啊！真希望迪肯、菲爾、珍跟其他幾個孩子能夠享用這些東西。」

「那你幹嘛不拿去給他們吃？」瑪麗提議。

「這又不是我的東西，」瑪莎堅決的回答：「而且今天不是我的休假日子。我跟其他人一樣，每個月只能休一天假。輪休的時候，我就回家幫媽媽打掃家裡，讓她休息一天。」

瑪麗喝了點茶，吃了些吐司配果醬。

「你穿暖和點，出去玩吧，」瑪莎說：「對你有好處的，會比較有胃口吃肉。」

瑪麗走到窗前。外頭有花園、小徑跟大樹，可是一切看來都好單調、好冷清。

「出去？天氣這樣，我幹嘛出去啊？」

「好吧，如果不出去，就得留在屋裡，那你要幹嘛呢？」

瑪麗左顧右盼，這裡的確沒事可做。梅德拉克太太當初籌備育兒室的時候，沒考慮到休閒娛樂。也許出去看看花園比較好。

「誰要陪我去？」她問。

瑪莎瞪大眼睛。

「自個兒去啊，」瑪莎回答：「你要跟那些獨生孩子一樣，學會自己玩啊。我們家迪肯都自己到荒原去，一玩就是好幾個鐘頭呢，他就是這樣才跟小馬交上朋友的。荒原上的羊也認識他，那邊的小鳥也會吃他手上的東西。即使食物少得可憐，但是迪肯總是省下一點麵包用來哄他的寵物。」

就是因為瑪莎提到迪肯，瑪麗才決定到戶外走走，不過瑪麗並未意識到這點。儘管外面不會有小馬或綿羊，可是總該會有小鳥。這裡的小鳥跟印度不一樣，看一看可能滿有趣的。

瑪莎替瑪麗找到外套、帽子跟一雙結實小靴，然後告訴瑪麗該怎麼下樓。

「如果你往那邊走，就會走到花園，」瑪莎指著灌木牆上的門說：「夏天那裡會長很多花喔，可是現在什麼也沒有。」瑪莎似乎猶豫一下才又補充：「有個花園鎖住了，十年來沒人進去過。」

「為什麼？」瑪麗忍不住問。這棟怪房子已經有一百個鎖住的房門，現在又多了一道。

「克瑞文先生的夫人突然過世的時候，他叫人把花園封起來，不准任何人進去，因為那是她的花園。他鎖上門，挖洞埋了鑰匙，梅德拉克太太搖鈴叫我了，我得趕快過去。」

瑪莎離開以後，瑪麗下樓沿著走道，往灌木牆上的那扇門走去。瑪麗不由自主想到那個十年來都沒人進去的花園。她想知道花園的模樣，不曉得裡面還有沒有花活著？她穿過灌木門，進入大花園。放眼望去，有寬敞草坪跟蜿蜒步道，步道旁有修剪過的樹籬。到處有樹木、花圃、修剪成奇形怪狀的常綠樹，還有個大水池，中間有座灰色老噴泉。可是花圃光禿禿，一片荒涼，噴泉也沒在運轉。這裡不是那個封起來的花園。花園怎麼封得起來呢？花園就是隨時都能走進去的地方啊。

正當瑪麗這麼想，就看到步道盡頭有一面長長的圍牆，牆上爬滿了長春藤。她對英國還不熟悉，不知道自己快看到的是炊事花園，裡頭種的是蔬菜水果。她走向那面牆，發現長春藤裡有一扇綠門，門開著。這個花園顯然不是封起來的那個，因為她進得去。

她穿過那扇門，發現花園四面是牆。這裡有好幾座有圍牆的花園，花園彼此相通，這只是其中一座。她看到另一扇開著的綠門，透過門口，可以看到矮樹叢跟冬季蔬菜的菜圃，菜圃間隔著小徑。果樹經過整枝，貼著牆面生長，有幾個菜圃上立著玻璃暖棚。瑪麗停下腳步、四下張望，暗想這裡光禿禿，醜死了，夏天可能會比較好看吧，到時草木都會變綠，可是現在一點都不美。

有個老先生肩扛鏟子，穿過第二個花園的門走進來。見到瑪麗時，先是大吃一驚，接著用手碰碰扁帽致意。他那張老臉表情陰沉，看到她似乎毫不開心。不過話說回來，她對他的花園也不滿意啊，她臉上掛著「臭脾氣」的招牌表情，遇到他自然也沒什麼好臉色。

「這是什麼地方？」瑪麗問。

「炊事花園。」老先生回答。

「那又是什麼？」瑪麗說，指著另一扇綠門過去那裡。

「也是炊事花園，」他草率的回答：「牆壁過去還有一個菜園，那個菜園的隔壁還有果園。」

「我可以進去嗎？」瑪麗問。

「隨你高興，沒啥好看的就是了。」

瑪麗沒回答，沿著小徑穿過第二道綠門，在那邊找到更多堵牆壁、冬季蔬菜跟玻璃暖棚，可是第二面牆上還有另一道綠門，而且是關著的。也許這扇門裡面就是十年沒人進去的花園呢。瑪麗這孩子膽子可不小，向來隨心所欲，於是走到那扇綠門前面轉動門把。她希望門打不開，因為她想確定自己找到了那座神祕花園，可是門三兩下就打開了。一走進去就發現是個果園，四面環牆，樹木貼著牆壁生長。冬天枯黃的草地上長著葉子落盡的果樹，可是牆上找不到綠門。瑪麗找啊找不停。走到園子北端時，注意到牆壁似乎超越果園，繼續延伸下去，彷彿在另一邊圍出了別的空間。她從牆頭看得到樹梢。當她站定不動，看到有隻胸脯鮮紅的小鳥站在枝頭上。小鳥突然唱起冬季歌曲，彷彿不只看到瑪麗，也在召喚她。

瑪麗停下來聽牠唱歌。不知怎地，牠那種愉快友善的小小啼鳴，讓她心情愉快起來。再怎麼討人厭的小女孩也會有寂寞的時候。封閉的大宅、荒蕪的大荒原，還有光禿禿的大花園，都讓小女孩覺得，全世界好像只剩她孤零零一人。要是她以前備受寵愛，長成一個深情的孩子，她的心可能早就碎了。可是即使她是個「臭脾氣的瑪麗小姐」，還是覺得十分淒涼。亮紅胸膛的小鳥逗得她那張臭臉幾乎漾起笑容。她聽著牠唱歌，直到牠飛走。牠跟印度的鳥不一樣，她喜歡牠。她想，不知道會不會再見到牠。說不定牠就住在那個神祕的花園裡，對那個花園瞭若指掌。

也許正因為她無所事事，才會滿腦子都是那個被遺棄的花園。她對這個花園很好奇，很想知道它的模樣。亞奇伯．克瑞文先生為什麼要把鑰匙埋起來？既然他那麼愛他太太，為什麼那麼討厭她的花園？她在想，不知道會不會有機會見到他，可是有一點很肯定，要是兩人有機會碰上面，她不會喜歡他，反之亦然，她只會一言不發站著並盯著他看。雖然她好想問他為什麼要做這麼奇怪的事。

「沒人喜歡過我，我也沒喜歡過人，」瑪麗心想：「我永遠也沒辦法像克勞福家的小孩那樣說話。他們總是又說又笑，鬧哄哄的。」

她想到那隻知更鳥，想起牠好像對著她唱歌的模樣。當她想起牠停棲的樹梢，便在小徑上停下腳步。

「那棵樹一定是在那個祕密花園裡……我很確定，」她說：「那個地方有牆圍住，而且牆上沒門。」

她走回先前去過的第一個炊事花園，發現那位老園丁正在挖地。她走過去站在他身邊，用冷冰冰的態度，瞅著他好幾分鐘。他理都不理她，最後她只好主動跟他攀談。

「我去過其他花園了。」她說。

「又沒人攔著你。」他粗聲粗氣說。

「我去過果園唷。」

「門口又沒狗會咬你。」他回答。

「那裡沒有門可以通到另一個花園。」瑪麗說。

「什麼花園？」他粗聲說，一時停下挖地的工作。

「牆壁另一邊的那個啊，」瑪麗小姐回答：「那邊有樹。我看到樹頂了，有隻紅胸小鳥就停在樹梢上，還唱了歌喔。」

令她意外的是，那張飽經風霜的陰沉老臉竟然換了個表情，緩緩綻開一抹笑容，簡直變了個人似的。她想，好奇怪喔，人微笑的時候，為什麼就會親切許多呢。她以前從沒想過這件事。

他轉身朝果園吹起口哨，哨音低沉柔軟。瑪麗不懂，這麼陰沉的人怎能發出這般柔和的聲響。

神奇的事情立刻就發生了。她聽到一個輕柔微小的啾啾聲越空而來。紅胸小鳥飛到他們面前，最後降落在園丁腳邊的一大壟泥土上。

「牠來嘍。」老人咯咯笑道，把小鳥當小孩似的講起話來。

「剛上哪去啦？你這厚臉皮的小乞丐？」他說：「我今天都還沒看到你呢。季節還這麼早就開始求偶啦？也太性急了吧。」

鳥兒小小腦袋一歪，用柔和明亮的雙眼仰望老人，那雙眼睛好似黑露珠。牠看起來熟門熟路，一點都不害怕。牠跳來跳去，朝氣蓬勃啄著土地，尋覓種籽跟小蟲。看到牠那麼漂亮又那麼開心，簡直像個人似的，瑪麗心中湧現奇特的感受。牠小小身軀圓嘟嘟，有細緻的嘴喙跟纖細的雙腿。

「你每次叫牠，牠都會過來嗎？」瑪麗壓低嗓子問。

「欸，會啊。牠羽毛還沒長齊的時候，我就認識牠嘍，牠的巢在另一個花園裡。牠離開鳥巢，第一次飛過牆壁的時候，因為太虛弱，好幾天都飛不回去，所以我們就變成朋友了。等牠越過圍牆飛回去，整窩鳥都離開了。牠很寂寞，又跑回來找我。」

「牠是什麼鳥啊？」瑪麗問。

「你不知道嗎？是紅胸知更鳥啊，是世界上最友善、好奇心最重的小鳥。如果你懂得怎麼跟牠們相處，牠們幾乎跟小狗一樣親切。你看牠在地上啄來啄去，時不時轉頭看咱們。牠知道我們在講牠。」

看著這老人的表情，真是世上最怪的事了。他望著那隻彷彿穿著紅背心的胖小鳥，似乎對牠又得意又疼愛。

「牠很自大喔，」老人咯咯笑：「牠喜歡聽別人談牠，而且好奇心很強。天啊，沒見過牠這麼好奇又愛管閒事的小鳥了。牠老愛湊過來看我種些什麼。克瑞文先生懶得查清楚的事，牠全都一清二楚。牠才算是這裡的大園丁，真的。」

知更鳥跳來跳去，忙著啄泥土，不時會停下來，稍微瞧瞧他們。瑪麗覺得，牠那雙露珠般的黑眼睛凝視她的時候，流露無比好奇，好像想把她認識個透徹。她心裡那種奇異的感受愈來愈強烈。

「同一窩的小鳥都飛到哪裡去了？」瑪麗問。

「沒人知道。大鳥把小鳥趕出鳥巢，要牠們學飛。眨眼間，鳥寶寶就各奔東西了。這隻靈光得很，知道自己很寂寞。」

瑪麗小姐往知更鳥走近一步，用力看著牠。

「我好寂寞喔。」瑪麗說。

她以前不知道，寂寞就是自己鬱悶暴躁的原因之一。她跟知更鳥對望的時候，她似乎明白了這一點。

老園丁把扁帽往禿頭上推，瞅著她片刻。

「你就是印度來的小姑娘？」老人問。

瑪麗點點頭。

「難怪你覺得寂寞，來住這邊只會更寂寞。」老人說。

他又開始掘地，鏟子深深插進肥沃的花園黑土裡。知更鳥跳來跳去，忙得不可開交。

「你叫什麼名字？」瑪麗詢問。

他直起身子回答她。

「班．韋勒思戴夫，」他回答，接著苦笑一下，「知更鳥沒來陪我的時候，我也很寂寞。」他用拇指往知更鳥一指。「我就這麼一個朋友。」

「我一個朋友也沒有，」瑪麗說：「我從來就沒朋友。印度奶媽不喜歡我，我從來沒跟別人一起玩過。」

約克郡人習慣直來直往，而老班正是在約克郡荒原上土生土長的。

「你跟我是半斤八兩，」他說：「咱們是同一種布織出來的，都長得不好看，也都一臉鬱悶。我敢說啊，咱們兩個人的脾氣都很臭。」

真坦白。瑪麗．萊尼克斯這輩子從沒聽過關於自己的真心話。不管你做什麼，印度當地的僕人總是對你行額手禮，對你百依百順。她從沒想過自己的長相。她想知道的是，自己真的跟老班一樣，那麼其貌不揚嗎？也想知道，自己的表情跟老人在知更鳥出現以前，一樣悶悶不樂嗎？她真的也開始思考：我真的有「臭脾氣」嗎？她覺得好不自在。

附近突然傳來一個起起伏伏的聲音，微小又清晰。她扭頭望去，離她幾步距離有棵蘋果幼樹，知更鳥已經飛到枝椏上，忽地唱起一小段歌曲。老班放聲朗笑。

「牠幹嘛那樣啊？」瑪麗問。

「牠決定跟你做朋友嘍，」班回答：「我敢打賭牠喜歡你。」

「喜歡我？」瑪麗說。她往小樹踱去，抬頭仰望。

「你願意跟我做朋友嗎？」瑪麗對知更鳥說，彷彿在跟人說話，「願意嗎？」她用的不是平日那種強硬的口吻，也不是在印度用的那種傲慢語氣，而是一種柔軟、急切又哄勸的語調。老班好意外，就跟她當初聽到他吹口哨時一般詫異。

「哎唷，」他放聲說：「你總算人模人樣說了好話，比較像個孩子，而不是兇巴巴的老太婆。你剛剛那副模樣，簡直就像迪肯在跟荒地上的野生動物講話。」

「你認識迪肯？」瑪麗急忙轉身追問。

「大家都認識他啊。迪肯到處閒逛，就連黑刺莓、石南花都認識他。我保證啊，狐狸會帶他去看自家寶寶休息的地方，雲雀也不怕讓他知道自己的鳥巢在哪裡。」

瑪麗還想問更多。她對迪肯的好奇程度，幾乎不亞於對那座廢棄花園。可是就在此時這剛唱完歌的知更鳥稍稍振了振翅膀，然後展翅飛走了。牠的探訪到此為止，另有事情要忙。

「牠飛過圍牆了！」瑪麗望著小鳥大喊：「牠飛進果園……越過另一道牆……飛進那個沒有門的花園了！」

「牠就住那裡啊，」老班說：「就在那裡破殼出生。有個年輕知更鳥小姐就住在那邊的老玫瑰樹裡。如果牠要求偶，就會追求那位小姐。」

「玫瑰樹，」瑪麗說：「那裡有玫瑰樹？」

老班再次舉起鏟子開始挖地。

「那是十年前的事了，」他嘀咕。

「我想看看，」瑪麗說：「綠門在哪裡呢？一定有門的。」

班使勁往土裡深深一鏟，露出很難相處的模樣，就跟她最初看到他那樣。

「十年前的事了，現在沒了。」他說。

「怎麼會沒有門！」瑪麗大喊：「一定有。」

「沒人找得到，而且也不干任何人的事。你這小姑娘少管閒事，沒事別探頭探腦。嗯，我要幹活兒了，你走吧，自個兒玩去。我沒時間瞎攪和了。」

他不再挖地，扛起鏟子，沒再多看她一眼，也沒說再見，就這麼頭也不回走開了。

05 走廊的哭聲

起初，瑪麗．萊尼克斯覺得天天一成不變。每天早上，她在掛了織毯的房裡醒來，就會發現瑪莎跪在壁爐前生火。每天早晨她在無趣的育兒室裡吃早餐。早餐過後，她就放眼眺望窗外遼闊的荒原。荒原彷彿朝四面八方蔓延擴展，跟天際連成一氣。她看了一會兒後，就明白自己要是不出去，就得留在室內無所事事，最後只好出門去了。她有所不知的是，這對她再好也不過。她並不曉得，當她開始沿著小徑跟大道疾走或奔跑時，就會讓滯慢的血液循環加快速度。她逆著荒原掃來的風往前行時，反倒讓自己變得更健壯。她跑步只是為了保暖。風就像個隱形大巨人，撲在她臉上，呼呼亂吼，還一直想阻止她往前走，她很討厭這種感覺。可是，瑪麗大口呼吸，讓肺部灌飽拂過石南的新鮮空氣，這樣對她瘦弱的身子有益，不只臉頰泛起了紅暈，原本無神的雙眸也點亮了，但她對這一切毫不知情。

她幾乎成天待在戶外遊蕩。這麼幾天下來，有天早上醒來時，終於嘗到肚子餓的滋味。當她坐下來吃早餐，不再用不屑的眼神瞟著燕麥粥並一把推開，而是拿起湯匙一口口往嘴裡送，直到碗底朝天為止。

「今天早上你表現不錯嘛。」瑪莎說。

「今天吃起來滿可口的。」瑪麗說，連自己都有點意外。

「荒原的空氣讓你胃口大開，」瑪莎回答：「你運氣真好，有胃口，也有東西吃。我們家小屋裡有十二個孩子，胃口都好得很，只是沒東西吃。你每天繼續出去玩，身子就會長肉，以後臉色也不會那麼黃。」

「我哪有玩啊，」瑪麗說：「我又沒東西玩。」

「沒東西玩！」瑪莎高聲說：「我們家孩子有樹枝跟石頭就玩得起來了。他們跑來跑去、鬼吼鬼叫，東看看西瞧瞧。」

瑪麗不會大叫，但觀察力敏銳。既然沒別的事好做，索性在花園兜來轉去，在林苑的小徑上遊蕩。有時會找找老班。不過，雖然好幾次她都看到他在工作，但他不是忙得不理她，不然就是臭著張臉。有一次朝他走去，他卻拿起鏟子掉頭就走，感覺很刻意。

有個地方她常去。那是一條長長的小路，就在有圍牆的花園外面。步道兩旁有光禿禿的花圃，牆上布滿茂密的長春藤。牆上有個區域，爬藤的深綠葉子似乎長得特別濃密，感覺好像被人忽略很久。牆面的其他區域都修得乾淨工整，但步道盡頭卻根本沒人修剪。

瑪麗跟老班講過話幾天後，有一回她停下腳步，注意到這部分的牆面。她想知道為什麼有這種差別。她停步仰望長春藤隨風搖曳的長長枝條。她看到一點緋紅閃過，也聽見明亮的啁啾聲。在那邊！老班的知更鳥棲在牆頭上，歪著小腦袋傾身望著她。

「噢！」瑪麗喊道：「是你嗎？真的是你嗎？」她跟牠說話的模樣，好像很理所當然，彷彿很確定牠聽得懂，也會回答似的。

牠真的回答了。牠吱吱啾啾，在牆頭上蹦蹦跳跳，彷彿向她傾吐種種事情。雖然牠說的不是人話，瑪麗小姐卻覺得自己好像聽得懂。牠似乎在說：「早安！風很舒服吧？陽光很不錯吧？一切都好吧？我們一起啁啁啾啾，跳一跳，嘰嘰喳喳。來嘛！來嘛！」

瑪麗笑了起來。牠沿著牆壁又跳又飛，她便追著牠跑啊跑。可憐的小瑪麗，瘦瘦黃黃又醜兮兮——一時之間，竟然變得有點漂亮了。

「我喜歡你！我好喜歡你喔！」瑪麗喊道，順著牆面輕盈的快走。她發出啾啾聲，也試著吹口哨（雖然她根本不曉得該怎麼吹），可是知更鳥好像很滿意，也用啾鳴跟口哨來應和，最後展開雙翅、衝上樹梢，棲在枝頭上引吭高歌。

這讓瑪麗想起第一次見到牠的情景。當時牠正在樹頂上徘徊，而她站在果園裡。現在她在果園的另一邊，站在牆外小徑上地勢低很多的地方，裡面的樹就是當時那棵。

「牠在沒人進得去的花園裡耶，」瑪麗自言自語：「就是那個沒有門的花園，牠就住裡面，好想看看那個花園的樣子！」

她沿著小路往頭一天早晨穿過的那扇綠門跑去，接著順著小徑穿過另一扇門，進入果園。她站定之後仰頭一看，圍牆另一邊就是那棵樹。知更鳥剛唱完歌，正在用鳥喙整理羽毛。

「就是這個花園，」瑪麗說：「我很確定。」

她走來走去，仔細端詳果園這側的牆面，可是她發現的跟之前沒兩樣——牆上就是沒門。接著她再次穿過炊事花園，跑到攀滿長春藤那面長牆外的步道上。她走到長牆盡頭，頻頻上下打量，但怎麼就是找不到門。接著她走到另一頭，仔細瞧瞧，依然沒有門。

「好怪，」瑪麗說：「老班說沒門，就真的沒門耶。可是克瑞文先生明明把鑰匙埋起來了啊，所以十年前這裡一定有門。」

瑪麗的腦袋轉個不停。她開始有了興致，不後悔來到米瑟威特莊園。在印度，她總是覺得燥熱又慵懶，什麼都不想理睬。現在，荒原吹來的風好清新，開始將她小腦袋裡的蜘蛛絲吹開，讓她愈來愈清醒。

瑪麗幾乎一整天都待在室外。晚上坐下來吃晚餐時，雖然又餓又睏，身心卻十分舒暢。即使瑪莎東拉西扯講不停，她也不會覺得心煩，反倒滿想聽瑪莎閒聊的，最後她終於想到要問瑪莎一個問題。吃完晚餐便往火爐前的地氈上一坐，開口問了。

「為什麼克瑞文先生討厭那個花園？」瑪麗說。

瑪麗要瑪莎留下來陪她，瑪莎也沒有反對的意思。瑪莎很年輕，很習慣跟一大群兄弟姊妹擠在小木屋裡。樓下的僕人區很沉悶，門房跟上級女僕老愛嘲笑她的約克郡腔，不把她當一回事。他們會自己圍成一圈講悄悄話。瑪莎喜歡聊天。這個住過印度的怪小孩，以前由「黑人」服侍，這種新鮮事對瑪莎很有吸引力。

沒等人開口邀請，瑪莎就逕自往壁爐前一坐。

「你還在想那個花園啊？」瑪莎說：「我就知道你會這樣，我第一次聽到這件事的時候也是。」

「他為什麼討厭那個花園？」瑪麗堅持問個水落石出。

瑪莎縮起雙腳，好坐得舒服點。

「你聽，風在房子四周咆哮，」瑪莎說：「如果你今天晚上到荒原去，肯定被風吹得站也站不住。」

瑪麗原本不曉得「咆哮」的意思，等她豎耳傾聽之後才意會過來。「咆哮」指的一定是繞著房子、空空洞洞又顫動不停的吼聲，好像隱形巨人不斷敲打牆跟窗，一心想闖進屋裡。可是你知道巨人進不來，你穩穩當當待在房裡，點著熱紅炭火，覺得既安全又暖和。

瑪麗聽了聽風聲之後又問：「可是他為什麼那麼討厭那個花園？」瑪麗想知道瑪莎到底知不知情。

接著瑪莎就把自己知道的一五一十說出來。

「記好，」瑪莎說：「梅德拉克太太不准大家談這件事。在這個地方，有好多事情都不能公開拿出來講。是克瑞文先生的命令。他說，他自己的困擾不干僕人的事。要不是為了那個花園，他也不會變成現在這個模樣。那是克瑞文太太的花園，是兩人新婚的時候，她布置的，她愛極了。兩人習慣親手照料花兒，從沒讓園丁進去過。他跟她進去以後，會把門關上，一待就是好幾個鐘頭，又是讀書又是聊天。她長得很嬌小，那裡有棵老樹，有根彎彎的枝椏好像一張椅子。她種了玫瑰花，讓玫瑰繞過那根枝椏生長，她老是坐在上頭。可是有一天，她坐在上頭的時候，樹枝卻啪擦斷掉了，結果狠狠摔到地上受了重傷，隔天就死了。當時醫生都覺得克瑞文先生會發瘋，然後跟著死掉。所以他恨死那個花園了，從此再也沒人進去過，他也不准大家談起這件事。」

瑪麗沒再追問下去。她望著紅紅爐火，聽著風聲「咆哮」，她覺得風的「咆哮」比之前更響了。

那一刻，瑪麗身上起了美好的變化，事實上，自從來到米瑟威特莊園，她身上已經發生過四件好事。她覺得自己能讀懂知更鳥的心意，而那隻鳥也瞭解她。她在風中奔跑，直到血液暖和起來。她生平頭一次體驗到健康的飢餓感。她還發現，為別人難過是什麼感覺。她愈來愈進步了。

可是當她聆聽風聲的同時，卻開始聽見別的東西。她不知道是什麼，因為一開始很難跟風聲區分開來。那個聲音很奇特，彷彿某個地方有小孩在哭。有時候，風聲聽起來確實很像小孩的哭聲，可是瑪麗小姐很快就確定，那個聲音就在屋子裡，不是從屋外傳來的。聲音很遠很遠，可是就在屋裡沒錯。她轉身望著瑪莎。

「你有沒有聽到有人在哭？」瑪麗說。

瑪莎突然一臉困惑。

「沒有啊，」瑪莎回答：「是風吧。有時候，風聽起來就像有人在荒原上迷了路，哭得慘兮兮。風會發出各種聲音。」

「可是你聽嘛，」瑪麗說：「那個聲音就在房子裡，就在某條長長的走廊裡。」

就在這一刻，樓下某個地方一定有門打開了，因為一股強勁的穿堂風頓時沿著走廊襲來。他們坐在房裡，轟地房門被猛力吹開，兩人都嚇得跳起來，燭火也熄滅了。哭聲從遙遠的走廊吹掃過來，聽起來比之前更清晰。

「你聽！」瑪麗說：「就跟你說嘛！真的有人在哭，而且不是大人。」

瑪莎跑過去關上門，把鑰匙一轉，可是關上門以前，兩人都聽到遠處走廊有扇門砰的使勁關上，一切復歸沉寂，就連風也停止「咆哮」好幾分鐘。

「真的是風啦，」瑪莎倔強的說：「如果不是風，那就是小貝蒂．巴特沃斯，那個廚房助手牙痛了一整天。」

可是，瑪莎的舉止裡有種擔憂跟尷尬，瑪麗小姐盯著她猛瞧，不相信瑪莎說的是實話。

06「真的有人在哭！」

隔天再度下起傾盆大雨。瑪麗望出窗外，只見灰濛濛的水氣跟雲霧幾乎完全籠罩住荒原。今天出不了門了。

「雨下成這樣的時候，你們都在小屋裡幹嘛？」瑪麗問瑪莎。

「我們啊，都拚命不要擋到別人的路，」瑪莎回答：「欸！那時候就會覺得，家裡人怎麼這麼多啊。媽媽的脾氣好是好，可是碰到這種時候就會很頭痛。幾個大孩子會到牛棚裡玩。迪肯不怕弄濕身子，照樣出門去，就跟出太陽的日子一樣。他說啊，雨天可以看到晴天看不到的東西呢。有一次他在狐狸的洞穴裡，發現差點溺死的狐狸寶寶，他把寶寶用襯衫兜著揣在懷裡，替牠保暖。狐狸媽媽在附近丟了命，整個洞穴淹滿水，同一窩的小狐狸都死了。迪肯現在把牠養在家裡。還有一次，他發現一隻快淹死的小烏鴉，也把牠帶回家馴養。因為渾身黑漆漆，就取了『煤灰』這個名字。牠又跳又飛，老是黏在他身邊。」

到了這個時候，瑪麗已經忘記去討厭瑪莎那種親暱隨便的講話方式。她甚至開始覺得有趣，瑪莎停口不說或者要離開時，她竟然還會覺得依依不捨。她住印度時，奶媽跟她講的故事，跟瑪莎說的很不一樣。瑪莎講的是荒原上那間木屋，裡頭有四個小房間，卻擠了足足十四個人，大家肚子老是填不飽。那些小孩好像一窩粗野、好性子的小柯利牧羊犬，東翻西滾，自得其樂。最吸引瑪麗的，莫過於那個媽媽跟迪肯。瑪莎每次說到「媽媽」說了什麼、做了什麼，瑪麗總是聽得心情舒暢。

「要是我有大烏鴉或小狐狸，就可以一起玩，」瑪麗說：「可是我什麼都沒有。」

瑪莎一臉迷惘。

「你會打毛線嗎？」瑪莎問。

「不會。」瑪麗回答。

「你會縫紉嗎？」

「不會。」

「你會讀書嗎？」

「會。」

「那為什麼不讀點東西，還是學學拼字？你現在不小了，可以好好讀點書嘍。」

「我又沒有書，」瑪麗說：「我的書都留在印度了。」

「真可惜，」瑪莎說：「要是梅德拉克太太能讓你進圖書室就好了，裡面有好幾千本書呢。」

瑪麗沒問圖書室在哪裡，因為她靈光一閃，決定自己去找。她不擔心梅德拉克太太會有什麼反應，梅德拉克太太好像老是待在樓下那個舒適的管家客廳。在這個怪地方，要碰上人還真不容易。其實呢，除了僕人以外，根本見不到其他人。主人不在的時候，僕人們在樓下過得逍遙自在。樓下有間大廚房，四處掛滿亮晶晶的黃銅跟白鑞廚具。在偌大的僕人食堂裡，天天供應四到五頓豐盛的餐點。梅德拉克太太不在的時候，那裡可是熱鬧滾滾呢。

樓上這邊規律的供應瑪麗三餐，由瑪莎負責服侍她，不過其他人根本懶得理她。梅德拉克太太每隔一兩天就會過來瞧瞧瑪麗，可是沒人關心她做了什麼，也沒人告訴她該做什麼。瑪麗以為，英國人對小孩可能都這樣。在印度，奶媽提供無時無刻的照料，亦步亦趨跟著瑪麗，無微不至的伺候她。奶媽如影隨形，常常惹得瑪麗好心煩。現在沒人跟著她了，而且現在她得學著自己穿衣服。如果她要瑪莎把東西遞過來，或者叫瑪莎幫她穿衣服，瑪莎露出的表情彷彿覺得她很傻。

瑪麗有一次站著，等瑪莎幫她戴手套。瑪莎說：「你腦袋不清楚嗎？我們家蘇珊安才四歲，都比你機靈一倍呢。你有時候怎麼滿腦子豆腐的樣子呢。」

後來整整一個小時，瑪麗祭出招牌臭臉，不過，好幾種新想法慢慢在她腦海中萌生。

今天早上，瑪莎終於把壁爐清乾淨，然後下樓去了。瑪麗在窗邊站了大約十分鐘。她努力思考著，想的就是跟圖書室有關的新點子。她不是很在意圖書室本身，因為她讀過的書很少。可是一聽到圖書室，就讓她想起封鎖的一百間房間。她想知道，那些房間真的都鎖住了嗎？如果她能溜進其中一間，會發現什麼？真的有一百間嗎？為什麼不乾脆去數數看，到底有幾間？既然今天早上不能出門，正好用來做這件事。從來沒人教過她，做某件事以前要先徵得大人的同意。瑪麗也不懂得什麼叫權威，所以即使遇到梅德拉克太太，也不覺得有必要先問一聲，她能不能在房子裡逛逛。

她打開房門，踏進長廊，然後開始閒晃。這條走廊好長，還岔向其他走廊。這條長廊領著她走上一小段階梯，那些階梯又往上通向其他走廊。放眼過去是一道道的門，牆上掛了畫，有時是黑暗奇特的風景，但最常見到的，是男男女女的肖像，他們一身絲絨跟緞子質料的服裝，華麗又怪異。她發現自己走到了長長的陳列室裡，牆上掛滿那種肖像畫。她從沒想到，屋裡會有這麼多的畫。她一路慢慢逛，盯著肖像裡的臉龐看，那些臉好像也盯著她看。她覺得，他們好像在想，這個印度來的小女孩在他們屋裡做什麼。有些是小孩的畫像——穿著厚厚的緞子連身裙，裙襬拖到腳邊，在腳畔攤展開來。有的小男孩留著長髮，穿著有蓬蓬袖跟蕾絲領的服飾；有的小男孩脖子上套了大大的輪狀皺領。她一直停下來看這些小孩的畫像，想知道他們叫什麼名字，想知道他們到哪兒去了，也想知道他們為什麼穿這麼奇怪的衣服。其中一幅畫像裡，有個小女孩長相普通、姿態僵硬，跟她自己還滿像的。女孩眼神敏銳好奇，一身浮花織錦的綠洋裝，手指上站了隻綠鸚鵡。

「你現在住哪裡？」瑪麗對女孩大聲說：「我真希望你在這裡。」

這麼奇怪的早晨，別的小女孩一定都沒經歷過。這棟宅邸好巨大，往四面八方延伸，除了瑪麗以外，似乎空無一人。她四處遊蕩，在樓梯間上上下下，穿過寬窄不一的通道。除了她以外，感覺從來沒人走過這些地方。既然建了這麼多房間，以前肯定有人住過。可是，如今整個地方空蕩蕩，很難相信以前真的有人住過。

她爬上二樓時，才想到要轉轉門把。果然就像梅德拉克太太說的，所有的門都上了鎖，可是她最後還是把手隨意搭在一個門把上，轉了轉，竟然輕輕鬆鬆就開了。她動手推了推，笨重的門緩緩打開，她一時幾乎害怕起來。這扇門大得不得了，通往一間好大的臥房。牆面垂著刺繡掛氈，鑲嵌著花樣的家具散置著，就跟她在印度看過的一樣。房裡有扇寬敞的窗戶，窗玻璃用鉛框固定，放眼望去即是荒原。壁爐架上有幅畫像，就是那個長相普通、姿態僵硬的小女孩，她盯著瑪麗看的神情，好像更好奇了。

「她以前可能就睡這邊，」瑪麗說：「她一直盯著我看，感覺好怪。」

之後她又開了更多扇門。她看了那麼多房間，不禁疲倦起來。她開始覺得，雖然自己沒仔細數，這裡肯定有一百個房間。這些房間裡都有古畫或老掛毯，上面描繪怪異的場景。幾乎所有房間都有奇特的家具跟飾品。

有個房間好像是女士的起居室，那裡的掛氈都是繡了花樣的天鵝絨。櫥櫃裡擺了象牙雕成的小象，有一百隻左右，尺寸不一——有些背上有馭象人或轎子；有些比別的大很多；有些小不嚨咚，彷彿只是象寶寶。瑪麗在印度看過牙雕，而且對象很熟悉，於是打開櫥櫃門，踏上腳凳，把玩好長一段時間。玩累以後就一隻隻擺好，最後關上櫃門。

之前在長廊跟空房間裡遊蕩時，始終沒看到有生命的東西。可是在這個房間裡，她看到了點什麼。剛關上櫃門，就聽見細微的窸窣聲。她嚇了一跳，轉頭望向火爐邊的沙發，聲音似乎是從那裡傳出來的。沙發角落有個抱枕，絲絨枕面破了個洞，有顆小小腦袋探出洞外，一雙害怕的眼睛正在窺探。

瑪麗躡手躡腳越過房間，想瞧個仔細。那雙亮晶晶的眼睛，原來是隻小灰鼠的眼睛。老鼠在抱枕上啃出一個洞，在裡頭做出舒適的窩，六隻鼠寶寶蜷著身子，依偎在鼠媽媽身邊。如果一百個房間裡沒一個活的東西，至少有七隻看起來一點也不寂寞的老鼠。

「要是牠們沒那麼害怕，我就可以把牠們帶回去養。」瑪麗說。

她已經遊蕩很久，累得沒辦法多逛，於是往回走。有兩三次轉錯長廊而迷了路，走了不少冤枉路之後，才找到正確的那條。最後好不容易回到了原先的樓層，不過距離自己房間還有些距離，她也弄不清楚自己目前的確切位置。

「我想我一定又轉錯了。」瑪麗說。她站的地方，好像是一條短通道的盡頭，牆上有條掛毯。「我不知道該選哪條路，好安靜喔！」

她站在原地說完這些話以後，有個聲音打破了這片寧靜。是哭聲，不過跟她昨晚聽到的不大一樣。這次是煩躁又幼稚的啜泣聲，才持續一下子。聲音因為隔著牆壁而模糊不清。

「比上次還要接近呢，」瑪麗說，心怦怦猛跳：「是哭聲沒錯。」

她無意間把手搭在附近那塊掛毯上，結果猛吃一驚，不禁往後一彈。原來那條掛毯遮住一道門，她手這麼一搭，門就打開了。她看到門後還有一段長廊。梅德拉克太太拿著一串鑰匙，怒容滿面沿著長廊走來。

「你在這裡幹嘛？」梅德拉克太太說著便一把揪住瑪麗的胳膊，想強行把她拉開：「我怎麼跟你說的。」

「我轉錯彎了，」瑪麗解釋：「我不知道該走哪一條，而且我聽到有人在哭。」

這一刻，瑪麗覺得梅德拉克太太真討厭，可是下一刻瑪麗簡直恨死她了。

「你啥也沒聽見，」女管家說：「回自己房間去，不然等著吃巴掌。」

梅德拉克太太揪住瑪麗的胳膊，半拉半推，扯著她穿過好幾條走廊。最後來到瑪麗房門口，一把將瑪麗推了進去。

「好了，」梅德拉克太太說：「要你待在哪裡，你就乖乖待著別動，再亂跑就關你禁閉。主人最好幫你找個家庭教師，他明明說過要找的。你就是那種需要好好管教的小鬼，我手頭要忙的事已經夠多了。」

她走出房間，隨手甩上門。瑪麗走到火爐地氈那裡坐下，氣得臉色發白。哭是沒哭，只是氣得咬牙切齒。

「明明有人在哭……明明有、就是有！」瑪麗自言自語。

到現在，她已經聽過兩次了，反正她總會查出來的。單單是今天早上，她就已經大開眼界，覺得好像走了一趟漫長的旅程。不管怎樣，她一路都有東西可以用來娛樂自己。她玩了牙雕小象，也看到把絲絨抱枕當窩的灰老鼠跟寶寶。

07 花園的鑰匙

兩天過後，瑪麗一睜開眼就在床上坐直身子，對瑪莎喊道：「你看荒原！快看荒原！」

暴風雨停了，風在昨晚就吹散了灰濛濛的水氣跟雲霧，連風也平息了。明亮的湛藍天空高高懸在荒地上方。瑪麗做夢也想不到會有這麼藍的天空。在印度，天空總是熱騰騰、亮晃晃，但這裡的天空卻透著一種深邃沁涼的藍，幾乎閃閃發光，好似深不見底的可愛湖泊。雪白蓬鬆的小雲朵，在高遠的藍色天穹裡隨處飄遊。廣闊的荒原世界看起來也是一片柔和的藍，而不再是陰暗的黑紫，更不是可怕的灰。

「欸，」瑪莎開心的咧嘴笑道：「暴風雨暫時結束了，每年這個時候啊，天氣都這樣。暴風雨來一個晚上就離開，好像沒來過似的，而且不打算再來。天氣會這樣，都是因為春天要來了。雖然還有的等，可是春天已經在半路上嘍。」

「我本來以為英國不是下雨，就是陰天呢。」瑪麗說。

「啊！不是的！」瑪莎坐在腳跟上，石墨刷擱在身旁，然後說：「沒那事兒！」

「你說什麼？」瑪麗嚴肅的問。在印度，當地人的方言各有不同，往往只有少數幾人聽得懂，所以瑪莎說了瑪麗聽不懂的話，瑪麗也不覺得訝異。

瑪莎大笑，就像兩人初次見面的那天早上。

「哎呀，」瑪莎說：「約克郡口音又溜出來嘍。梅德拉克太太還交代我千萬不能說呢。」瑪莎又慢又仔細的說：「『沒那事兒』就是『沒有那回事』的意思，可是這樣說要花很多時間。約克郡放晴的時候，是世界上陽光最燦爛的地方。我跟你說過，過一陣子你就會喜歡上荒原的。你等著瞧，等金黃色的荊豆花、金雀花開。還有啊，石南花一開，就會像長出整片紫色的鈴鐺喔。好幾百隻蝴蝶飛來飛去，蜜蜂嗡嗡嗡，還有雲雀飛翔跟歌唱。到時一日出你就會想到荒原上去，在那裡消磨一整天，就跟迪肯一樣。」

「我真的能去嗎？」瑪麗惆悵的問，望向窗外那片遙遠的藍，看起來好清新、好廣闊，不可思議，那個色彩真美妙。

「我不知道耶，」瑪莎回答：「我覺得啊，你好像從出生以來，就沒好好用過那雙腿，你不可能一口氣走五英里的啦。這邊離我們家木屋就有五英里呢。」

「我好想看看你們家木屋喔。」

瑪莎好奇的瞅著瑪麗片刻，又拿起亮光刷，開始替爐柵拋光。瑪莎心想，這張不起眼的小臉現在已經不像第一天早晨那麼鬱悶了，此刻的神情，跟小蘇珊安很想得到某種東西時，有點相像。

「我會問我媽媽，」瑪莎說：「不管什麼事，她幾乎都能想出解決辦法。今天我輪休，我要回家了。啊！我好高興。梅德拉克太太滿欣賞媽媽的，也許媽媽可以跟她談談。」

「我喜歡你媽媽。」瑪麗說。

「我想也是。」瑪莎附和，一面繼續磨亮柵欄。

「我沒看過她。」瑪麗說。

「是啊，是沒看過。」瑪莎回答。

瑪莎又蹲坐在腳跟上，用手背揉揉鼻尖，一時好像有點拿不定主意，但態度最後變得很篤定。

「嗯，媽媽腦袋清楚、工作賣力，個性好又愛乾淨。不管有沒有見過她，大家都忍不住會喜歡上她。一輪到休假，我就會回她身邊，越過荒原的時候，我就會高興得蹦蹦跳跳。」

「我喜歡迪肯，」瑪麗又說：「我也沒見過他。」

「嗯，」瑪莎堅定的說：「我跟你說過，連小鳥都喜歡他，還有兔子、野生綿羊、小馬跟狐狸也是。我在想啊……」瑪莎若有所思的盯著瑪麗看。「不曉得迪肯會覺得你怎樣？」

「他不會喜歡我的，」瑪麗用她專屬的僵硬冷漠口氣說：「沒人喜歡我。」

瑪莎又陷入沉思。

「你喜歡自己嗎？」瑪莎問，彷彿真心想知道。

瑪麗猶豫片刻，好好想了想。

「其實……一點都不喜歡，」瑪麗回答：「可是我從來沒想過這件事。」

瑪莎微微笑著，彷彿憶起什麼溫馨的往事。

「剛剛那句話啊，我媽媽問過我，」瑪莎說：「那時候她在水槽邊忙著，我在鬧脾氣，一直批評別人。她就轉身看著我說：『你這個小潑婦！你站在那邊，講這個人不好、說那個人不是，那你喜歡自己嗎？』聽到這句話，我笑了出來，馬上清醒過來。」

瑪莎等瑪麗用完早餐，馬上興高采烈離開了。瑪莎要走五英里越過荒原回小木屋去，然後要幫媽媽洗衣服、將一星期份的麵包先烤好，盡情享受回家的樂趣。

瑪麗知道瑪莎離開宅邸時，覺得更孤單了。她趕緊跑到觀賞用的花園裡。第一件事就是繞著噴泉花園跑十圈，邊跑邊仔細數數。跑完以後，精神好了些。陽光讓整個地方改頭換面。湛藍的天穹高高懸在米瑟威特上方，同樣也懸在荒原上面。她始終仰臉望天，想像躺在雪白的小小雲朵上飄來飄去，會是什麼感覺？她走進第一個炊事花園，發現老班跟兩個園丁在那裡忙著。天氣變好了，老班的心情似乎跟著好轉，主動跟她攀談。

「春天來嘍，」老班說：「你聞得到嗎？」

瑪麗嗅嗅空氣，覺得聞得到。

「我聞到香香的、新鮮的、潮濕的味道。」瑪麗說。

「就是這種肥沃好土的氣味，」老班邊挖地邊答：「這個土啊，現在心情很愉快，準備要好好長東西嘍。播種的時間一到，土就很開心。冬天的時候，土沒事可做，無聊得很。那邊的觀賞用花園，在黑漆漆的地底下，會有東西開始蠢蠢欲動。陽光帶來溫暖，不用多久，你就會看到綠色芽尖從黑土裡鑽出來嘍。」

「會長什麼呢？」瑪麗問。

「番紅花、雪花蓮、喇叭水仙啊，你沒看過綠色芽尖嗎？」

「沒有。在印度，下過雨以後，所有的東西又熱又濕又綠，」瑪麗說：「我想，那邊的東西一個晚上就長完了。」

「這些植物一個晚上可是長不出來的，」老班說：「你要耐著性子等。這邊探出一點點、那邊推出一些些。今天展開一片葉，改天再張開另一片葉。你好好觀察吧。」

「我會的。」瑪麗回答。

眨眼間，瑪麗再次聽到鳥兒飛翔的輕輕振翅聲，馬上知道知更鳥又來了。牠敏捷活潑，東蹦西跳，離她的腳好近。牠歪著腦袋望著她，一副害臊的模樣。於是她問老班一個問題。

「你想牠記得我嗎？」瑪麗說。

「記得你！」老班忿忿的說：「這些園子裡的每個包心菜梗，牠都一清二楚，更別說是人了。牠以前沒在這裡見過小姑娘，決心要好好認識你。你不需要對牠隱瞞什麼事情。」

「牠住的花園裡，黑漆漆的地底也有東西開始活動了嗎？」瑪麗問。

「什麼花園？」老班沒好氣的咕噥，又不高興了。

「就是有老玫瑰樹的那個啊，」瑪麗忍不住要問，因為她太想知道了，「那邊的花都死了嗎？夏天的時候，有一些會不會再開花？還會有玫瑰嗎？」

「問牠嘛，」老班說，朝著知更鳥聳聳肩：「只有牠知道，那裡十年沒人進去了。」

十年好久喔，瑪麗心想，自己十年前才出生的。

瑪麗漸漸走遠，一面慢慢思索。她開始喜歡上那座花園，就像喜歡上那隻知更鳥、迪肯跟瑪莎的媽媽一樣。她對瑪莎也開始有好感。討人喜歡的人怎麼那麼多呢？對於不習慣喜歡別人的瑪麗來說，這樣的人數感覺確實滿多的。她也把知更鳥當成自己喜歡的人。她沿著鋪滿長春藤的長牆繼續走著，看得到露出牆頭的樹梢。當她第二次在那裡走動的時候，最有趣、最刺激的事情發生了，都是託老班那隻知更鳥的福。

她先是聽到吱吱啾啾的聲音，望向左邊光禿禿的花圃時，就看到知更鳥在那兒蹦蹦跳跳，忙著在土裡啄什麼東西吃，裝成沒在跟蹤她的樣子。可是她看透了牠的伎倆。她喜出望外，幾乎顫抖起來。

「你真的記得我！」瑪麗喊道：「真的耶！你比世界上的任何東西都漂亮！」

瑪麗嘰嘰喳喳，又說又哄。知更鳥跳來跳去，輕快擺動尾巴，啾啾不停，彷彿也在說話。牠的紅背心看來像綢緞。牠鼓起小小胸膛，看來細緻、氣派又亮眼，似乎想表現給瑪麗看，讓瑪麗知道知更鳥可以多有分量、多麼像個人。知更鳥讓瑪麗小姐靠近牠。瑪麗俯下身子講話，一面試著模仿知更鳥的叫聲，完全忘了自己這輩子臭脾氣的老樣子。

噢！知更鳥竟然願意讓她這麼靠近！知更鳥知道瑪麗絕不會隨便伸手亂抓，也絕不會故意嚇牠。知更鳥之所以知道，就是因為牠跟人一樣，只是比世上的任何人都還親切。瑪麗欣喜若狂，幾乎不敢呼吸。

花圃其實不是真的光禿禿的。多年生的植物剪枝過後，進入冬季的休眠狀態，所以沒有花，但還有高高低低的灌木叢，在花圃後面連成一氣。知更鳥在灌木叢下跳來跳去，瑪麗看到牠跳過一小堆剛翻不久的泥土，停在土堆上尋覓蟲子。這堆土是一隻狗挖出來的，牠想找鼴鼠，洞挖得滿深的。

瑪麗瞧了半晌，不大明白這裡為什麼有個洞。瑪麗東張西望的時候，就看到新翻不久的土裡，半埋著什麼東西。好像是生鏽的鐵圈或銅環。知更鳥飛到附近一棵樹上，瑪麗隨手把圓環撿起來，不過，它不只是個鐵圈，還是把舊鑰匙呢！好像埋在地下很久了。

瑪麗小姐站起來，看著掛在手指上的鑰匙，臉上幾乎露出恐懼。

「這根鑰匙可能埋了十年了，」瑪麗喃喃：「說不定就是那個花園的鑰匙！」

08 指路的知更鳥

瑪麗望著鑰匙好久好久，拿在手裡翻來覆去，想著鑰匙的事情。之前說過，她這孩子沒受過訓練，不懂得一有事情，就要請求長輩批准，或者徵詢長輩意見。關於鑰匙的事，她滿腦子只想到，如果這是那個封閉花園的鑰匙，如果她找得到那扇門，或許就能把門打開，瞧瞧牆裡的模樣，看看那些老玫瑰樹的現況。就因為花園關閉那麼久，所以她才想一探究竟，彷彿這座花園一定會與眾不同；彷彿十年之間，花園裡一定出過怪事。除此之外，如果她喜歡這個花園，她可以每天都進去，把門關起來，自己設計遊戲，一個人在裡面玩耍，因為不會有人知道她在那裡，大家都會以為門還鎖著、以為鑰匙還埋在地裡。想到這點，她就心滿意足。

就像現在，瑪麗住在一棟大宅裡，裡面有一百間鎖上的神祕房間，整天沒什麼有趣的事情可以做，原本不靈活的腦袋反倒運轉起來，想像力跟著慢慢甦醒。荒原吹來的新鮮、強勁又純淨的空氣，肯定發揮了很大作用，這種空氣讓瑪麗有了胃口，逆著風行進，不只促進了血液循環，也讓心思活躍起來。在印度，瑪麗總是熱昏頭、無力又虛弱，對什麼事都不在意。可是在這裡，瑪麗開始在意，想要嘗試新鮮事，脾氣也沒以前臭了，雖然她不曉得原因何在。

瑪麗把鑰匙放進口袋，沿著步道來回踱步。除了她以外，好像沒人會到這裡來，所以她大可以慢慢散步，好好檢查牆壁，或者說，仔細瞧瞧牆上的長春藤。那些長春藤真教人困惑，不管多麼仔細看，都只看得到長得濃濃密密、散放光澤的暗綠葉子。她覺得好失望。她在牆邊來回踱步，望著牆裡的樹梢，那種拗脾氣的感覺又有點恢復了。她自言自語：離那個花園明明那麼近，卻怎麼都進不去，真是太蠢了。她回屋裡的時候，把鑰匙收進口袋。她下定決心，以後每次出門都要隨身帶著鑰匙，這樣不管什麼時候找到那扇隱藏的門，就隨時能夠打開。

梅德拉克太太同意讓瑪莎回她家木屋過夜，不過瑪莎隔天一早就回到工作崗位，雙頰比之前更紅潤，精神非常抖擻。

「我四點就起床了，」瑪莎說：「啊！小鳥早早就起床，兔子跑跑跳跳，太陽升上天空，荒原變得好美好美。我不是一路都用走的回來，有個駕馬車的男人讓我搭了一段便車，可真享受呢。」

瑪莎休假那天開心極了，有說不完的故事。媽媽見到她很高興，兩人合力烤好麵包、洗完衣服。瑪莎甚至還替弟弟妹妹做了個麵餅，還在裡頭加了點紅糖。

「弟弟妹妹從荒原上玩耍回來的時候，我把麵餅烘得熱呼呼。整間木屋變得好好聞，乾乾淨淨又有烤東西的香氣，還生了暖暖的火，他們全都開心的歡呼。我們家迪肯說，我們家的木屋好得可以讓國王住。」

晚上，全家圍著火爐坐，瑪莎跟媽媽忙著在衣服的破洞上縫補丁，也補了襪子的破口。瑪莎跟大家講起這個印度來的小女孩：這個小女孩從小都讓「黑人」（瑪莎的叫法）伺候得妥妥貼貼，結果連襪子都不會穿。

「啊！他們很喜歡聽你的故事喔，」瑪莎說：「他們想知道那些黑人，還有你搭來英國那艘船的事，我再怎麼說，他們都聽不夠呢。」

瑪麗想了想。

「下次你休假以前，我會跟你說更多，」瑪麗說：「這樣你就有更多東西可以跟他們講。我覺得他們一定會喜歡聽騎大象跟駱駝，還有軍官獵老虎的事。」

「天啊！」瑪莎開心的大喊：「他們一定會樂昏頭的。小姐，你真的會跟我說嗎？那種故事就跟野生動物秀一樣刺激，聽說在約克郡裡舉辦過。」

「印度跟約克郡很不一樣，」瑪麗慢慢說，彷彿字字斟酌：「我以前從來沒想過。我的事情，迪肯跟你媽媽都喜歡聽嗎？」

「啊，我們家迪肯眼睛瞪得圓圓的，眼珠子都快蹦出來嘍，」瑪莎回答：「可是媽媽呢，她聽到你好像孤零零一個人，就不大高興。她說：『克瑞文先生沒幫她找家教嗎？也沒找奶媽嗎？』我說：『沒有，他沒找，不過梅德拉克太太說，等他想到的時候，自然會去找。可是梅德拉克太太說，他可能兩三年都不會想到。』」

「我才不要家教。」瑪麗語氣尖銳的說。

「可是媽媽說，你這個年紀該念書了，也該找個女士來照顧你。媽媽還說：『欸，瑪莎啊，你想想嘛，要是你一個人住那麼大地方，孤孤單單晃來晃去，沒媽媽照料，你會有什麼感覺？你可要努力逗她開心。』媽媽這麼說。我說我會的。」

瑪麗直直望著瑪莎良久。

「你真的能逗我開心，」瑪麗說：「我喜歡聽你說話。」

不久，瑪莎走出房間，回來的時候，揣著東西藏在圍裙下面。

「我帶了禮物要送你唷，」瑪莎愉快的笑著說：「你覺得怎樣啊？」

「禮物！」瑪麗小姐驚呼。瑪莎家的小屋擠了十四個人，一家人連肚子都填不飽了，哪還能送人禮物！

「有個小販駕車經過荒原，沿路叫賣，」瑪莎解釋：「他把載貨馬車停在我們家門口。他賣鍋碗瓢盆雜七雜八的一堆東西，可是媽媽沒錢買。他快離開的時候，我們家的依莉莎白愛倫嚷嚷：『媽咪，他賣跳繩耶，手把有紅的也有藍的。』媽媽突然叫道：『欸，先生！你等等！跳繩多少錢一條？』他說兩便士。媽媽開始往口袋裡撈啊撈，然後跟我說：『瑪莎啊，乖，快把你的薪水拿過來。平常我一便士都恨不得能掰成四個來花，可是我就是要拿兩便士出來，替那孩子買根跳繩。』她就買了一條，喏，給你。」

瑪莎從圍裙裡掏出跳繩，得意的展示著。那條繩子細長堅韌，兩端的手把是紅藍交錯的條紋。可是瑪麗．萊尼克斯這輩子從沒看過跳繩。她盯著它猛瞧，滿臉困惑不解。

「這是做什麼用的？」她好奇的問。

「做什麼用！」瑪莎喊道：「你該不會是說，印度有大象、老虎跟駱駝，可是沒跳繩？難怪他們大部分都是黑人了。你看好了，跳繩就是這麼用的。」

瑪莎跑到房間中央，兩手各抓一邊手把，開始跳了又跳。坐在椅子上的瑪麗轉身定定盯著瑪莎，畫像裡的那些奇怪臉龐好像也盯著瑪莎，心想這個住小木屋的平民女孩真是放肆，竟敢在他們眼前胡亂撒野，可是瑪莎根本沒注意到他們。瑪麗小姐臉上的興趣與好奇讓瑪莎開心不已。瑪莎繼續邊跳邊數，直到跳完一百下為止。

「我還可以跳更久喔，」瑪莎停下來的時候說：「我十二歲就可以跳到五百下了。可是我以前沒現在胖，而且那時候常常練習。」

瑪麗從椅子上站起身，跟著興奮起來。

「看起來不錯耶，」瑪麗說：「你媽媽人真好，你想我也能跳得那麼好嗎？」

「試試看嘛，」瑪莎催促，一面把跳繩遞給她：「剛開始跳不到一百下，可是只要多多練習，就能愈跳愈多下，媽媽就是這麼說的。她說啊：『跳繩對她好處多多，給小朋友這種玩具最合適了。讓她到外頭的新鮮空氣裡跳一跳，手腳會拉長，也會愈來愈有力氣。』」

瑪麗小姐剛開始跳的時候，手腳的確沒什麼氣力，跳繩用得不大順手，可是她好喜歡，怎麼也不想停下來。

「把衣服穿上，到外頭去跑一跑、跳跳繩吧，」瑪莎說：「媽媽交代我，一定要叫你儘量到戶外活動，下點小雨也不打緊，只要穿得夠暖就好。」

瑪麗穿上外套戴好帽子，手臂挽著跳繩，打開門就要走出去，接著突然想到什麼，慢吞吞轉過身來。

「瑪莎，」瑪麗說：「跳繩是用你的薪水買的，兩便士是你出的，謝謝你。」瑪麗語調生硬，因為向來不習慣跟人道謝，也不習慣去注意別人對她的付出。「謝謝你。」瑪麗說，不知道還能做什麼，於是乾脆伸出手來。

瑪莎彆扭的握握瑪麗的手，彷彿對這種事也很不習慣。接著瑪莎噗哧笑出來。

「哎呀！你這個人好怪，像個老太婆似的，」瑪莎說：「要是我們家依莉莎白愛倫啊，老早衝上來親我嘍。」

瑪麗身子更僵了。

「你希望我親你？」

瑪莎又大笑。

「沒啦，沒有啦！」瑪莎回答：「如果你不是這樣的個性，可能會想親親我，不過每個人的個性都不同。快到外頭玩跳繩吧。」

瑪麗小姐走出房間時，覺得有點尷尬。約克郡人好像很怪。瑪莎對她來說，向來是個謎團。瑪麗一開始很不喜歡瑪莎，可是現在想法改變了。

跳繩這種東西妙極了。瑪麗邊數邊跳、邊跳邊數，直到雙頰通紅。打從出生以來，她的興致從沒這麼高昂過。陽光燦爛，微風輕吹——不是那種狂野的風，而是陣陣輕拂、教人心曠神怡的風，連帶把新翻泥土的清新氣味送了過來。她繞著噴泉花園跳啊跳，沿著一條步道跳完之後，又跳著穿過下一條，最後跳進了炊事花園，看到老班邊掘土邊跟他的知更鳥聊天。知更鳥就在老班四周蹦蹦跳跳。她沿著步道往老班跳去；老班抬頭望著她，滿臉好奇。她原本還在想，不曉得老班會不會注意到她。她好希望老班能看到她跳繩的模樣。

「喲！」老班高聲說：「天啊！你到底還是個小娃兒嘛！血脈裡還是流著小孩子的血，而不是酸溜溜的奶酪。你這樣蹦啊跳的，還真的跳出紅紅的臉頰來，真不敢相信你竟然辦得到。」

「我以前沒玩過跳繩，」瑪麗說：「我才剛開始學，只能跳到二十下。」

「繼續努力吧，」老班說：「對跟異教徒生活過的小孩來說，有這種表現已經不錯嘍。你看，牠盯著你直瞧呢。」老班腦袋往知更鳥的方向一點。「牠昨天跟蹤過你，今天肯定還會繼續。牠一定會想摸清楚，跳繩是啥東西。牠從來沒見過跳繩呢。嘿！」他對著鳥兒搖搖頭。「你啊，要是不當心點，好奇心早晚會害你送命。」

瑪麗跳著繩繞遍每座花園跟果園，途中每隔幾分鐘就歇一會兒，最後走到那條特殊步道，決心瞧瞧自己能不能一口氣跳完整條步道。沒想到這樣一路跳過去，還挺花時間的。起初慢慢跳，不過還沒跳到一半就熱壞了，連氣也喘不過來，最後不得不停下。她不介意中途暫停，因為她已經可以一口氣跳到三十下了。她停下來的時候還快活的笑了一聲。噢，瞧，在長春藤長枝上擺來盪去的，不就是那隻知更鳥嗎？牠真的在跟蹤她耶！牠啾了啾，向她打招呼。瑪麗朝牠的方向跳過去，每跳一下，就感覺口袋裡有沉甸甸的東西往身上撞。她看到知更鳥的時候，又笑出聲來。

「你昨天告訴我鑰匙在哪裡，」瑪麗說：「今天應該把門指給我看了吧。可是我想，你根本不曉得門在哪裡！」

知更鳥從那串搖搖晃晃的長春藤上飛到牆頭上，張嘴用顫音發出悅耳的啼鳴。牠只是想炫技而已。知更鳥想炫耀歌喉的時候（牠們幾乎總是這樣），是那麼的可愛、那麼討人喜歡，世上沒有任何東西比得上。

瑪麗．萊尼克斯在印度奶媽講的故事裡，常常聽到關於魔法的事。幾乎在這一刻，有件事發生了；日後每次提起，她總說那就是魔法。

一小陣舒服的輕風沿著步道吹來，風勢比之前都要強勁一些，風力足以撥動枝椏，也吹動了未經修剪、鋪垂牆面的幾串長春藤。瑪麗往知更鳥走近，忽地那陣風就把幾長串鬆散的長春藤枝條吹開。更突然的是，她往前一跳，伸手揪住那幾串長春藤，因為她剛剛瞥見枝條底下有東西，是個圓圓的旋鈕，被藤葉遮住了。是門把。

她把手伸到枝葉下頭，開始往旁邊推推拉拉。雖然垂下來的長春藤很濃密，有些還攀過了木頭與鐵柵，但就整體來說，幾乎鬆垮垮的，好似來回搖擺的簾子。瑪麗的心開始怦怦猛跳，開心又興奮，雙手還有點顫抖。知更鳥歪著腦袋繼續啼唱。牠盡情啁啾，彷彿跟她一般興奮。她的手摸到方形的金屬東西，手指還探到一個小洞，這到底是什麼？

是門鎖，就是那扇深鎖十年的門。她的手往口袋一探，掏出鑰匙，發現恰好跟鎖孔吻合。她插進鑰匙一轉。雙手並用才轉得動，可是真的轉過去了。

接著她深吸一口氣，回頭往那段長步道一瞥，看看有沒有人路過。看來沒人。她忍不住再次深呼吸，撥開晃來晃去的長春藤簾，將門往內推，門慢慢……慢慢打開了。

她悄悄溜進去，隨手關起門，背抵著門站好，興奮難抑的左顧右盼，驚奇又開心，呼吸變得好急促。

她站在祕密花園裡了。

09 從來沒人住過這麼怪的房子

這裡是大家所能想像的，最美好而且看來最神祕的地方。圍住花園的高牆上，爬滿了沒有葉子的玫瑰藤蔓。這些藤蔓長得非常濃密，全都糾纏在一起。瑪麗．萊尼克斯知道這是玫瑰，因為她在印度就看過不少。地上鋪滿了冬季枯黃的小草，一叢叢灌木從地面長出來，如果這些灌木還活著，一定就是玫瑰花叢了。有好幾株樹玫瑰，枝椏往四處舒展，看來就像一棵棵小樹。

花園裡還有其他種類的樹木。讓這個花園看來奇怪又可愛的原因是——玫瑰藤蔓攀過這些樹木，垂下長長的捲鬚，整片捲鬚就化為輕盈的簾子，風一吹就東搖西晃。藤蔓不是互相糾纏，就是纏在遠端的枝幹上，從一棵樹攀向下一棵樹，搭起一座座可愛的吊橋。這些藤蔓上目前無葉也無花。瑪麗不知道它們是死是活，可是灰色或棕色的細枝跟椏杈，看來就像某種朦朧的罩子，在所有的東西上擴散蔓延，包括牆壁、樹木，甚至是乾枯的草地，到處都是。它們從固定器那裡垂落下來，沿著地面攀爬。這些糾纏的枝椏懸掛在樹木之間，朦朦朧朧，讓整個花園看來好神祕。瑪麗之前就在想，這裡這麼久沒人照顧，一定跟其他花園大不相同。的確，這裡啊，跟她這輩子看過的地方都不一樣。

「好安靜！」瑪麗喃喃自語：「好安靜啊！」

接著瑪麗等了片刻，傾聽這番寂靜。知更鳥早已飛上枝頭，跟所有的東西一樣文風不動，連翅膀也不鼓動。牠不動如山坐著，望著瑪麗。

「我是十年來第一個在這裡面說話的人，」瑪麗再次低聲說：「難怪這裡靜悄悄的。」

她從門邊走開，腳步放得很輕，彷彿擔心吵醒什麼人。她很高興腳下有草地，這樣就不會踩出聲音。椏杈跟捲鬚在樹木之間搭起了灰暗的拱廊，好似童話場景。她在下頭走著，一面抬頭仰望。

「真想知道它們是不是都死了，」瑪麗說：「這個花園已經死了嗎？真希望不是。」

如果她是老班的話，一眼就能看出樹木是不是還活著，但她只看得到灰色或棕色的椏杈跟樹枝，上面連個小小的嫩葉苞芽都沒有。

可是她終於站在這座神奇的花園裡面了。她隨時都可以穿過這道藏在長春藤下的門進來，她覺得好像找到了完全屬於自己的天地。

陽光照進這四面牆裡，高高拱在米瑟威特這塊土地上的藍天，好像比荒原的天空更明亮、更柔和。知更鳥從樹頂上飛下來，要不是跟在她後面跳著，不然就是在樹叢之間飛躍。牠啾啾啼鳴不停，一副忙得不可開交的模樣，彷彿急著展示事事物物給她看。所有的東西都很怪異，也很安靜。她好像跟其他人相隔幾百英里的距離，可是不知怎的，卻一點也不寂寞。她唯一的困擾是，真希望能弄清楚，玫瑰是不是都死了？也許有些還活著，等天氣暖些，就會吐出葉子跟花苞？她真不希望這個花園已經徹底死絕。如果這花園還活著，該有多棒！要是花園還活著，到時四面八方都會長出幾千朵玫瑰嗎？

瑪麗走進花園的時候，跳繩就披掛在手臂上。在裡面逛了一陣子以後，她想到可以跳繩繞遍整座花園，想看東西再停下來。隨處好像都有長著草的步道。在一兩個角落裡，會出現常綠植物搭成的亭子，亭子裡不是有石椅，就是有苔蘚覆蓋的花甕。

瑪麗走近第二座亭子時，就停步不跳了。亭子裡以前有個花圃，她覺得黑土裡好像有東西冒出來了，是幾根淺綠色小尖芽。她想起老班說過的話，於是跪下來仔細瞧瞧。

「嗯，這些小東西正在長呢，可能是番紅花、雪花蓮或是水仙。」瑪麗低聲說。

瑪麗彎下身子，離小芽尖好近，嗅了嗅潮濕泥土的新鮮氣味。她好喜歡這個味道。

「別的地方可能還有小芽尖，」瑪麗說：「我要把花園整個逛過，仔細看一看。」

瑪麗不再跳繩，改用走的。她慢條斯理走著，眼睛緊盯地面。她檢查舊邊緣花圃與草地。她看得仔仔細細，什麼都不想錯過。一圈走下來，發現了更多淺綠色芽尖，她再次興奮起來。

「這個花園還活著，」瑪麗對自己輕聲喊道：「就算玫瑰死了，還有別的東西活著。」

瑪麗對園藝一竅不通，草似乎長得太茂密，有些地方綠芽尖正努力想冒出頭，但生長空間好像不夠。她東翻西找，發現一根尖木頭，就跪下來挖掉雜草跟青草，在小芽尖周圍清出小小空間。

「現在看起來能呼吸了，」瑪麗弄完頭一批地方以後說：「我還要繼續加油，只要看得到的，都要清理好。如果今天時間不夠，明天還能過來。」

瑪麗走來走去、挖地除草，忙得不亦樂乎。她輪番在花圃之間忙碌，一路忙到樹下的草地上。這番勞動讓她渾身發暖，於是先脫掉外套，再摘下帽子。她低頭望著草地與淡綠芽尖時，一直不由自主面帶微笑。

知更鳥也忙碌不已，看到有人在牠的土地上整理花草，覺得十分滿意。老班常常讓牠覺得驚奇：有園藝工作的地方，就會有人翻土，而一翻土，就會有各樣好料可以大快朵頤。現在來了個新的小傢伙，個子還沒有老班一半高，可是腦袋很靈光，竟然一進牠的花園，就懂得馬上開工。

瑪麗小姐在花園裡一直忙到午餐時間。其實，等她想起午餐的時候，已經相當晚了。她穿上外套、戴好帽子，撿起跳繩，簡直不敢相信自己竟然連續忙了兩三個鐘頭。這段時間裡，她的心情一直很愉快。在清出來的空間裡，可以看見幾十個淺綠小芽尖。小草跟雜草本來都快把它們悶死了，現在它們看起來比之前快樂兩倍。

「我下午還會回來。」瑪麗說著一面環顧自己的新國度，一面對著樹木跟玫瑰樹叢說話，彷彿它們聽得見。

接著瑪麗輕快的奔過草地，推開那扇不靈活的舊門，從長春藤下面鑽出去。她臉頰通紅，雙眼發亮，午餐胃口大開，逗得瑪莎開心不已。

「你吃了兩片肉跟兩份米布丁耶！」瑪莎說：「哎呀！要是跟媽媽說跳繩對你的效果有多好，她肯定樂壞了。」

瑪麗小姐用那枝尖尖的細枝挖地時，挖到了某種白色的根，長得很像洋蔥。她把白根放回原位，小心翼翼把土填回去，再拍一拍。現在她想，不知道瑪莎能不能告訴她，那種東西到底是什麼？

「瑪莎，」瑪麗說：「有種白白的根，看起來像洋蔥，到底是什麼？」

「是球莖啊，」瑪莎回答：「很多春天的花都是從球莖長出來的。很小的球莖就是雪花蓮跟番紅花，大一點的就是水仙花、黃花水仙跟喇叭水仙。最大的就是百合花跟紫菖蒲。啊！都是很好的花喔，迪肯在我們家小園子裡種了一大堆呢。」

「這些事情，迪肯都懂嗎？」瑪麗問，腦子浮現一個新點子。

「我們家迪肯啊，還能讓磚頭小道長出花來呢。媽媽說，他只要對著土地講悄悄話，東西就會長出來。」

「球莖可以活很久嗎？如果沒人幫忙，可以活好多好多年嗎？」瑪麗焦急的問。

「球莖這種東西啊，是靠自己的力量生長的，」瑪莎說：「所以窮人才種得起。如果不花功夫處理，它們大部分一輩子就在地底生存，慢慢往外擴散，生出小小球莖。這邊的林苑裡有個地方，有好幾千株雪花蓮；春天一來，雪花蓮會開一整片，是約克郡最漂亮的景色了。沒人知道最早是什麼時候種下的。」

「真希望春天已經到了，」瑪麗說：「只要是英國長的植物，我全都想看看。」

瑪麗吃完中餐，走到壁爐地氈上最愛的位子坐下。

「我想……我好想要一把小鏟子。」瑪麗說。

「你要鏟子幹嘛呢？」瑪莎邊笑邊問：「拿來挖東西嗎？這個我一定也要跟媽媽說。」

瑪麗望著爐火，思索半晌。如果她想保住自己的祕密王國，一定得特別小心。她不會破壞什麼，可是如果克瑞文先生發現那扇門被打開了，肯定暴跳如雷，然後就打把新鑰匙，永遠把門鎖起來。她沒辦法忍受這種狀況。

「這個房子好大、好寂寞喔，」瑪麗慢吞吞說，彷彿在心裡反覆琢磨：「這棟房子好寂寞喔，林苑也是。那麼多地方好像都鎖住了。我在印度沒什麼事做，可是可以看到比較多人，有當地人、行軍的士兵，有時候還有軍樂隊呢。奶媽也會說故事給我聽。在這裡，除了你跟老班，我沒有人可以聊天。你有自己的工作要忙，老班也不肯常常跟我聊天。我想，要是我有一把小鏟子，就能找地方挖挖土。如果他願意分我一點種籽，我就可以弄個小花園。」

瑪莎的臉龐一亮。

「哈！」瑪莎喊道：「媽媽連這件事都說中了。她說啊：『反正那裡的地那麼大、空間那麼多，為什麼不給她一點點地方，就算只是種種香菜跟小蘿蔔也好啊。要是能挖挖地、耙耙土，她一定會很開心的。』媽媽就是這麼說的。」

「真的嗎？」瑪麗說：「她到底知道多少事情啊？」

「欸！」瑪莎說：「媽媽老是說，『養大十二個小孩的女人，除了基本常識，可會學到不少東西呢。小孩就跟算數一樣，讓人更懂事情。』」

「一把鏟子……小把的鏟子，要多少錢呢？」瑪麗問。

「嗯，」瑪莎邊想邊回答：「司威特村有家店，我在那裡看過小小的園藝工具組，有鏟子、耙子跟叉子，綁在一起，要兩先令，用起來應該還算堅固。」

「我皮包裡的錢不只那些，」瑪麗說：「莫立森太太給了我五先令，梅德拉克太太也從克瑞文先生那邊拿了些錢給我。」

「他竟然還記得給你零用錢？」瑪莎驚呼。

「梅德拉克太太說，我每星期可以拿到一先令，每到星期六就給我。我不知道該怎麼花。」

「天啊！那可是一筆財富啊，」瑪莎說：「你想要的東西，全都買得起。我們家小木屋的租金才一先令三便士，光是要湊齊那筆錢就很吃力了。我剛剛想到一件事。」瑪莎雙手往臀部一搭。

「什麼事？」瑪麗急著說。

「司威特那家店也賣花種籽，一包一便士。我們家迪肯知道哪些最漂亮，也知道該怎麼種。他常常散步去司威特村，只是為了好玩。你知道怎麼寫印刷體嗎？」瑪莎突然問。

「我知道怎麼寫字。」瑪麗回答。

瑪莎搖搖頭。

「我們家迪肯只看得懂印刷體。如果你會寫，我們就能寫封信給他，叫他把園藝工具跟種籽都買過來。」

「噢！你好好喔！」瑪麗大喊：「你真的好好喔，我以前都不知道你人這麼好。我知道了，我努力試看看，應該就能寫出印刷體。我們去跟梅德拉克太太要筆、墨水跟紙吧。」

「我自己就有，」瑪莎說：「我之前就買過紙了，這樣就能寫點信，在星期天寄給媽媽。我這就去拿。」

瑪莎跑出房間，瑪麗站在火邊，喜出望外扭著瘦小雙手。

「要是我有鏟子，」瑪麗低聲說：「就能把土翻得鬆鬆軟軟，然後把雜草挖出來。要是我有種籽，能種出花來，花園就不會死氣沉沉。花園就會活過來。」

那天下午瑪麗沒再出門。瑪莎必須先清理餐桌、把碗盤收回樓下，才能帶紙筆墨水回來。瑪莎走進廚房時，梅德拉克太太正好在那裡，便吩咐瑪莎去辦點事。瑪麗覺得等了老半天，瑪莎才終於回來。寫信給迪肯是份嚴肅的工作。從前的家教老師那麼討厭瑪麗，根本無法忍受跟她獨處，所以教過瑪麗的東西少之又少。瑪麗的拼字能力不怎麼好，可是她覺得只要嘗試，還是有辦法寫出印刷體。以下這封信就是由瑪莎口述，瑪麗執筆寫下的：

我親愛的迪肯：

希望你收到信的時候，一切都好。瑪麗小姐有很多錢，希望你去司威特幫她買點花種籽，順便買一套種花工具。她以前住印度，那邊的生活很不一樣，所以從來沒碰過園藝，就挑最漂亮、最好種的花吧。替我跟媽媽還有其他家人問好。我下次休假以前，瑪麗小姐會跟我講更多印度的故事，到時候你們就可以聽聽大象、駱駝，還有紳士狩獵獅子跟老虎的事了。

愛你的姊姊，

瑪莎・菲比・召爾比

「我們把錢裝進信封，我會叫屠夫的兒子放在貨車上，順便送去給迪肯，他是迪肯的好朋友。」瑪莎說。

「迪肯買完以後，我要怎麼跟他拿呢？」瑪麗問。

「他會親自送來給你。要他散步過來，他會很高興的。」

「噢！」瑪麗高聲說：「那我就能看到他了！我從來沒想到可以見到迪肯。」

「你想見他嗎？」一臉開心的瑪莎突然問。

「嗯，想啊。我從來沒看過連狐狸跟烏鴉都喜歡的男生，我很想見見他。」

瑪莎微微一驚，好像突然想到什麼。

「哎呀，」瑪莎脫口說：「明明想說今天早上一見到你，就要跟你說的，結果還是忘了。我問過媽媽了，她說會去問梅德拉克太太。」

「你是說……」瑪莎開口。

「就是星期二說過的事啊。要問梅德拉克太太，看看能不能找一天，載你到我們家小木屋去，吃點媽媽烤的燕麥餅，趁熱塗上奶油，再配一杯牛奶。」

有趣的事情好像都擠在同一天發生了。能在大白天，天空一片蔚藍的時候越過荒原，該有多好！能到那個小木屋去，見見裡面的十二個小孩，該有多棒！

「你媽媽覺得梅德拉克太太會讓我去嗎？」瑪麗焦慮的問。

「嗯，媽媽覺得梅德拉克太太會答應。她知道媽媽很愛整潔，也知道媽媽把小木屋保持得很乾淨。」

「如果我去的話，不只可以見到迪肯，還能看到你媽媽。」瑪麗邊想邊說。她非常喜歡這個點子。「她跟印度那些媽媽好像不一樣。」

在花園裡埋頭忙了一上午，加上下午的亢奮情緒，最後讓瑪麗安靜下來並陷入沉思。午茶時間到來以前，瑪莎一直陪在瑪麗身邊。不過，這段時間裡，兩人舒舒服服坐著，不怎麼講話。可是就在瑪莎準備下樓端茶點上來時，瑪麗問了個問題。

「瑪莎，」瑪麗問：「廚房助手今天又牙痛了嗎？」

瑪莎微微嚇了一跳。

「為什麼這麼問？」瑪莎說。

「我今天等你拿紙筆回來，等了好久好久，就開門到走廊上，看看你是不是來了，結果又聽到那個很遠很遠的哭聲了，就跟前幾天晚上聽到的一樣。今天又沒颳風，不可能是風的聲音。」

「欸！」瑪莎不安的說：「你千萬別在走廊上亂逛偷聽啦，克瑞文先生會很生氣喔。他要是發起脾氣，不知道會做出什麼事。」

「我沒偷聽啊，」瑪麗說：「只是在等你……然後就聽到了，到現在已經三次了。」

「天啊！梅德拉克太太搖鈴叫我了。」瑪莎說，幾乎跑著離開房間。

「應該沒人住過這麼奇怪的房子吧。」瑪麗昏昏欲睡的說，腦袋往扶手椅的軟墊上一靠。吸了一早上的新鮮空氣，賣力挖土，又做了跳繩運動，讓她睏倦又舒適，就這樣墜入了夢鄉。

10 迪肯

這個星期以來，祕密花園日日陽光普照。想到那座花園時，瑪麗就把它叫做祕密花園。她喜歡這個名稱，更喜歡這種感覺：花園的美麗老牆將她圍在裡面，沒人知道她的行蹤，她覺得好像置身於精靈的天地，遠離人類的世界。她讀過的書不多，喜歡的都是童話故事。她在其中幾則故事裡，就讀過祕密花園的事。有時候有人會在祕密花園裡睡上一百年，她覺得這樣做很笨，她才不要在花園裡睡大覺呢。事實上，她在米瑟威特莊園生活，每過一天她就愈發清醒。她開始喜歡待在戶外，不再討厭吹風，而是很享受風兒吹拂的感覺。她跑步的速度更快，跳繩也能跳到一百下。祕密花園裡的球莖一定覺得很驚奇，竟然有人幫忙在周圍清出美好的空地，它們正巴不得有點呼吸空間呢。球莖在黑暗的土地裡開心起來，一面努力抽長。說真的，瑪麗小姐倘若知道球莖的反應，肯定會很訝異。陽光照得到球莖，把球莖烘得暖洋洋；一下雨，球莖也能立刻吸收到水分，開始覺得活力十足。

瑪麗是個意志堅定的怪小孩。既然眼前有好玩的事情，她就展現了決心，全心全意投入其中，按照穩定的步調工作，又是挖土又是除草。隨著時間過去，只是做得更開心，毫無倦意。對她來說，這好像是某種精彩迷人的遊戲。她發現有更多淡綠芽尖冒出來了，遠遠超過她原本的期待，放眼望去似乎到處都有。每天都找得到剛剛萌發的小芽，有些芽兒好小好小，只從土裡露出一丁點。綠芽多到數不完，她想起瑪莎說過「幾千株的雪花蓮」，也想起瑪莎講過球莖會散布蔓延，長出更多新的小球莖。這些球莖已經有十年沒人照顧，搞不好已經跟雪山蓮一樣擴散開來，多生了好幾千個呢。她在想，不曉得還要多久，才能知道這些球莖會不會開花。有時候，她停下挖土的工作，抬頭看看花園，試著想像花園長滿幾千朵可愛花兒的情景。

在陽光燦爛的那個星期裡，瑪麗跟老班熱絡起來。好幾次她突然出現在他身邊，彷彿從土裡迸出來似的，嚇了他一跳。老實說，瑪麗就是因為怕老班一見到她就馬上收拾工具離開，所以總是儘量不出聲的走近他。可是，老班其實已經不像一開始那樣排斥瑪麗了。瑪麗想跟他這老頭子作伴，還讓他暗地覺得受寵若驚呢，再說，瑪麗也比以前有禮貌了。他有所不知的是，瑪麗初次跟他交談時，用的是從前跟印度僕人講話的口吻，當時瑪麗並不知道這個暴躁頑強的約克郡老伯，不只沒有向主人行額手禮的習慣，更不會任人呼來喚去。

「你跟那隻知更鳥真像，」有天早上，老班一抬頭就看到瑪麗站在身邊，「我從來就不知道啥時候會見到你，更不曉得你會打哪兒冒出來。」

「牠現在也是我朋友了！」瑪麗說。

「牠就是這個樣，」老班語氣急促的說：「虛榮又輕浮，老想討好女生。為了炫耀尾巴上的羽毛，啥事兒都做得出來。牠啊，可是自大得不得了。」

老班平日惜字如金。有時瑪麗問他問題，他也不答，頂多嘟噥一聲。但今天早上比平日多話。他站起來，舉起穿著平頭釘靴的一腳踩在鏟子上，上下打量她。

「你來這邊多久了？」老班突然開口。

「我想，大概一個月吧。」瑪麗回答。

「看來米瑟威特對你還滿有好處的嘛，」老班說：「你胖了點，臉色也沒那麼黃了。你第一次走進這個花園的時候，模樣就像拔了毛的小烏鴉。我那時還偷偷想，真沒見過臉那麼臭、長那麼醜的孩子。」

瑪麗沒有虛榮心，從來不覺得自己有多好看，所以聽到這番話也不以為意。

「我知道我胖了一些，」瑪麗說：「長筒襪愈來愈緊了，以前穿起來都鬆鬆皺皺的。老班，知更鳥來嘍。」

真的，知更鳥來了。瑪麗覺得牠比以前更好看了。牠的紅背心像綢緞般泛著光澤。牠輕振翅膀、甩動尾巴，歪著腦袋跳來跳去，擺出各種活潑俏皮的姿態，似乎決心讓老班好好讚賞牠一番。但班一開口就挖苦牠。

「喲，你來啦！」老班說：「是因為找不到更好的伴，不得已才來找我的吧。這兩個星期，你忙著把背心弄得更紅，把羽毛打理得亮晶晶，我知道你在打啥鬼主意。你想追求大膽的年輕姑娘，對她灌一堆迷湯，說你是米瑟荒原上最棒的公知更鳥，說你隨時準備好跟別的公知更鳥一爭高下。」

「噢！你看牠！」瑪麗大聲說。

知更鳥顯然陷在一種大膽奇特的情緒裡，朝老班愈跳愈近，望著老班的眼神愈來愈熱切。牠飛上最近的醋栗矮叢，歪著腦袋，對老班高唱一首小曲子。

「你以為這樣就能收買我的心？」老班皺著一張臉說。瑪麗很確定，老班不高興的樣子是裝出來的。「你以為誰也抗拒不了你？……你啊……就是這麼想。」

知更鳥展開翅膀，竟然飛上老班的鏟柄，棲在頂端——瑪麗幾乎不敢相信自己的眼睛。接著，老人的臉龐慢慢皺成另一副表情。他動也不動站著，彷彿不敢呼吸，彷彿天塌下來也絕不會動一下，免得嚇跑知更鳥。他壓低嗓門說：

「欸，真要命！」語氣輕柔，彷彿說的是甜言蜜語。「你還真懂得抓住人的心。你好神奇、好機靈。」

老班繼續文風不動站著，幾乎屏住呼吸。最後知更鳥振振翅膀飛走了。老班怔怔望著鏟柄，彷彿裡頭有魔力似的。他又開始挖土，好幾分鐘都悶不吭聲。

可是，就是因為他不時漾起一抹微笑，所以瑪麗才放膽跟他講話。

「你有自己的花園嗎？」瑪麗問。

「沒有，我是單身漢，跟看門的馬丁住一起。」

「如果你有花園，」瑪麗說：「你會種什麼？」

「包心菜、馬鈴薯跟洋蔥。」

「可是如果你想弄個觀賞用的花園，」瑪麗執意要知道：「你會種什麼？」

「球莖類植物，還有味道好的東西，主要是玫瑰。」

瑪麗的臉龐一亮。

「你喜歡玫瑰嗎？」瑪麗說。

他先把一株雜草連根拔起，扔到一旁才開口。

「嗯，對，喜歡。以前有位年輕女士請我當她園丁，我就跟著喜歡上玫瑰了。她在自己喜愛的地方，種了好多好多玫瑰。她把花兒當孩子還是知更鳥一樣疼愛，我看過她彎下腰親親花的模樣。」他又扯出一株雜草，忿忿瞪著它看，「都十年前的往事了。」

「她現在在哪？」瑪麗興味盎然的問。

「天堂，」老班回答，把鏟子往土裡深深一插，「牧師是這麼說的。」

「那些玫瑰怎麼了呢？」瑪麗又問，興致更濃了。

「自生自滅。」

瑪麗興奮起來。

「那些玫瑰死了嗎？讓玫瑰自生自滅的話，會死光光嗎？」瑪麗鼓起勇氣問。

「嗯，我喜歡上玫瑰，我也喜歡那位女士。」老班勉強承認：「因為她喜歡玫瑰，所以我每年會去照料它們一兩次，修剪一下樹枝，把根部四周的土挖鬆。玫瑰藤蔓到處亂竄，可是，因為土壤肥沃，有些還是活下來了。」

「如果沒有葉子，露出灰色跟咖啡色，一副乾巴巴的樣子，怎麼分得出是死了還是活著？」瑪麗詢問。

「等春天發揮功力吧。等到太陽曬熱雨水，雨水落在陽光上，到時你就知道嘍。」

「要怎麼知道……要怎樣才知道嘛？」瑪麗喊道，忘了該當心點。

「檢查細枝跟枝椏上面，看看有沒有咖啡色的疙瘩。等下了暖和的雨以後，再去看看結果。」老班突然打住，好奇的望著她熱切的臉龐。「你幹嘛突然關心起玫瑰？」老班質問。

瑪麗小姐覺得臉紅起來，有點害怕的回答。

「我……我想弄……我想要有自己的花園，」瑪麗結結巴巴說：「我……我沒事情可以做，我什麼都沒有……也沒人陪我。」

「欸，」老班望著她慢慢說：「這倒是，你啥也沒有，也沒人陪。」

老班講話的語氣很怪，瑪麗在想，他是不是有點替她難過。瑪麗從來不覺得自己可憐，只是覺得又累又煩躁，因為她好討厭身邊的人跟事。可是現在世界好像正在改變，變得愈來愈美好。如果沒人發現祕密花園的事，她永遠都能自得其樂。

瑪麗多纏著老班十幾分鐘，壯膽問他很多問題。老班照例用他那種咕咕噥噥的奇怪方式回答，但沒有不高興的樣子，也沒拿起鏟子掉頭就走。瑪麗正要離開時，老班又說了點玫瑰的事。她不禁想起他喜愛的那些玫瑰。

「你現在還會去看那些玫瑰嗎？」瑪麗問。

「今年還沒，風濕痛害我關節硬邦邦的，很不靈活。」

老班用埋怨的語氣說，接著好像突然生起瑪麗的氣，弄得她莫名其妙。

「喂！」老班兇巴巴說：「別問那麼多問題，從沒見過這麼愛問東問西的小姑娘。走開，自個兒玩去。我今天不想再說話了。」

老班的語氣很暴躁，瑪麗知道多待一分鐘也是多餘的。瑪麗沿著外面的步道慢慢跳繩離開，一面想著老班、一面自言自語：真奇怪，怎麼又多了個討她喜歡的人了呢？雖然老班脾氣暴躁，但她還是喜歡老班。嗯，她真的喜歡他。她總是試著逼老班多跟她聊天。她也開始相信，世界上只要是關於花的事，老班一定無所不知。

祕密花園周圍有條步道，兩側種著月桂樹籬，步道盡頭有道柵門，門過去是林苑的樹林。她想沿著這條步道跳繩過去，瞧瞧樹林裡有沒有蹦蹦跳的兔子。她好喜歡跳繩，一路跳到小柵門那裡，結果聽到某種低沉奇特的哨聲，想看看是什麼，於是打開柵門走了進去。

好奇怪喔。她停下腳步定睛一看，馬上屏住呼吸。只見一個男孩坐在樹下，背抵樹幹，吹著粗糙的木笛。他長相滑稽，年約十二歲，看起來乾乾淨淨，長了個朝天鼻，臉頰紅如罌粟花。瑪麗小姐從來沒在男生的臉上看過這麼圓、這麼藍的眼睛。在他倚著的樹幹上，有隻棕色松鼠攀住樹幹，定定看著他。附近的樹叢後面，有隻公雉雞優雅的伸長脖子往外窺看。男孩附近另外有兩隻兔子坐起身，抖著鼻子嗅啊嗅。動物好像都受到男孩吸引，紛紛過來看他，傾聽他的笛聲。笛子發出奇異、低沉又微小的呼喚。

男孩一看到瑪麗便舉起手，用笛音般的低沉嗓音跟她說話。

「別動喔，」男孩說：「不然會嚇跑牠們。」

瑪麗動也不動。男孩不再吹笛，開始從地上站起身，動作好慢好慢，看起來彷彿根本沒動。可是，等他終於立定，松鼠便匆匆忙忙爬回樹枝之間，雉雞縮回腦袋，兔子四腳著地、蹦蹦跳開。不過動物並沒有驚慌受怕的模樣。

「我是迪肯，」男孩說：「我知道你是瑪麗小姐。」

瑪麗這才意識到，原來自己打從一開始，就知道他是迪肯。還有誰能像印度耍蛇人一樣，迷住兔子跟雉雞呢？他笑容滿面，長了張闊嘴，彎彎的嘴唇紅潤潤。

「我剛剛慢慢站起來，」迪肯解釋：「是因為動作如果太快，就會嚇到動物。身邊有野生動物的時候，動作就要很輕柔，也要輕聲講話。」

迪肯跟瑪麗講話的語氣，沒把她當成初次見面的生人，彷彿跟她很熟稔似的。瑪麗沒跟男生打過交道，還滿害羞的，跟迪肯說話的語氣有些生硬。

「你收到瑪莎的信了？」瑪麗問。

迪肯點點頭。他有一頭紅鏽色鬈髮。

「所以我才過來的啊。」

迪肯剛剛吹笛子的時候，身邊的地上擱著東西，他現在彎身拾起來。

「我買到園藝工具了，有小鏟子、耙子、叉子跟鋤子。欸！它們很不錯喔。還有一把抹刀。買種籽的時候，店裡的女士還附送一包白罌粟花跟一包藍色飛燕草呢。」

「我可以看看種籽嗎？」瑪麗說。

瑪麗真希望自己能像迪肯那樣說話。迪肯講起話來又快又輕鬆。聽他說話的態度，好像還滿喜歡瑪麗的，而且一點都不怕會被她討厭。雖然迪肯只是個住在荒原上的平民男孩，衣服滿是補丁，長了張滑稽的臉，頂著滿頭鏽紅色亂髮，但他一點也不怕自己可能不討瑪麗喜歡。瑪麗往迪肯走來時，注意到他身上散發出乾淨清新的氣味，夾雜著石南、青草與葉子的味道，彷彿就是這些東西組成的。瑪麗好喜歡這個味道。當瑪麗望著迪肯那張有著紅潤臉頰、湛藍圓眼的滑稽臉龐，就忘了自己原本很害羞。

「我們坐在圓木上看看種籽吧。」瑪麗說。

兩人坐下來。迪肯從外套口袋抽出粗糙的牛皮紙小包裹，解開綁繩，裡面還有更多包得更整齊的小小包裹。每個小小包裹上都貼了花的圖片。

「有很多木犀草跟罌粟花喔，」迪肯說：「木犀草最好聞了，不管把它的種籽撒在哪裡，都長得出來喔，罌粟花也是。只要對它們吹吹口哨，它們就會竄出土來開花。它們最棒了。」

迪肯停下來，連忙轉過頭，那張罌粟紅的臉龐一亮。

「有知更鳥在叫耶，在哪呢？」迪肯說。

啾啾聲從濃密的冬青矮叢傳來，深紅漿果把矮叢妝點得很明亮。瑪麗很清楚那是誰。

「牠真的在叫我們嗎？」瑪麗問。

「是啊，」迪肯說，彷彿這是世上再自然也不過的事：「牠在呼喚朋友，那個叫聲的意思是『我在這邊，看看我，我想聊聊天。』牠就在矮叢裡，牠是誰啊？」

「牠是老班的知更鳥，可是我想牠也有點認識我。」瑪麗回答。

「沒錯，牠認識你，」迪肯又用低沉的嗓音說話：「而且牠喜歡你。牠把你當朋友，等等就會把你的事全部告訴我。」

迪肯用瑪麗之前注意到的那種慢動作，緩緩湊近矮叢，接著發出類似知更鳥的啁啾聲。知更鳥專注聽了幾秒之後發出啁啾聲，好像在回答問題。

「嗯，牠是你朋友沒錯。」迪肯咯咯笑說。

「你覺得牠是嗎？」瑪麗熱切的喊道，迫不及待想知道，「你覺得牠真的喜歡我？」

「要是牠不喜歡你啊，就不會這麼靠近了，」迪肯回答：「小鳥很挑剔的。知更鳥喜歡嘲弄別人，比人還嚴重呢。看吧，牠現在在討好你呢，牠在說：『這邊有個小伙子，沒看到嗎？』」

好像是真的。知更鳥在矮叢上跳啊跳，側著身子來回踱步，歪著腦袋啾啾叫。

「小鳥說的話，你都聽得懂嗎？」瑪麗說。

迪肯綻放笑容，最後整張臉彷彿只剩一張紅紅翹翹的闊嘴。他抓抓凌亂的髮絲。

「我想我都懂，小鳥也覺得我懂，」迪肯說：「我跟牠們一起住荒原那麼久了。我看過牠們啄破蛋殼，從裡頭鑽出來，然後長出羽毛、學飛，最後開始唱歌。連我都以為自己也是小鳥了。有時候我在想，搞不好我是小鳥、狐狸、兔子或松鼠，甚至是甲蟲呢，只是我自己不知道。」

迪肯哈哈笑，坐回圓木上，又聊起種籽的事。迪肯跟瑪麗說，種籽發芽開花時會是什麼模樣。迪肯向瑪麗說明，該怎麼栽種，又要怎麼照料，還有怎麼施肥跟澆水。

「這樣好了，」迪肯突然轉頭望著瑪麗說：「我來幫你種吧，你的花園在哪裡？」

瑪麗緊緊交握細瘦的雙手，搭在大腿上。她不知道該說什麼，有一會兒什麼也沒說。她從沒想到這一點，覺得好狼狽，臉上似乎一陣紅一陣白。

「你不是有一小塊花園嗎？」迪肯說。

迪肯看到瑪麗的臉先漲紅，再刷白，但瑪麗還是悶不吭聲，迪肯困惑起來。

「他們沒分你一點地嗎？」迪肯問：「你還沒拿到地嗎？」

瑪麗的雙手攢得更緊，接著把視線轉向迪肯。

「我一點也不了解男生，」瑪麗慢吞吞說：「如果我跟你說個祕密，你能守住嗎？是個天大的祕密。要是有人發現，我真的不知道該怎麼辦。我想我一定會死翹翹！」最後一句瑪麗說得特別用力。

迪肯的表情更疑惑了，甚至又用手搓了搓亂髮，但還是很和氣的回答。

「我一直都很會保密啊，」迪肯說：「狐狸寶寶啊鳥巢啊，還有其他野生動物的洞穴，要是我不保密，讓別的小鬼知道了，荒原就一點都不安全了。嗯，我守得住祕密的。」

瑪麗小姐情急之下，不由得伸手揪住對方的衣袖。

「我偷了一座花園，」瑪麗急忙說：「花園不是我的，也不是別人的。沒人想要那個花園，也沒人照顧它。花園都沒人進去，裡面的東西可能都死掉了。我不知道啦。」

瑪麗開始覺得渾身燥熱，脾氣也拗了起來，跟以前一個樣。

「不管啦，我才不管！只有我關心這個花園，他們都不關心。沒人有資格從我這裡搶走。他們把花園鎖起來丟著不管，讓它自己死翹翹。」瑪麗講完時情緒很激動，手臂一甩，摀住臉並哭出聲來。可憐的瑪麗小姐。

迪肯那雙好奇的眼睛愈睜愈圓。

「欸……！」迪肯說，把驚嘆聲慢慢拉長，又驚奇又同情。

「我沒事情可以做，」瑪麗說：「沒有東西屬於我。那個花園是我發現的，也是我想辦法進去的。我就跟那隻知更鳥一樣，他們就不會跟知更鳥搶花園。」

「花園在哪裡？」迪肯壓低嗓門問。

瑪麗小姐馬上從圓木站起來。她知道自己的臭脾氣又要發作了，心裡湧上倔強的感覺，可是她才不在乎呢。她覺得自己故態復萌，就跟在印度的時候一樣霸道專橫，但同時覺得燥熱又悲傷。

「跟我來，我帶你去看。」瑪麗說。

瑪麗領著迪肯繞過月桂樹步道，走到那條爬滿濃密長春藤的步道。迪肯跟在瑪麗後面，一臉奇怪的神情，幾乎帶點同情。迪肯覺得非得把動作放輕不可，彷彿有人要帶他去看什麼陌生的鳥巢。瑪麗走到牆邊，把披垂的長春藤撩起來時，迪肯吃了一驚。下面竟然有道門。瑪麗慢慢推開門，兩人一同穿過去，接著瑪麗站定不動，不服氣的朝四周揮揮手臂。

「就是這個，」瑪麗說：「這裡就是祕密花園，全世界只有我希望這個花園還活著。」

迪肯一次次打量著花園。

「欸！」迪肯低聲說：「這個地方好古怪、好漂亮，好像一場夢。」

11 畫眉鳥的巢

迪肯站在原地，左顧右盼了兩三分鐘，瑪麗一直目不轉睛看著他。接著迪肯開始放輕腳步走來走去，瑪麗第一次踏進這裡的腳步都沒這麼輕。迪肯的雙眼似乎要把一切盡收眼底——灰濛濛的樹木、攀到樹上再從枝椏上垂下的灰色藤蔓、牆上跟草地間糾纏成團的樹叢、常綠植物構成的亭子，亭子裡有石椅跟高高的花甕。

「我沒想到有機會進來這邊。」迪肯終於低聲說。

「你以前就知道這個花園？」瑪麗問。

瑪麗嗓門一拉高，迪肯連忙向她打了個手勢。

「講話一定要小聲點，」迪肯說：「不然有人會聽到，就會想知道裡面出了什麼事。」

「噢！我都忘了！」瑪麗說，嚇得趕緊舉手掩嘴。「你以前就知道這個花園？」瑪麗恢復平靜之後又追問。

迪肯點點頭。

「瑪莎跟我說過，這裡有個沒人進得去的花園，」迪肯回答：「我們以前常常在想，裡面長什麼樣。」

迪肯停下腳步，環顧四周糾成一團的可愛灰色樹叢，那雙圓眼睛露出奇異的喜悅。

「欸！春天一來，小鳥就會來這裡築巢，」迪肯說：「這邊會是全英國最安全的築巢地點。既然沒人會靠近，小鳥就可以在糾成一團的樹木跟玫瑰裡面好好築巢。荒原上的小鳥如果沒有全部跑來築巢，才奇怪呢。」

瑪麗小姐又不由自主把手搭上他的手臂。

「會有玫瑰嗎？」瑪麗低聲說：「你看得出來嗎？我在想，玫瑰可能都死光光了。」

「嘿！沒啦！沒有死光光啦！」迪肯回答：「看這邊！」

迪肯走到最近的樹木旁邊。那棵樹很老很老了，樹皮上布滿灰色苔蘚，可是還高舉著一整片簾子般的糾纏枝杈跟樹枝。迪肯從口袋裡抽出一把厚厚的多功能小刀，拉出一塊刀片。

「很多枯死的樹枝都應該砍掉，」迪肯說：「雖然有很多老枝，可是去年也長了一些新的。像這邊就長了一點點新的。」他碰碰那個芽苗，綠裡面帶點咖啡色，而不是乾乾硬硬一片灰。

瑪麗熱切又虔敬的碰碰芽苗。

「那個嗎？」瑪麗說：「還活著嗎？真的活著嗎？」

迪肯彎起闊嘴衝著她笑。

「就跟你啊我啊一樣活跳跳。」迪肯說。瑪麗想起瑪莎說過，「活跳跳」就是「活著」或「活潑」的意思。

「看到它活跳跳的，我真高興！」瑪麗低聲叫道：「我希望它們全都活跳跳的。我們逛逛花園，數數看有多少活跳跳的吧。」

瑪麗急切的喘著氣，迪肯就跟她一樣。他們走過一棵棵的樹木，路過一叢叢的灌木。迪肯拿著刀子，一一指出植物給瑪麗看，瑪麗覺得這些事物真美妙。

「玫瑰藤蔓到處亂竄，」迪肯說：「最強壯的那幾棵長得很好，最嬌嫩的反而都死了，可是有的長了又長，到處蔓延，真神奇。你看這邊！」迪肯把一根模樣枯灰的粗枝往下拉，「有人可能會覺得這棵樹死了，可是我確定根部還活著，我要在很低的地方切開來看看。」

他跪下來，用刀子劃過那條死氣沉沉的樹枝，就在離地不遠的地方。

「看！」迪肯樂不可支的說，「就說吧，這棵樹裡還有綠意，你瞧。」

沒等迪肯開口，瑪麗就跪了下來，目不轉睛盯著看。

「要是像那樣有點綠意、有點水分，就是活跳跳的，」迪肯解釋：「裡面要是乾巴巴，一折就很容易斷，就像我剛剛切掉的那塊，那就表示完了。這裡有條粗粗的根，活樹枝會從裡頭竄出來。如果砍掉老樹枝，把四周的土翻鬆，再好好照顧的話……」迪肯停下來，抬頭望向四周攀住樹幹、從樹上垂下的枝椏。「……今年夏天，就會長出好多好多玫瑰。」

他們在樹叢跟樹木之間穿梭。迪肯很強壯，操起刀子動作俐落，他知道怎麼切除乾枯的死枝，也懂得辨別狀似了無生機的大枝或細枝裡，有哪些蘊藏著綠色生命。半小時以後，瑪麗覺得自己也懂得分辨了。迪肯切開死氣沉沉的樹枝時，如果瑪麗瞥見有點水分跟綠意，就會低聲歡呼。迪肯買來的鏟子、鋤子跟叉子非常實用。迪肯教瑪麗怎麼用叉子。迪肯自己則忙著用鏟子把根部周圍的泥土挖鬆，放空氣進去。

他們在規模最大的玫瑰樹叢周圍勤奮工作。這時迪肯突然看見什麼，驚呼出聲。

「哇！」迪肯指著幾呎外的草地喊道：「那是誰弄的？」

那是瑪麗在淺綠色芽尖周圍清出的小空地之一。

「我弄的啊。」瑪麗說。

「咦？我還以為你不懂園藝呢。」迪肯驚呼。

「我是不懂啊，」瑪麗回答：「可是芽尖那麼小，雜草又長得那麼密、那麼壯，芽尖好像沒有空間呼吸。所以我幫芽尖清出地方，我連它們是什麼植物的芽都不知道。」

迪肯走過去，跪在芽尖旁邊，綻放燦爛笑容。

「你做得很對，」迪肯說：「園丁要是給你建議，最多也是叫你拔草鬆土。現在，它們會像傑克的豌豆莖一樣長得又高又壯嘍。這些芽尖會長出番紅花跟雪花蓮，這邊這些會長成水仙。」迪肯轉身走到另一片小空地。「這邊是喇叭水仙。欸！以後會精彩得不得了！」

迪肯從一塊空地跑到另一片空地。

「你這個小姑娘還真能幹。」迪肯邊打量她邊說。

「我長胖了，」瑪麗說：「也愈來愈壯了。我以前動不動就覺得累，可是我挖土的時候一點都不覺得累。我喜歡聞到泥土翻鬆的氣味。」

「這對你真的很好唷，」迪肯睿智的點著頭說：「除了雨天新長出來的植物氣味，沒有味道比得上乾淨的好泥土。下雨的時候，我常常到荒原去，躺在灌木叢下，聽著雨滴輕輕落在石南上的咻咻聲，努力嗅來嗅去。媽媽說，我的鼻子會跟兔子一樣抖啊抖。」

「你沒感冒過嗎？」瑪麗訝異的望著迪肯並問。瑪麗從沒見過這麼有趣、這麼善良的男生。

「沒有啊，」迪肯咧嘴笑說：「從出生以來就沒感冒過。我從小到大沒怕過冷。不管天氣怎樣，都跟兔子一樣，在荒原上跑來跑去。媽媽說，我這十二年來嗅了太多新鮮空氣，所以不會感冒。我跟山楂樹做成的手杖一樣強壯喔。」

迪肯邊說話、邊忙著幹活。瑪麗緊跟在他身邊，用叉子或抹刀幫忙。

有一度，迪肯興高采烈的東張西望，然後說：「這邊還有好多工作要忙喔！」

「你可以再來幫我嗎？」瑪麗懇求：「我一定幫得上忙。我可以幫忙挖鬆泥土、拔掉雜草。你要我做什麼，我都會做。噢，迪肯，請你一定要再來！」

「如果你希望我過來，不管晴天還是下雨，我天天都會來，」迪肯堅定的回答：「我這輩子做過的事情裡，這個最有趣：關在一座花園裡，把花園叫醒。」

「如果你願意過來，」瑪麗說：「如果你願意幫我一起讓花園活過來，我就……我也不知道我能怎樣。」她有點無力的把話講完。那樣特別的男孩，你還能幫他做什麼呢？

「我跟你說，你可以怎麼做，」迪肯笑盈盈地開心說：「你要長胖，跟小狐狸一樣有胃口，而且要跟我一樣，學會怎麼跟知更鳥說話。嘿！我們一定會玩得很開心。」

迪肯開始走來走去，抬頭望望樹木、瞧瞧牆壁跟灌木叢，一副若有所思的樣子。

「我不想把這裡弄成園丁式的花園。園丁的花園都會修剪得一板一眼。你想要那樣嗎？」迪肯說：「像現在這樣比較好看，東西到處亂長，盪來盪去，纏在一起。」

「我們不要弄得很整齊啦，」瑪麗焦急的說：「如果整整齊齊的，就不像祕密花園了。」

迪肯站著，一臉困惑的搓著鏽紅色腦袋。

「這是祕密花園沒錯，」迪肯說：「可是，花園在十年前鎖上以後，除了知更鳥以外，一定還有人進來過。」

「可是門鎖著，鑰匙也埋起來了啊，」瑪麗說：「沒人進得來啊。」

「是沒錯，」迪肯回答：「這個地方真怪。我覺得這十年之間，好像有人到處稍微修剪過。」

「可是怎麼可能呢？」瑪麗說。

迪肯檢查一棵樹玫瑰的枝椏，然後搖搖頭。

「是啊！怎麼可能呢！」迪肯喃喃自語：「門明明鎖住，鑰匙也埋起來了啊。」

瑪麗小姐總是覺得，不管自己這輩子活多久，永遠都忘不了她的花園開始有東西長出來的第一個早晨。那天早晨，那些植物彷彿是特別為她長的。迪肯開始清出空間要播種時，瑪麗想起，貝索想戲弄她時就會唱的歌。

「這裡有沒有像鈴鐺的花？」瑪麗問。

「鈴蘭啊，」迪肯回答，用抹刀繼續挖著，「還有彩鐘花跟風鈴草。」

「我們來種一些吧。」瑪麗說。

「這邊已經有鈴蘭了，我看到了，不過長起來會太密，要讓它們分開一點比較好，不過這裡已經有滿多這種花了，其他的從種籽到開花，要等兩年。不過，我會從我們家小屋的園子裡帶一些植物過來。你為什麼想要呢？」

接著瑪麗就把印度的事跟迪肯說了。她講到貝索、貝索的兄弟姊妹，提到自己有多討厭他們，還說到他們叫她「瑪麗小姐臭脾氣」的事。

「他們會繞著我跳舞，對著我唱：

瑪麗小姐臭脾氣，
你的花園有不有趣？
銀鐘花、貝殼蘭、金盞花，
全部排排站一起。

我剛剛想起這件事，想知道是不是有銀鐘那樣的花。」

她稍稍皺起眉，拿起抹刀恨恨往地裡一戳。

「我的脾氣才不像他們那樣臭。」

可是迪肯笑出聲。

「呵！」迪肯說。迪肯攬起肥沃的黑土時，瑪麗看到他嗅著土的香氣。「身邊有花朵陪伴，四周有很多友善的野生動物跑來跑去，忙著建造家園，不然就是忙著築巢唱歌、歌唱啼鳴，不管是誰，就不需要耍脾氣了吧？」

瑪麗捧著種籽跪在迪肯旁邊，轉頭望著迪肯，舒展了眉頭。

「迪肯，」瑪麗說：「你像瑪莎說的一樣好。我喜歡你，你是我喜歡的第五個人。我從來沒想過我會喜歡上五個人。」

迪肯靠坐在腳跟上，姿勢就像瑪莎擦爐柵那樣。瑪麗想，迪肯有雙圓圓的藍眼睛、紅通通的臉頰，還有看來很開心的朝天鼻，樣子真的好有趣，真討人喜歡。

「你只喜歡五個人？」迪肯說：「另外四個是誰？」

「你媽媽、瑪莎，」瑪麗伸手指計算：「那隻知更鳥，還有老班。」

迪肯笑出聲來，還得用手臂遮嘴，好悶住笑聲。

「我知道你覺得我是怪怪的男生，」迪肯說：「可是我覺得你才是我見過最最奇怪的女生。」

接著瑪麗做了件怪事。瑪麗傾身向前，問迪肯一個她從沒想過要問人的問題。瑪麗試著用約克郡腔來問，因為這是迪肯的語言。在印度，如果會用當地人的口音講話，對方聽了會很高興。

「你喜歡我嗎？」瑪麗說。

「呵！」迪肯熱情的回答：「喜歡啊，我很喜歡你，我相信知更鳥也很喜歡你！」

「那就有兩個了，」瑪麗說：「有兩個人喜歡我。」

然後他們開始更賣力的工作，心情也更雀躍了。聽到中庭的大鐘敲響了午餐時間時，瑪麗嚇了一跳，同時也覺得難過。

「我必須走了，」瑪麗傷心的說：「你一定也要走了，對不對？」

迪肯露出微笑。

「我的午餐很簡單，都隨身攜帶，」迪肯說：「媽媽老是讓我在口袋裡放點吃的。」

迪肯從草地上撿起外套，從口袋掏出一小包鼓鼓的東西，東西綁在粗糙但乾淨的藍白手帕裡。裡面包了兩塊厚麵包，中間夾了片東西。

「通常只有麵包，沒放別的，」迪肯說：「可是今天夾了一片肥肥的好培根唷。」

瑪麗覺得這種午餐看起來很怪，但迪肯一副食指大動的樣子。

「趕快回去吃你的午餐吧，」迪肯說：「我先把午餐吃完，回家以前，會再多做點事。」

迪肯背靠樹坐下。

「我會叫知更鳥過來，」迪肯說：「分點培根皮給牠啄一啄。牠們很喜歡來點油滋滋的東西。」

瑪麗好捨不得離開迪肯。瑪麗突然覺得迪肯可能是樹林的精靈，等她再回到花園，迪肯可能就消失了。他人好到令人難以置信。瑪麗慢慢往牆上的門踱去，走到半路就停下腳步折返。

「不管發生什麼事，你、你永遠都不會說出去吧？」瑪麗說。

迪肯因為咬下一大口麵包夾培根，像罌粟花一樣紅的臉頰撐得鼓鼓的，但還是儘量露出鼓勵的笑容。

「如果你是畫眉鳥，把鳥巢的位置告訴我，你想我會跟別人說嗎？才不會呢，」迪肯說：「你就跟畫眉鳥一樣安全。」

瑪麗確定自己很安全沒錯。

12「我可以要一點地嗎？」

瑪麗飛也似的狂奔，衝回房間時已經上氣不接下氣，額頭上的髮絲亂蓬蓬，臉頰透著粉紅。中餐已經擺在桌上，瑪莎就在附近等著。

「你有點遲到喔，」瑪莎說：「你上哪去啦？」

「我碰到迪肯了！」瑪麗說：「我見到迪肯了！」

「我就知道他會來，」瑪莎眉飛色舞的說：「你喜歡他嗎？」

「我覺得……我覺得他長得好好看喔！」瑪麗語氣堅定的說。

瑪莎一臉吃驚，但也很開心。

「嗯，」瑪莎說：「他是世界上最棒的男生了，可是我們從來都不覺得他帥耶。他鼻子翹太高了。」

「我喜歡鼻子往上翹的樣子。」瑪麗說。

「他的眼睛很圓耶，」瑪莎有點存疑的說：「雖然顏色還不錯。」

「我喜歡眼睛圓滾滾的樣子，」瑪麗說：「顏色就跟荒原上面的天空一樣。」

瑪莎露出滿足的燦爛笑容。

「媽媽說，他老是抬頭看小鳥跟雲朵，結果眼睛就變成那個顏色了。可是他的嘴巴很大耶，不是嗎？」

「我喜歡他的大嘴巴，」瑪麗固執的說：「我希望我的嘴巴就像那樣。」

瑪莎開心的咯咯笑。

「你的臉小小的，要是長了張大嘴，看起來會很怪很好笑喔，」瑪莎說：「不過我一開始就知道，你見到他就會有這種感覺。那些種籽跟園藝工具你喜歡嗎？」

「你怎麼知道他帶來了？」瑪麗問。

「欸！我倒沒想過他不會帶來。只要東西在約克郡，他就一定會帶來。他這小子很可靠的。」

瑪麗擔心，瑪莎可能會開始問些很難回答的問題。還好瑪莎沒問。瑪莎倒是對種籽跟園藝工具興致勃勃。直到瑪莎問她，花要種哪裡的時候，瑪麗才害怕起來。

「種花的地方，你問過誰了呢？」瑪莎問。

「我還沒問耶。」瑪麗猶豫的說。

「嗯，如果要問，別去問洛奇先生，他是園藝領班，姿態太高了。」

「我沒看過他，」瑪麗說：「我只見過底下的園丁跟老班。」

「我要是你，就會去問老班，」瑪莎建議：「他雖然脾氣不好，可是面惡心善。

克瑞文夫人還在世的時候，老班就在這裡工作了，以前總是逗得夫人笑呵呵。夫人滿喜歡老班的，所以老班想做什麼，克瑞文先生就隨他去。也許老班可以在邊邊找個角落讓你種花。」

「如果那個地方在邊邊，而且沒人想要，我去用的話，不會有人介意吧？」瑪麗焦急的說。

「不會啊，」瑪莎回答：「你又不會弄壞什麼。」

瑪麗盡快吃完午餐之後從桌邊站起來，準備進臥房再戴上帽子，可是瑪莎攔住她。

「我有事跟你說，」瑪莎說：「就是想等你吃完午餐再講。克瑞文先生今天早上回來了。我想，他想見見你。」

瑪麗臉色一白。

「噢！」瑪麗說：「為什麼？為什麼呢？我剛來這裡的時候，他明明不想見我啊。我聽皮契說他不想啊。」

「嗯，」瑪莎解釋：「梅德拉克太太說，那是因為我媽媽的緣故。媽媽走路到司威特村的路上碰巧遇見克瑞文先生。媽媽從沒跟他講過話，可是克瑞文夫人以前到過我們家木屋兩三次，他忘了，可是媽媽沒忘。媽媽鼓起勇氣把他攔下來。關於你的事，我不知道媽媽跟他說了什麼。可是媽媽說的話，讓他打定主意在離開以前見你一面。他明天又要出門了。」

「噢！」瑪麗喊道：「他明天又要走了嗎？真高興。」

「他要離開很久，可能要秋天還是冬天才回來。他要到外地旅行，他一直都這樣。」

「噢，真開心……我好開心喔！」瑪麗感激的說。

如果姑丈要拖到冬天才回來，甚至是秋天也好，她就來得及看到祕密花園活過來。即使最後姑丈發現這件事，把花園從她手中搶走，她至少還能夠享有那麼多。

「你想他什麼時候想見……」

話才講到一半，門就驟然打開，梅德拉克太太走了進來。梅德拉克太太穿上她最好的黑洋裝跟帽子，領子別著大胸針，胸針上有個男人頭像，是梅德拉克先生的彩色畫像。梅德拉克先生幾年前過世了。梅德拉克太太盛裝打扮的時候，總會別上這枚胸針。她一副緊張又興奮的模樣。

「你頭髮亂糟糟的，」梅德拉克太太飛快的說：「快去梳一梳，瑪莎，幫她穿上最好的洋裝。克瑞文先生要我帶她到書房會面。」

瑪麗臉頰那抹粉紅消失無蹤，心開始怦怦亂跳，覺得自己再次變回那個僵硬、沉默又不起眼的小孩了。她連梅德拉克太太的話也沒答，就轉身回臥房，瑪莎跟了上去。瑪莎幫她換洋裝、梳頭髮時，她一聲也不吭。等她一身整齊俐落，就默默尾隨梅德拉克太太穿過走廊。她有什麼好說的？就是得去跟克瑞文先生見面。姑丈不會喜歡她，她也不會喜歡姑丈。她知道姑丈對她會有什麼看法。

她被帶去的地方，是房子裡她從沒去過的地帶。梅德拉克太太敲敲一扇門，有人說：「進來。」有個男人坐在爐火前的扶手椅上，梅德拉克太太對他說：

「老爺，這位就是瑪麗小姐。」

「把她留在這邊，你可以離開了。我要你帶她走的時候，再搖鈴叫你。」克瑞文先生說。

梅德拉克太太走出去並關上門時，瑪麗這個不起眼的小東西只能站著等候，扭著一雙瘦巴巴的手。瑪麗看得出來，椅子上的男人背駝得並不嚴重，只是高高拱著肩膀。男人的黑髮摻雜著白髮。男人轉過頭來，越過高高的肩膀跟她說話。

「過來吧！」他說。

瑪麗走到他身邊。

姑丈長得並不醜。要不是因為愁容滿面，不然還滿英俊的。見到瑪麗好像讓他很擔憂，也很忐忑，露出一副不知該拿她怎麼辦的樣子。

「你還好嗎？」他問。

「還好。」瑪麗回答。

「他們有沒有好好照顧你？」

「有。」

男人打量著她，一面不安的搓揉額頭。

「你好瘦。」他說。

「我愈來愈胖了。」瑪麗用很僵硬的語氣回答。

他的模樣很不快樂！那雙烏黑的眼睛彷彿對瑪麗視而不見，彷彿看著別的東西，心思似乎無法集中在瑪麗身上。

「我竟然把你給忘了，」他說：「我怎麼可能記得你？我本來打算幫你請個家教還是奶媽，可是就是忘了。」

「拜託不……」瑪麗開口：「拜託不要……」接著喉嚨好像被一團東西哽住了。

「你想說什麼？」他問。

「我……我夠大了，不需要奶媽了，」瑪麗說：「拜託、拜託，還不要幫我找家教。」

他再次搓揉額頭，然後盯著瑪麗看。

「那個召爾比太太就是這麼說的。」他心不在焉的嘟噥。

接著瑪麗鼓起一絲勇氣。

「她……她是瑪莎的媽媽嗎？」瑪麗吞吞吐吐說。

「對，我想是。」他回答。

「她很懂小孩，」瑪麗說：「她有十二個小孩呢，她很懂的。」

他似乎打起了精神。

「那你想做什麼？」

「我想到戶外玩，」瑪麗回答，暗自希望聲音沒發抖，「我在印度的時候，從來就不喜歡戶外。可是這裡的戶外讓我胃口變好，還變胖了呢。」

他望著瑪麗。

「召爾比太太說，戶外對你有好處，這點可能說得沒錯。」他說：「她覺得，最好先讓你的身體強壯起來，再請家教。」

「我在戶外玩耍，荒原上的風吹過來，我就覺得自己強壯起來了。」瑪麗辯駁。

「你都在哪裡玩？」他接著問。

「到處玩啊，」瑪麗倒抽一口氣並說：「瑪莎的媽媽送跳繩給我，我又跳又跑，到處檢查，看看土裡是不是有東西冒出來了。我沒弄壞什麼喔。」

「你別那麼害怕嘛，」他擔憂的說：「像你這樣的孩子，哪會破壞什麼呢！你想做什麼都行。」

瑪麗覺得好像有一團東西興奮的跳進喉嚨，於是趕緊用手摀住喉頭，生怕他會看出來。瑪麗朝他走近一步。

「真的可以嗎？」瑪麗聲音發顫說。

瑪麗那張焦慮的小臉似乎讓他更擔憂了。

「別那麼害怕嘛，」他高聲說：「當然可以啊，我畢竟是你的監護人，雖然我很不適合擔任這種角色。我沒辦法撥時間陪你，或是多照料你。我身體欠安，情緒低迷、精神渙散。可是我希望你過得開心自在。我不懂小孩，可是梅德拉克太太會保證你什麼都不缺。我今天請人帶你過來，是因為召爾比太太說，我應該見見你。她女兒跟她說過你的事，她覺得你需要新鮮空氣，也需要自由自在跑來跑去。」

「小朋友的事情，她都懂。」瑪麗忍不住再說一次。

「應該吧，」克瑞文先生說：「我覺得她在荒原上攔住我，這種舉動實在滿大膽的，可是她說克瑞文夫人以前對她很好。」他提到過世的愛妻時，說起話來好像很吃力。「她是位受人敬重的女士。現在我見到你了，我覺得她說得滿有道理的。你想要的話，就儘量在戶外多玩玩。這個地方很大，你想去哪裡都可以，想找什麼娛樂都隨你。你想要什麼東西嗎？」他好像突然想起什麼似的。「玩具、書本還是洋娃娃？」

「我可以……」瑪麗抖著聲音說：「我可以要一點地嗎？」

瑪麗一時情急，沒注意到自己說的話聽來有多怪，而且這也不是她本來想說的。克瑞文先生一臉吃驚。

「地！」他重複：「你的意思是？」

「我想播種……讓東西長出來……看著植物活起來。」瑪麗吞吞吐吐。

他瞅著瑪麗半晌，接著用手匆匆抹過眼睛。

「你……對花園很有興趣嗎？」他慢慢說。

「在印度的時候，花園的事我都不懂，」瑪麗說：「我身體常常不舒服，一直覺得累，而且那裡天氣好熱。有時候我會用沙子堆出小小花圃，把花插在裡面，可是在這邊不一樣。」

克瑞文先生站起來，開始緩緩越過房間。

「一點地啊，」他自言自語。瑪麗心想，她一定讓他想起什麼了。他停下腳步對她說話時，那雙黑眼睛看起來幾乎溫柔慈祥。

「你想要多少地都行，」他說：「你讓我想起某個人，那個人也很愛土地跟種東西。你看到一小塊地的時候，如果喜歡，」臉上隱約浮現笑意，「就儘管拿去吧，孩子。讓它活起來吧。」

「那塊地只要沒人要，不管在哪裡都可以嗎？」

「哪裡都行，」他回答：「好了！我累了，你現在必須離開了。」他搖鈴喚梅德拉克太太過來。「再見了，我整個夏天都不在。」

梅德拉克太太眨眼就出現，瑪麗心想她剛剛一定留在走廊上待命。

「梅德拉克太太，」克瑞文先生對她說：「我現在見過這孩子，瞭解召爾比太太的意思了。等這孩子養壯身體，再開始上課吧。給她簡單又營養的食物，隨她在花園裡自由奔跑，別把她管太緊，她需要自由，需要呼吸新鮮空氣，也需要到處玩耍。召爾比太太偶爾會來看看她，有時候也可以讓她去小屋拜訪。」

梅德拉克太太一臉開心，聽到不需要太費心照料瑪麗，不禁鬆了一口氣。她本來就覺得照料瑪麗很麻煩，能不去看瑪麗就儘量不去。況且，她還滿喜歡瑪莎媽媽的。

「老爺，謝謝您，」梅德拉克太太說：「我跟蘇珊．召爾比以前上同一所學校。她這個人通情達理、心地善良。我自己沒孩子，她可是有十二個呢。沒見過比她孩子更健康、更善良的。瑪麗小姐跟他們一起玩，沒壞處的。蘇珊．召爾比對於照料小孩的建議，我向來虛心領教。她是個心智健康的人……您懂我意思吧。」

「懂，」克瑞文先生回答：「現在把瑪麗小姐帶走，叫皮契過來找我。」

梅德拉克太太把瑪麗帶到她臥室所在的那條走廊盡頭，就逕自離開了。瑪麗飛奔回房，發現瑪莎在房裡等著。其實，瑪莎一收走餐具以後就趕回來了。

「我可以有自己的花園嘍！」瑪麗喊道：「隨便在哪裡都可以喔！而且啊，還要很久以後，我才會有家教老師！你媽媽會來看我，我也可以去你們家小木屋。他說啊，像我這樣的小女孩是不會弄壞什麼的，我想做什麼都可以，不管在哪裡都行喔！」

「啊！」瑪莎高興的說：「他人還滿好的，不是嗎？」

「瑪莎，」瑪麗嚴肅的說：「他人真的很好，只是表情可憐兮兮，額頭都皺成一團了。」

瑪麗飛快衝回花園。她沒料到會離開花園這麼久。她知道迪肯得走五英里路回家，非得早點啟程不可。她鑽過長春藤下面的門口，迪肯已經不在原來的地方工作了。園藝工具收在一棵樹下。她跑到工具旁邊，在那裡左顧右盼，但就是不見迪肯的蹤影。迪肯已經離開。除了知更鳥以外，祕密花園一片空蕩蕩。知更鳥剛剛飛過圍牆，此時正棲在玫瑰樹叢上望著她。

「他走了，」瑪麗傷心的說：「噢！他……他……會不會只是樹林的精靈呢？」

這時，瑪麗瞥見玫瑰樹叢上繫著白白的東西，是一張紙——其實就是她之前替瑪莎寫好、寄給迪肯的信。信用一根長長的刺棘固定在樹叢上，她馬上明白是迪肯留下來的，上頭草草寫了些印刷體，還配了圖案。瑪麗起初看不出畫的是什麼，接著便明白了，迪肯畫的是一隻棲息在巢裡的小鳥，圖案下面寫了點字：

「我會回來的。」

13 「我是柯林。」

瑪麗回屋裡吃晚餐時，順便把那張圖帶回去給瑪莎看。

「欸！」瑪莎得意非凡的說：「真不知道我們家迪肯這麼聰明。這張圖畫的是鳥巢裡的畫眉鳥，跟真鳥一樣大小，畫的比真鳥還自然呢。」

瑪麗這才明白，迪肯想用這張圖來傳達訊息，意思是，他會保住她的祕密，要她儘管放心。她的花園就是她的窩巢，而她就像巢裡的畫眉鳥。噢，她好喜歡那個古怪的平民男孩！

瑪麗好希望迪肯隔天會再來。她懷著對明天早晨的期待，進入了夢鄉。

可是啊，約克郡的天氣說變就變，尤其在春季時節。午夜時分，大雨重重打在窗戶上，吵醒了瑪麗。雨水傾盆而下，風「咆哮」不停，在這棟巨大老宅的角落跟煙囪裡流竄打轉。瑪麗在床上坐起身，難過又生氣。

「這個雨跟我以前一樣愛耍脾氣，」瑪麗說：「愈不希望它來，它偏要來。」

瑪麗用力躺回枕頭上，埋住臉龐。只是躺著，並沒有哭，對猛烈雨聲、狂風跟它的「咆哮」聲恨得牙癢癢。她無法回頭再睡。風雨的悲哀聲音讓她睡意盡失，因為她自己也覺得很傷心。如果她心情正好，雨聲或許就有催眠效果。風「咆哮」得好響亮，斗大的雨點傾灑下來，使勁的咚咚敲打玻璃！

「聽起來好像有人在荒原上迷路，一面亂走一面哭。」瑪麗說。

她在床上輾轉反側了將近一個小時，遲遲無法入睡。突然間，有什麼聲音讓她一骨碌坐起身，轉頭面向門口，豎耳凝神傾聽。

「現在這個不是風聲，」瑪麗低聲用力說：「才不是。這個聲音不一樣，是我上次聽過的哭聲。」

瑪麗的房門沒關緊，陣陣哭聲沿著走廊傳來，遙遠模糊，她連續聽了幾分鐘。隨著每分鐘過去，她愈來愈確定是哭聲沒錯。她下定決心查個水落石出。那個聲音似乎比祕密花園跟埋在地裡的鑰匙還詭異。可能是因為她正陷在心有不甘的情緒裡，所以才變得這麼大膽。她把腳蹬出床外，站在地板上。

「我要查清楚，那個聲音到底是什麼，」瑪麗說：「反正大家都在睡，我才不管梅德拉克太太怎麼規定！我才不管！」

瑪麗的床畔有根蠟燭。她端起蠟燭，躡手躡腳踏出臥房。走廊看來又長又暗，但她情緒激動，所以不以為意。她覺得自己還記得該在哪個角落轉彎，才能走到那條短走廊，那裡有個門口用掛毯遮住——就是她迷路那天，梅德拉克太太穿過的那扇門。

聲音就是從那兒傳出來的。她藉著微弱燭光，幾乎摸索著前進，心臟撲通猛跳，聲音大到連自己似乎都聽得見。遙遠模糊的哭聲持續傳來，一路帶領著她。有時候哭聲暫歇片刻，接著再次開始。她應該在這個角落轉彎嗎？她停下來思考。嗯，沒錯。沿著這條走廊，再往左走，然後登上兩階寬大樓梯，接著往右走。對了，用掛毯掩住的門口到了。

瑪麗輕輕推開門，進去以後隨手關上。她站在走廊上，哭聲雖然不大，但她聽得一清二楚。哭聲就在她左手邊的牆壁裡。往前走幾碼有一扇門，門縫底下透出微光。房間裡有人在哭，是個年紀很小的人。

她走過去，推開那扇門，轉眼便置身在房裡。

房間很大，布置著古色古香的家具。壁爐裡燒著微弱的火。有張木雕四柱床，上面掛著錦緞帳幔。床畔點了盞夜燈。有個小男生躺在床上，可憐兮兮哭著。

瑪麗心想，這個地方是真實的嗎？還是自己又睡著，不知不覺做起夢了？

小男生有張輪廓分明的纖細臉龐。象牙色臉龐上長了雙過大的眼睛。頭髮濃密，幾綹髮絲密實的覆在額頭上，將那張瘦臉襯得更小。他看起來好像生過病，可是哭的原因好像不是病痛，而是因為疲倦跟暴躁。

瑪麗捧著蠟燭、屏住呼吸，貼近門口站定。接著躡手躡腳越過房間。瑪麗走近的時候，燭光引起男孩的注意。男孩躺在枕頭上轉過頭來，盯著瑪麗猛瞧。男孩瞪圓了眼，灰色眼眸變得好大。
「你是誰？」男孩終於有點害怕的小聲說：「你是鬼嗎？」
「不是，我才不是鬼，」瑪麗回答，然後也害怕的悄聲說：「那你是鬼嗎？」
男孩定定盯著瑪麗不放。瑪麗忍不住注意到男孩的眼睛真奇怪。那雙眼睛透著瑪瑙灰，四周長了黑睫毛，眼睛看起來變得太大，跟那張小臉一點都不搭。
「不是，」男孩等了片刻之後回答：「我是柯林。」
「柯林什麼？」她結結巴巴說。
「我叫柯林．克瑞文，你又是誰？」
「我是瑪麗．萊尼克斯，克瑞文先生是我姑丈。」
「他是我爸爸。」柯林說。
「你爸爸！」瑪麗倒抽一口氣：「沒人跟我說過他有兒子！他們為什麼不告訴我！」
「過來這邊。」柯林說。那雙奇怪的眼睛還是流露焦慮，緊盯著瑪麗不放。
瑪麗湊到床邊，柯林伸手碰碰她。
「你是真的吧？」柯林說：「我常常做很逼真的夢，你可能是其中一個夢。」
瑪麗離開臥房以前先披了羊毛晨衣，現在她把衣角塞進他指間。
「搓搓看，看看多厚多溫暖，」瑪麗說：「如果你想要，我可以捏你一下，這樣你就知道我有多真。我剛剛有一下下也以為你是夢。」

「你從哪邊過來的？」柯林問。

「從我房間啊。風一直咆哮，害我睡也睡不著。我聽到有人在哭，就想弄清楚是誰。你幹嘛哭啊？」

「因為我也睡不著啊。而且我的頭在痛。再說一遍你叫什麼。」

「瑪麗·萊尼克斯。沒人跟你說過我搬來這邊住嗎？」

柯林的手指還搓著晨衣衣褶，不過似乎有點相信瑪麗是真的了。

「沒有，」男孩回答：「他們才不敢跟我說。」

「為什麼？」瑪麗問。

「因為我會很擔心被其他人看到。我絕對不准別人看到我，然後偷偷討論我的事。」

「為什麼？」瑪麗又問。隨著分分秒秒過去，她愈來愈困惑。

「因為我一直像這樣，病歪歪的，只能躺著。爸爸不讓別人談我的事，也不准僕人提起我。如果我能長大，可能會變成駝子，可是我不會活到那個時候。爸爸想到我以後可能會跟他一樣，就覺得很討厭。」

「噢，這個房子好奇怪喔！」瑪麗說：「怪極了！每件事好像都是祕密。房間被鎖起來，花園也關閉了……還有你！你也被關起來了嗎？」

「沒有，離開房間會讓我很累很累，我不想出去，乾脆待在房間裡。」

「你爸爸會來看你嗎？」瑪麗壯起膽子問。

「有時候會，通常等我睡著以後才會來，因為他不想見到我。」

一抹憤怒的陰影掠過柯林的臉龐。

「我出生不久，媽媽就死了。爸爸看到我就會很難受。他以為我不知道，可是我聽別人說過……他簡直就是恨我。」

「原來是因為她死了，所以他才討厭那座花園啊。」瑪麗喃喃自語。

「什麼花園？」柯林問。

「噢！只是……只是你媽媽以前喜歡的花園，」瑪麗結結巴巴說：「你一直都待在這邊嗎？」

「幾乎吧，有時候他們會帶我去海邊休養，可是我不肯待在那裡，因為別人都會盯著我看。以前為了讓背長直，我都要穿鐵衣，可是有個倫敦來的名醫幫我看過病，他說穿鐵衣很蠢，叫他們幫我脫掉，要我多到外面呼吸新鮮空氣。我討厭新鮮空氣，而且我也不想出去。」

「我剛來的時候也不想，」瑪麗說：「你幹嘛一直盯著我看？」

「因為有些夢好逼真喔，」柯林苦惱的回答：「有時候我連張著眼睛，都很難相信自己醒著。」

「我們兩個都醒著啦。」瑪麗說。她環顧房間，房裡有挑高的天花板，爐火昏暗，角落裡陰影幢幢。「這個房間看起來好像一場夢。現在是半夜，房子裡的人都在睡……除了我們以外。我們很清醒。」

「我希望這不是夢。」柯林不安的說。

瑪麗馬上想到某件事。

「如果你不喜歡別人看你，」瑪麗開始說：「那你要我離開嗎？」

柯林還抓著晨衣的衣褶，現在輕輕扯一下。

「不要啦，」柯林說：「如果你離開，我就會很確定你是一場夢了。如果你是真的，就坐在大腳凳那裡，說說話吧。我想聽聽你的事情。」

瑪麗把蠟燭擱在床畔的桌子上，在鋪了軟墊的凳子上坐下。她一點也不想離開，她想留在這個隱密的神祕房間裡，跟這個神祕男孩聊聊天。

「你要我跟你說什麼呢？」瑪麗說。

柯林想知道瑪麗來米瑟威特多久了；想知道瑪麗的房間在哪條走廊上；想知道瑪麗是否跟他一樣也不喜歡荒原；想知道瑪麗都做什麼來打發時間；想知道瑪麗來約克郡以前住哪裡。問題遠遠不只這些，瑪麗都一一回答了。柯林躺在枕頭上傾聽。柯林要瑪麗說很多關於印度的事，還有瑪麗遠渡重洋的歷程。瑪麗發現，柯林體弱多病，學習的方式跟一般小孩都不同。有位保母在柯林兒時教會他識字之後，柯林總是在閱讀精美的書籍、欣賞書裡的圖片。

雖然爸爸很少在柯林清醒的時候來看他，但是會給柯林各種美妙的東西玩。可是柯林好像從來都不覺得有趣。不管他想要什麼，都拿得到；不想做的事，就不用做。

「大家都要照我的意思做，」柯林不痛不癢的說：「我一生氣，身體就會不舒服，沒人相信我會活到長大。」

柯林說這些話的模樣，好像對這個想法習以為常，沒什麼好大驚小怪。他似乎相當喜歡瑪麗的聲音。瑪麗滔滔不絕，柯林凝神傾聽，雖然昏昏欲睡卻興味盎然。有一兩次瑪麗在想，柯林是不是打起瞌睡了。不過他又提了個問題，開啟新話題。

「你幾歲？」柯林問。

「我十歲，」瑪麗一時忍不住回答：「你也是吧。」

「你怎麼知道？」柯林驚訝的質問。

「因為你出生以後，那座花園的門就封鎖了，鑰匙也埋起來了。那個花園關閉十年了。」

柯林半坐起來，用手肘撐住自己，轉向瑪麗。

「什麼花園的門被鎖住了？誰鎖的？鑰匙埋在哪裡？」柯林高聲說，興致彷彿頓時高昂起來。

「克、克瑞文先生討厭那個花園，」瑪麗緊張的說：「所以把門鎖住了。沒人、沒人知道他把鑰匙埋在哪裡。」

「是什麼樣的花園？」柯林急切的追問。

「什麼人都不准進去，十年來都這樣。」瑪麗謹慎的回答。

可是謹慎也來不及了。柯林跟她太相像了。柯林平時也沒什麼事需要動腦，對他來說，一座隱密的花園別具吸引力，就像瑪麗當初受到吸引一樣。柯林連珠砲似的追問。花園在哪？她從來沒找過入口嗎？她從沒問過園丁嗎？

「他們不肯多講那個花園的事，」瑪麗說：「我想，有人交代過他們，叫他們別回答問題。」

「我會逼他們回答。」柯林說。

「你可以嗎？」瑪麗支支吾吾，害怕起來。如果男孩能逼別人老實回答，誰曉得會發生什麼事？

「我跟你說過，每個人都要順著我的意，」柯林說：「如果我能活下去，這個地方總有一天會是我的，大家都很清楚。我會逼他們告訴我的。」

瑪麗以前不知道自己是被慣壞的孩子，可這會兒看得很清楚：這個神祕男孩被寵壞了，以為全世界都屬於他。他好怪喔。提到自己活不了多久的事，竟然還那麼冷靜。

「你覺得你不會活很久？」瑪麗問，部分因為很好奇，部分希望能讓他忘了花園的事。

「我想我不會活太久，」柯林跟剛剛一樣，滿不在乎的回答：「從我有記憶以來，就一直聽別人說我活不久。一開始他們以為我太小聽不懂，現在他們以為我聽不到。可是我都聽到了。我的醫生是爸爸的表弟。他滿窮的，要是我死了，他就能在我爸爸過世的時候，繼承整個米瑟威特莊園。我覺得醫生一定不希望我活下去。」

「你想活下去嗎？」瑪麗問。

「不想，」柯林焦躁又疲倦的回答：「可是我也不想死。我身體不舒服的時候，就躺在這裡，一直想自己活不久的事，想到最後就哭得停不下來。」

「你的哭聲我聽過三次了，」瑪麗說：「可是我不曉得是誰在哭。你就是為了這件事才哭的嗎？」瑪麗多想讓他忘掉花園的事啊。

「對，」柯林回答：「我們談談別的嘛，講講花園吧，你不想看那個花園嗎？」

「想啊。」瑪麗低聲回答。

「我也想，」柯林鍥而不捨講下去：「我覺得我這輩子從來沒這麼想看什麼，可是我想看看那個花園。我想叫人把鑰匙挖出來，我要叫人把鎖打開，我會叫他們用輪椅把我推到那裡去，這樣就等於是聽醫生的話，出去呼吸新鮮空氣。我要逼他們把門打開。」

柯林變得很亢奮，那雙奇怪的眼睛開始像星星一樣發亮，看來比原本都大了。

「他們一定要逗我開心，」柯林說：「我會要他們推我去那裡，我也會讓你跟著去。」

瑪麗雙手攢得緊緊的。一切都完了！一切！迪肯永遠不會回來了，她再也無法像畫眉鳥一樣，暗自享受隱密安穩的窩巢。

「噢，不、不、不、不要那樣啦！」瑪麗喊道。

柯林瞪著瑪麗，彷彿覺得她瘋了！

「為什麼？」柯林高聲說：「你明明說你想看。」

「我想啊，」瑪麗回答，幾乎嗚咽了一下，「可是如果你逼他們開門，要他們推你進去，那個花園就不再是祕密了。」

柯林往前湊得更近。

「祕密，」柯林說：「你是什麼意思？快跟我說。」

瑪麗急得幾乎語無倫次。「你想想……你想想嘛，」瑪麗氣喘吁吁說：「如果只有我們知道；如果真的有一扇門，藏在長春藤底下的某個地方；如果真的有那一扇門……我們可以自己去找出來。如果我們可以一起偷偷進去，把門關上，就不會有人知道誰在裡面。我們就把它當成自己的花園，然後假裝、假裝自己是畫眉鳥，把花園當成我們的鳥巢。如果我們幾乎每天都可以到那邊玩，把土翻鬆、播下種籽，讓整個花園活過來……」

「那個花園死了嗎？」柯林打斷瑪麗的話。

「要是沒人照顧，很快就會死了，」瑪麗繼續說：「球莖會活下去，可是玫瑰就……」

柯林再次打岔，跟瑪麗一樣亢奮莫名。

「球莖是什麼？」柯林趕緊插嘴。

「它們會長成水仙、百合還有雪花蓮喔，它們現在正在泥土裡奮鬥，努力要把淺綠色芽尖從土裡推出來。因為春天快來嘍。」

「春天要來了？」柯林說：「春天是什麼樣子？生病的人都待在房間裡，根本看不到春天。」

「春天來的時候，陽光會照在雨水上，雨水會落在陽光上，土壤裡的植物忙著工作，拚命往上推啊推，」瑪麗說：「如果把那個花園當成祕密，我們就可以進去，看著植物一天天長大，看看有多少玫瑰活過來。你懂了嗎？噢，如果把花園當成我們的祕密，該有多好啊，你難道看不出來？」

柯林再次倒回枕頭上，神情古怪的躺在那兒。

「我從來沒有過祕密，」柯林說：「除了『我不能活到長大』這個祕密以外，他們不曉得我知道，所以可以算是祕密吧。不過，我比較喜歡『花園』這個祕密。」

「如果你不要逼他們帶你去花園，」瑪麗懇求：「也許……我幾乎可以確定，哪天我就能找到進花園的辦法。既然醫生希望你坐輪椅到外面活動，而且你想做什麼都可以，說不定……說不定我們可以找個男生來推你的輪椅，我們可以自己到花園去，這樣的話，那個花園就永遠是個祕密了。」

「這樣我還滿……喜歡的，」柯林露出夢幻的眼神慢慢說：「我喜歡這樣，我不介意到祕密花園裡呼吸新鮮空氣。」

瑪麗呼吸恢復正常，心裡踏實起來。守住花園這個祕密的想法似乎讓柯林滿開心的。瑪麗幾乎可以確定，要是繼續講下去，就能讓花園的模樣浮現在柯林的腦海裡，如同她親眼所見。如此一來，柯林就會很喜歡那個花園，也就無法忍受讓別人隨便闖進去。

「我要跟你說，如果那個花園進得去，它在我的想像裡是什麼模樣，」瑪麗說：「花園封閉很久了，植物可能都纏成一團了。」

柯林靜靜躺著聽瑪麗繼續說。瑪麗說玫瑰可能會在樹木之間攀爬，然後懸垂下來，也講到因為那裡很安全，可能會有不少小鳥在那裡築巢。然後，瑪麗跟柯林提到知更鳥還有老班的事。知更鳥有很多趣事，這個話題說起來輕鬆又安全，瑪麗不再那麼擔心了。知更鳥的事逗得柯林眉開眼笑，最後模樣竟然變好看了。柯林有雙大眼，頭髮好濃密，一開始瑪麗還覺得他長得比自己更不起眼呢。

「我都不知道小鳥會那樣，」柯林說：「可是，待在房間裡的人，本來就什麼也看不到。花園的事情你知道好多，感覺你已經進去過了。」
瑪麗不知道如何回應，索性不發一語。柯林顯然不期待她會回答，接下來卻做了讓她吃一驚的事。
「我要給你看個東西，」柯林說：「壁爐架上面掛了一張玫瑰色絲簾，看到了嗎？」
瑪麗原本沒注意到，可是現在頭一抬就看到了。那面柔軟的絲簾掩住了畫作般的東西。
「嗯。」瑪麗回答。
「簾子那邊有條繩子，」柯林說：「你去拉一下。」
瑪麗困惑不已站起來，找到繩子並伸手一拉，絲簾沿著套環退開。簾子一開，有張圖畫映入眼簾。是張女孩的畫像，滿臉笑意，閃亮動人的髮絲上繫了條藍緞帶。那雙快樂可愛的瑪瑙灰眼眸跟柯林一模一樣，因為四周有烏黑的睫毛，眼睛看起來比實際大兩倍，只不過柯林的眼神快快不樂。
「她是我媽媽，」柯林抱怨：「我不懂她為什麼會死，有時候我會因為她死了恨她。」
「好怪喔！」瑪麗說。
「如果她還活著，我才不會一直生病，」柯林大發牢騷：「我一定會活下去，爸爸也不會看我不順眼。我會有強壯的背部。你再把簾子拉起來吧。」

瑪麗照辦之後回到腳凳那裡。

「她比你漂亮多了，」瑪麗說：「不過，你的眼睛跟她一樣……至少形狀跟顏色都相同。為什麼要用簾子把她遮起來？」

他不自在的挪挪身子。

「我要他們弄的，」柯林說：「有時候我不喜歡讓她看到我。我身體都不舒服了，覺得自己好可憐，她還笑得那麼開心。而且，她是我的，我不想讓別人看到她。」

兩人沉默半晌，接著瑪麗開口了。

「如果梅德拉克太太發現我來過這邊，她會怎樣？」瑪麗問。

「我要她做什麼，她都要照做，」柯林回答：「我會跟她說，我要你每天都來這裡跟我聊聊天。我很高興你來了。」

「我也很高興，」瑪麗說：「我會儘量常來，可是……」她猶豫了一下。「可是我每天都要去找那個花園的門。」

「嗯，你一定要去找，」柯林說：「找完以後，再來跟我說找得怎麼樣。」

就像之前一樣，柯林躺著思考一下，接著又開口。

「我想，你來這裡的事，也要當成祕密，」柯林說：「要是他們沒發現，我也不會跟他們說。反正我隨時可以叫保母走開，說我想獨處一下。你認識瑪莎嗎？」

「嗯，我跟她很熟啊，」瑪麗說：「她負責服侍我。」

柯林朝外面的走廊點點頭。

「她就睡隔壁房間。保母昨天到她妹妹家過夜了。保母想出門的時候，就會叫瑪莎來照顧我。瑪莎會告訴你什麼時候可以過來。」

這時瑪麗才恍然大悟，為什麼追問哭聲的事，會讓瑪莎那麼苦惱。

「瑪莎一直都知道你的事嗎？」瑪麗問。

「知道啊，她常常來照顧我。保母只想躲我躲得遠遠的，那時候瑪莎就會來代班。」

「我來很久了，」瑪麗說：「現在是不是該走了？看你的眼睛，好像快睡著了。」

「我希望你能等我睡著再走。」柯林害羞的說。

「閉上眼睛吧，」瑪麗說著便把凳子拉近床邊：「我會學印度奶媽那樣，拍拍你的手背，輕輕撫摸，然後輕聲唱歌。」

「這樣可能滿好的。」柯林昏昏欲睡的說。

不知怎的，瑪麗替柯林感到難過。她不希望柯林失眠下去，於是往前倚在床畔，開始對著柯林的手背又拍又摸，低聲唱了首短短的印度頌歌。

「好聽。」柯林說，睡意更濃了。瑪麗繼續誦唱，一面輕撫他的手。等瑪麗再看看他的時候，黑睫毛已經貼在臉頰上了。他早已闔起雙眼，深深墜入夢鄉。瑪麗輕手輕腳站起來，端起蠟燭，靜悄悄離開。

14 小王爺

清晨時分，濛濛霧氣籠罩住整片荒原。傾盆大雨依然淅瀝下不停，今天沒辦法出去玩了。瑪莎忙得暈頭轉向，瑪麗根本沒機會跟她說上話。可是到了下午，瑪麗請瑪莎過來育兒室陪她。瑪莎過來的時候，順道把手頭正在織的襪子也帶來了。瑪莎閒著沒事時，總是不停編織。

「你怎麼啦？」兩人一坐下來，瑪莎馬上問：「一副有話要說的樣子。」

「是啊，我已經查出那個哭聲是怎麼回事了。」瑪麗說。

瑪莎手一鬆，正在織的東西掉在膝蓋上，目瞪口呆望著瑪麗。

「不會吧！」瑪莎驚呼：「不可能！」

「昨天晚上又聽到了，」瑪麗繼續說：「所以我就下床去看哭聲從哪裡來。原來是柯林，我找到他了。」

瑪莎嚇得漲紅臉。

「哎呀！瑪麗小姐，」瑪莎帶著哭腔說：「你不應該這樣的……你不該這樣啊。

你這麼做，會給我惹麻煩的。雖然我根本沒跟你提過柯林的事，可是你這樣，我照樣會惹禍上身。要是我丟掉飯碗，到時媽媽該怎麼辦！」

「你不會丟掉飯碗啦，」瑪麗說：「柯林很高興我去找他。我們聊了好久，他說他很高興我去看他。」

「是嗎？」瑪莎喊道：「你確定？你不知道他發起脾氣來有多恐怖。他都長這麼大了，可是哭鬧起來就像嬰兒。一激動，還會放聲尖叫，把我們嚇個半死。他知道我們都不敢不聽他的。」

「柯林沒鬧脾氣啦，」瑪麗說：「我問他我是不是該離開了，可是他要我留下來。他一直問我問題。我坐在大大的腳凳上，跟他講了印度、知更鳥還有花園的事。他不肯放我走，還讓我看了他媽媽的畫像。我哼哼歌哄他睡覺，等他睡著才離開。」

瑪莎詫異的倒抽一口氣。

「我真不敢相信你說的話！」瑪莎提出異議：「你過去找他，簡直就像闖進危險的虎穴一樣。要是他那時候跟平常一樣，老早大發脾氣、把整棟房子全吵醒了。他是不准陌生人看他的。」

「柯林讓我看他了啊。我一直看著他，他也看著我，我們盯著對方看不停呢！」瑪麗說。

「這樣我不知道該怎麼辦！」瑪莎激動嚷嚷：「要是梅德拉克太太發現了，肯定會以為我違反命令、對你洩了密，那麼我就得打包走路，回媽媽身邊了。」

「柯林什麼都不會對梅德拉克太太說的，這件事要先保密。」瑪麗堅定的說：「柯林說，大家都要順著他的意思。」

「唉，這倒是真的……那個壞小子！」瑪莎嘆氣，一面用圍裙抹抹額頭。

「他說梅德拉克太太一定得聽他的。他希望我每天都過去找他聊天，還說什麼時候想見我，就會要你來通知我。」

「我！」瑪莎說：「我會丟掉飯碗的……一定會！」

「如果你照著他的意思做，就不會了啊。每個人都非聽他的不可。」瑪麗辯說。

「你的意思是，」瑪莎瞪圓了眼喊道：「他對你不錯？」

「我想他有點喜歡我。」瑪麗回答。

「那你一定是對他施了法！」瑪莎深深吸口氣，篤定的說。

「你是說魔法嗎？」瑪麗問：「我在印度聽說過魔法的事，可是我不會。我只是走進他的房間，看到他的時候，我好驚訝，只是站在原地盯著他。他也轉身瞪著我，以為我是鬼，不然就是夢。我也以為他是鬼或是夢。半夜的時候，跟不認識的人在一起，感覺真的好怪。我們開始問對方問題。後來我問他，我是不是該離開了，他就叫我別走。」

「世界末日要到了！」瑪莎喘著氣說。

「柯林到底怎麼啦？」瑪麗問。

「沒人清楚，」瑪莎說：「我跟你說過，柯林出生不久，克瑞文夫人就死了。克瑞文先生簡直像發了瘋似的，醫生本來以為得把他送進療養院呢。他不肯正眼看這個嬰兒，只是激動的破口大罵，說嬰兒總有一天會跟他一樣也變成駝子，還說嬰兒最好死了算了。」

「柯林是駝子嗎？」瑪麗問：「看起來不像啊。」

「他現在還不是，」瑪莎說：「可是他一出生就怪怪的。媽媽說，這棟宅子發生過那麼多不幸，不論什麼樣的孩子都會出毛病的。他們擔心他的背很脆弱，所以老在呵護他的背。他們要他一直躺著、不讓他多走路。有一次還要他穿上鐵支架，直到他心煩到病倒為止。後來有個名醫來看他，就叫他們把支架脫掉。這位名醫跟另一個醫生談過，態度客氣是客氣，但是一針見血。名醫說啊，他們替柯林做的治療多到過分，而且也太放縱他了。」

「我覺得柯林被寵壞了。」瑪麗說。

「從沒見過那樣糟糕的孩子！」瑪莎說：「他是常生病沒錯。有兩三次，他傷風感冒得很嚴重，差點丟了小命。還有一次得到風濕熱，另一次還染到傷寒。唉！那時候梅德拉克太太可是心驚肉跳啊。柯林那陣子病到神智不清，梅德拉克太太以為他不省人事，就對保母說：『這回他看來是死定了，對他跟大家來說，都算是好事一椿。』梅德拉克太太說完朝柯林那裡瞥一眼，結果發現他睜著那雙大眼睛瞪她，神智跟她一樣清楚。梅德拉克太太不知道接下來會怎樣，可是柯林只是直直盯著她說：『給我水喝，別再講話了。』」

「你覺得柯林會死嗎？」瑪麗問。

「媽媽說，不出去吸吸新鮮空氣，整天躺著無所事事，不是看圖畫書，就是吃藥，這樣的孩子怎麼活得下去？他的身體虛弱，別人想帶他出門，他就嫌麻煩，而且動不動就感冒。他說，出門會害他病倒。」

瑪麗坐下來望著爐火。

「我在想，」瑪麗慢條斯理的說：「帶他出門，讓他到花園裡逛逛，看看花草生長的樣子，不知道對他好不好？對我就很有幫助呢。」

「他脾氣鬧得最嚴重那次，」瑪莎說：「就是他們帶他去噴泉旁邊的玫瑰花那邊。他之前在報紙裡讀過一篇文章，說有人感染了叫『玫瑰花粉熱』的病。他在那邊就開始打噴嚏，然後堅持說自己染上那個病了。有個新來的園丁不清楚這邊的規矩，路過柯林身邊的時候，就好奇的打量他。結果柯林火冒三丈，一口咬定新園丁看他，就是因為他快變成駝子了。他哭得慘兮兮，到了晚上，就發起燒來，渾身不對勁。」

「如果柯林敢對我發脾氣，我就再也不去看他了。」瑪麗說。

「他如果想要你去，你就非去不可，」瑪莎說：「你最好一開始就弄清楚。」

不久，叫喚鈴就響了。瑪莎把手中的織品捲起來。

「一定是保母要我去陪柯林，」瑪莎說：「希望他目前的心情還好。」

瑪莎出去大概十分鐘以後，一臉迷惑的回來了。

「嗯，你真的施法迷住他嘍，」瑪莎說：「他竟然坐在沙發上讀圖畫書呢，他叫保母六點以前別回來，還要我在隔壁等著。保母一走，他就叫我過去說：『我要瑪麗過來陪我聊天。記住，不可以跟別人說。』你最好趕快過去吧。」

瑪麗很樂意趕過去。雖然她更想見迪肯，但現在也想看看柯林。

瑪麗走進柯林的房間時，壁爐裡的火燒得很旺。在日光底下，她清楚看到，這個房間真的很漂亮。儘管天色灰暗、落雨紛紛，但房間裡的地氈五彩繽紛，掛毯、畫作跟書本也是多采多姿，襯得整個房間暖亮又舒適。柯林本人看上去也很像一幅畫像——雙頰紅潤，身穿天鵝絨晨袍，靠坐在大大的織錦抱枕上。

「進來吧，」柯林說：「我整個早上都在想你。」

「我也在想你，」瑪麗回答：「你都不知道瑪莎有多害怕。她說梅德拉克太太會以為她把你的事情洩漏給我知道，然後她就會被趕走。」

柯林眉頭深鎖。

「去叫瑪莎過來，」柯林說：「她在隔壁。」

瑪麗去把瑪莎帶來，可憐的瑪莎嚇得直發抖，柯林還是皺著眉。

「你是不是應該照我的意思做事呢？」柯林質問。

「是啊，少爺，」瑪莎滿面通紅、吞吞吐吐說。

「梅德拉克是不是也要順著我的意思呢？」

「大家都是啊，少爺。」瑪莎說。

「嗯，好。如果是這樣，我命令你帶瑪麗小姐過來的時候，就算被梅德拉克發現了，她又怎麼能把你攆走呢？」

「少爺，請別讓她趕我走啊。」瑪莎哀求。

「如果她敢說要把你攆走，我就把她送走，」克瑞文小少爺威風凜凜說：「我向你保證，她才不敢。」

「謝謝你啊，少爺，」瑪莎屈膝行禮：「我會好好盡責的，少爺。」

「我就是希望你盡責，」柯林說，態度更自命不凡了：「我會好好照顧你的，你現在可以退下了。」

瑪莎隨手關上門之後，柯林發現瑪麗小姐正盯著他瞧，彷彿他的表現讓瑪麗覺得很不可思議。

「你幹嘛那樣看我？」柯林問瑪麗：「你在想什麼？」

「我在想兩件事。」

「哪兩件事？坐下來跟我說吧。」

「第一件事，」瑪麗往大凳子上一坐：「我在印度的時候，有一次看到一個小王爺，他全身上下戴著紅寶石、翡翠跟鑽石。他跟人民說話的態度，就跟你對瑪莎一樣。不管他說什麼，大家都要馬上照做。我想，要是他們不聽話，就會被殺頭。」

「我等一下聽你說小王爺的事，」柯林說：「先跟我說第二件事吧。」

「我在想啊，」瑪麗說：「你跟迪肯真的很不一樣。」

「誰是迪肯啊，」柯林說：「好怪的名字！」

瑪麗心想，乾脆跟柯林坦白好了。她可以講講迪肯的事，只要別提祕密花園就好，瑪麗自己就滿喜歡聽瑪莎講迪肯的。而且她一直好想談談迪肯，彷彿談到迪肯，就可以拉近跟迪肯之間的距離。

「他是瑪莎的弟弟，十二歲，」瑪麗解釋：「他跟大家都不一樣。他可以吸引狐狸、松鼠、小鳥，就跟印度耍蛇人一樣。他會用笛子吹出好輕柔的曲調，動物都會跑來聽。」

桌上有幾本厚重的大書，柯林突然把其中一本拉過來。

「這本有耍蛇人的圖片，」柯林嚷嚷：「快過來看看。」

這本書真美麗，裡面的彩圖精美極了。柯林翻開其中一張。

「迪肯有辦法這樣嗎？」柯林急切的問。

「迪肯吹笛子的時候，動物就會認真聽，」瑪麗解釋：「可是他說那不是魔法。

他說是因為他在荒原上住很久，很清楚動物的習慣。他說有時候覺得自己就像小鳥或兔子呢。他好喜歡牠們。我想，他問過那隻知更鳥一些問題。迪肯跟鳥兒都發出輕輕的啾啾聲，好像在跟對方講話。」

柯林躺回抱枕上，眼睛愈睜愈大，臉頰紅得發燙。

「跟我多說一點他的事。」柯林說。

「鳥蛋跟鳥巢的事情，迪肯都一清二楚，」瑪麗繼續說：「他知道狐狸、獾跟水獺住哪裡，他會替牠們守住祕密，免得其他男生找到牠們的洞穴、嚇壞牠們。不管是長在荒原上的植物，還是住荒原的動物，他都清清楚楚。」

「他喜歡荒原嗎？」柯林說：「荒原好大好大，光禿禿的好可怕，他怎麼會喜歡啊？」

「荒原是世界上最漂亮的地方了，」瑪麗辯駁：「有好幾千種可愛的東西都在那裡生長，還有好幾千種小動物，忙著築巢、掘洞、挖地穴，一起嘰嘰喳喳，放聲高歌，不然就是互相唧吱叫。牠們在地裡、樹上或是石南地上，忙得團團轉，開心得很呢！荒原就是牠們的全世界。」

「你怎麼會知道這些事？」柯林靠在手肘上，轉頭看著瑪麗。

「其實，荒原我一次也沒去過，」瑪麗突然想起來並說：「只是天黑的時候坐馬車經過。那時候我也覺得那種地方好可怕。後來瑪莎告訴我荒原的事，又聽迪肯說過。聽迪肯形容荒原的時候，我好像能親眼看到，甚至聽到那裡生物的聲音。我覺得自己好像就站在石南叢裡，讓陽光暖烘烘照著，聞得到跟蜜一樣甜的荊豆，也看得到蜜蜂跟蝴蝶到處飛舞。」

「生病的人，什麼也看不到。」柯林不安的說，露出那種聽見遠方的新奇聲音，卻想不通到底是什麼的神情。

「你老是待在房間裡，當然沒辦法啊。」瑪麗說。

「我又沒辦法去荒原。」柯林恨恨的說。

瑪麗沉默一會兒，接著大膽的說：

「也許有一天……你可以啊。」

柯林動了一下，好像大吃一驚。

「去荒原！怎麼可能啊？我都快死了。」

「你怎麼知道？」瑪麗毫不同情的說。她不喜歡柯林開口閉口都是死。她不覺得有什麼好同情的，甚至覺得柯林簡直是拿死來吹噓。

「噢，從我有記憶以來，就一直聽到大家這麼講，」柯林暴躁的回答：「他們一直竊竊私語，就是在談這件事，他們還以為我沒注意到。他們也希望我死翹翹。」

瑪麗小姐的脾氣又上來了，抿緊嘴唇。

「要是有人希望我死掉，」瑪麗說：「我偏偏不要死。到底是誰希望你死掉？」

「僕人啊，當然還有克瑞文醫師，因為這樣他就能繼承米瑟威特，從窮光蛋變成有錢人。他不敢說出來，可是我病情變壞的時候，他就一副開心的樣子。我傷寒發高燒那次，他吃得滿臉胖嘟嘟。我想，爸爸也希望我死掉。」

「他希望你死掉？我才不信。」瑪麗固執的說。

這一來，柯林又轉頭看瑪麗。

「你不信？」柯林說。

接著柯林往後一靠，倚在抱枕上靜靜不動，彷彿在思考。兩人沉默了好久，可能各自在想些一般小孩不會想到的奇怪事情。

「我喜歡倫敦來的那個名醫，因為他叫他們把你的鐵衣脫下，」瑪麗終於說：「名醫說你會死掉嗎？」

「沒有。」

「那他說了什麼？」

「名醫講話的時候，沒有故意壓低聲音，」柯林回答：「可能因為他知道我最討厭別人竊竊私語。我聽到他大聲說了一件事。他說：『要是這個小子決心活下來，就會活下來。你們儘量讓他高興一點。』他聽起來好像有點生氣。」

「我跟你說，也許有個人可以逗你開心喔。」瑪麗邊思索邊說。她希望這件事能夠拍板定案。「我相信迪肯可以逗你開心，他一直在講活著的事情，從來不說死掉或生病的東西。他總是抬頭看天空，望著飛翔的小鳥，或者低頭看著土地，觀察不停生長的植物。他有好圓好圓的藍眼睛，東張西望的時候，眼睛睜得好大。他有一張寬寬的嘴巴，笑聲很響亮。而且啊，臉頰紅得跟櫻桃一樣呢。」

她把凳子往沙發拉近，一想起那張彎彎的闊嘴，還有圓睜睜的雙眼，自己的表情就跟著變了。

「哎呀，」瑪麗說：「我們不要談死了啦，我不喜歡。我們來談活著的事吧，先多講講迪肯的事，再來看看你的圖片。」

這是瑪麗所說過最棒的話了。講講迪肯的事，就等於要談談荒原跟小木屋。這一家十四口擠在小木屋裡，每週只靠十六先令過活，孩子卻長得又肥又壯，像小野馬似的，靠著荒原的雜草長大。也要談到迪肯的媽媽，還有跳繩。還要提到灑滿陽光的荒原，從黑土裡冒出來的淺綠色芽尖。這些事情充滿了生命力，瑪麗不曾一口氣說這麼多的話。柯林邊聊邊聽，從沒這麼投入過。一點小事就逗得他倆捧腹大笑，就像一般小孩開開心心玩在一塊兒。兩人笑得合不攏嘴，鬧成一團，彷彿只是兩個平凡健康又自在的十歲孩子，而不是硬心腸的無情小女孩，以及相信自己即將死去的病弱小男孩。

兩人玩得樂不可支，忘了看圖畫，也把時間拋在腦後。他們大聲笑著老班跟他的知更鳥，柯林竟然坐直了身子，彷彿忘了自己的背很虛弱。突然間他想起一件事。

「你知道嗎?有件事我們一直沒想到,」柯林說:「我們是表兄妹耶。」
他們聊了這麼久,竟然連這件簡單的事情都沒想到,真是怪透了。他們又大笑一番,因為他們正處於什麼都好笑的情緒裡。就在一片和樂融融的時候,門卻打開了,克瑞文醫生跟梅德拉克太太走了進來。
克瑞文醫生狠狠嚇了一跳,不小心撞上跟在背後的梅德拉克太太,讓她差點跟著摔一跤。
「老天爺!」可憐的梅德拉克太太驚叫,眼珠子差點掉出來。「天啊!」
「這是怎麼回事?」克瑞文醫生邁步上前說:「這是在幹嘛?」
這時,瑪麗再次想起小王爺。因為柯林答話的語調,似乎不把醫生的焦慮跟梅德拉克太太的恐懼當一回事。柯林不慌也不怕,彷彿剛走進房間的只是一隻老貓跟一條老狗。
「這是我表妹,她叫瑪麗.萊尼克斯,」柯林說:「我要她過來陪我聊天。我喜歡她。不管什麼時候我叫人找她過來,她就一定要來陪我說話。」
克瑞文醫生一臉責備的轉向梅德拉克太太。
「噢,先生,」梅德拉克太太喘著氣:「我不知道怎麼會這樣,這裡的僕人都不敢亂講話,我老早就交代過了。」
「沒人跟她說,」柯林說:「她聽到我在哭,就找到我了。我很高興她過來了。

別傻了，梅德拉克。」

瑪麗看得出來，克瑞文醫生一臉不高興，可是也不敢跟病人唱反調。醫生在柯林身邊坐下替他把脈。

「我擔心你會興奮過度，孩子，情緒激動對你沒好處。」醫生說。

「如果她一直不來，我才會激動，」柯林回答，雙眼散發危險的光芒，「我好多了。有她陪，我覺得好多了。叫保母把瑪麗的茶點跟我的茶點一起端過來，我們要一起喝茶。」

梅德拉克太太跟克瑞文醫生為難的面面相覷，可是顯然束手無策。

「先生，他看起來的確比較好了。」梅德拉克太太鼓起勇氣說。她想了想又說：「不過，早上瑪麗小姐還沒進來以前，他的氣色更好。」

「瑪麗昨天晚上就來過了，她陪了我好久，還唱了印度歌給我聽，我聽著聽著就睡著了，」柯林說：「我今天醒來的時候，就覺得好多了，還有胃口吃早餐呢。梅德拉克，你去跟保母說，我現在要喝茶。」

克瑞文醫生沒待很久。保母進來時，醫生先跟她講了幾分鐘話，接著又對柯林耳提面命，要他千萬別說太多話，叫他別忘了自己是病人，也要他切記自己很容易疲勞。瑪麗心想，醫生要柯林牢記的這幾件事，怎麼都那麼惹人厭呢。

柯林一臉焦躁，那雙黑睫毛的怪眼睛盯著克瑞文醫生直看。

「我就是想忘掉嘛，」柯林終於開口：「瑪麗讓我忘了這些事，所以我才要她來。」

克瑞文醫生怏怏然踏出房間時，困惑的瞥了大凳子上的女孩一眼。醫生之前一進來，瑪麗就搖身變回僵硬沉默的孩子，醫生實在看不出瑪麗有何吸引力。不過呢，柯林那個小伙子看起來的確開朗多了。醫生沿著走廊走遠時，不禁重重嘆了口氣。

「我明明沒胃口，他們還一直催我吃東西。」柯林說。保母把茶點端進來，擱在沙發旁的桌子上。「現在，如果你吃，我就跟著吃。那些瑪芬熱騰騰的，好像很好吃。跟我講講小王爺的事吧。」

15 築巢

下了整個星期的雨以後，高高遠遠的蔚藍天空又回來了，陽光傾灑下來，將大地烤得熱烘烘。瑪麗小姐雖然沒機會去看祕密花園，也沒辦法跟迪肯見面，還是過得很開心。這個星期感覺並不漫長，因為她天天都到柯林房間報到，一起消磨好幾個鐘頭，談談小王爺、花園、迪肯，還有荒原上的小木屋。他們一同閱讀精彩動人的書本、欣賞美妙的插圖。有時，瑪麗會朗讀給柯林聽，有時，輪他唸一點給她聽。瑪麗心想，柯林心情愉快、興致高昂的時候，一點都不像病人，只是臉上缺了血色，而且老是賴在沙發上不肯離開。

「你這孩子真頑皮，那天晚上聽到聲音，竟然就咚咚溜下床，跑去把事情查個明白，」梅德拉克太太有一次這樣說她：「可是啊，搞不好是我們的福氣呢。自從你們變成朋友，小少爺就沒耍過脾氣，也沒亂哭亂鬧。保母本來都想辭職了，因為她實在被小少爺搞得煩透了。」梅德拉克太太輕笑一下。「可是現在有你陪保母值班，她現在打算繼續待下去了。」

瑪麗跟柯林聊天的時候，一直都很謹慎，避免提到祕密花園。瑪麗想先查清楚柯林的一些事，可是瑪麗也在想，問柯林問題的時候，一定不能太直接。瑪麗開始喜歡跟柯林在一起了，所以瑪麗想查清楚的，就是柯林懂不懂得守口如瓶。雖然柯林跟迪肯截然不同，可是柯林一想到有個無人知曉的花園，也不禁喜上眉梢。瑪麗心想，也許柯林這人信得過，可是她認識柯林還不久，不是很有把握。瑪麗想查明的第二件事就是：如果可以信任柯林……如果真的可以，那麼有沒有可能在沒人發現的情況下，帶柯林到那個花園去呢？名醫說過，柯林一定要呼吸新鮮空氣。柯林自己也說過，他不介意去祕密花園裡享受新鮮空氣。等柯林吸了很多新鮮空氣、認識迪肯跟知更鳥，看到植物茁壯生長，也許心思就不會一直在死上面打轉。最近，瑪麗照鏡子的時候，發現自己跟剛從印度過來的時候很不一樣。鏡子裡的孩子比較好看了。瑪麗的變化連瑪莎都看得出來。

「荒原的空氣已經對你產生好影響嘍，」瑪莎說過：「你的臉色沒以前黃，也不像以前那樣瘦巴巴，連頭髮都好像有了點生命，長一些了，再也不會扁扁塌在頭上了。」

「我的頭髮現在一定比較多了，」瑪麗說：「頭髮就跟我的身體一樣，也變壯變胖了。」

「看來是這樣沒錯，」瑪莎說，一面幫瑪麗把臉邊的頭髮撥得蓬鬆些。「頭髮蓬鬆點，臉頰有點紅紅的，沒以前那麼難看了。」

如果花園跟新鮮空氣對她有好處，可能也幫得了柯林。可是話說回來，如果柯林討厭別人看到他，或許不會想跟迪肯碰面。

「為什麼別人看著你，你就會生氣？」瑪麗某天問。

「我一直很討厭別人看著我，」柯林回答：「我很小的時候就這樣了。他們帶我去海邊養病的時候，我都躺在輪椅推車上，大家都會盯著我看。女士會停下腳步，跟我保母聊天，然後他們就會開始講悄悄話。我知道他們在說，我沒辦法活到長大。有時候女士會拍拍我的臉頰，然後說『可憐的孩子！』有一次，有個女士又這樣，我就放聲尖叫、咬她的手，她嚇得一溜煙跑走了。」

「那個女士一定覺得你跟瘋狗一樣。」瑪麗不以為然的說。

「我才不管她怎麼想呢。」柯林皺眉說道。

「我在想，我進你房間的時候，你怎麼沒尖叫？也沒咬我呢？」瑪麗說著便慢慢展開笑靨。

「我以為你是鬼魂，不然就是夢，」柯林說：「鬼魂或夢，我又咬不到，就算我尖叫，鬼魂跟夢也不會在乎。」

「如果……如果讓一個男生來看你，你會覺得討厭嗎？」瑪麗沒把握的說。

柯林往後躺在抱枕上，陷入沉思。

「有個男生，」柯林慢吞吞的說，彷彿每個字都要細細斟酌：「我想，有個男生我是不會介意的，就是知道狐狸住哪裡的……迪肯。」

「你一定不會介意他的。」瑪麗說。

「小鳥跟別的動物都不介意了，」柯林反覆思索並說：「所以我可能也不會介意吧。柯林就像動物的魔法師，我就是『小男生動物』。」

說到這裡，柯林笑出聲來，瑪麗也跟著笑，兩人最後笑得東倒西歪。把柯林想成躲在自己洞穴裡的小男生動物，他們都覺得好有趣。

瑪麗事後覺得，自己再也不用擔心迪肯的事了。

早晨，天空一片蔚藍，瑪麗早早醒來。陽光穿透窗簾斜斜灑進來。見到陽光普照，真教人歡欣鼓舞。瑪麗連忙跳下床，跑到窗前，拉起窗簾，將窗戶大大敞開，一股芳香的新鮮空氣馬上迎面撲來。荒原透著藍色，全世界彷彿被施了魔法，笛音似的輕柔聲音此起彼落，從四面八方傳來。好多小鳥彷彿為了合開演奏會，開始調音做準備。瑪麗把手伸到窗外曬曬太陽。

「好暖和、好暖和唷！」瑪麗說：「陽光會把綠芽愈推愈高，也會讓地下的球莖跟根部活躍起來，拚命成長。」

瑪麗跪下來，身子儘量探出窗外，大口呼吸、猛嗅空氣，最後不禁笑出來，因為她想起迪肯媽媽說過，迪肯的鼻尖會像兔子一樣輕輕顫動。

「現在一定還很早，」瑪麗說：「連小小雲朵都還是粉紅色的，我從沒看過這樣的天空。大家都還沒起床，連小馬夫都還沒上工呢。」

有個想法突然冒出來，瑪麗連忙站起身。

「我等不及了！我要去花園看看！」

瑪麗現在已經學會自己穿衣服，不到五分鐘，全身上下就穿戴整齊了。她知道有個小側門，也會自己開門閂。她套上襪子，飛奔下樓，在大廳那兒穿好鞋子。她解開門鍊、拉開門閂，然後轉開門鎖。門一開，就一箭步跳下階梯，站在草地上了。草地好像變綠了。太陽灑滿她的身子，溫暖甜美的風陣陣吹拂，笛聲般的鳥鳴、啁啾，還有啼唱，從每個樹叢跟樹木傳來。她歡喜的雙手緊握、仰望天空。天空色彩繽紛，有藍色、粉紅、珠白、雪白。春光灑滿整片天際，連她都忍不住想高聲吹哨跟放聲歌唱。她懂得畫眉鳥、知更鳥跟雲雀情不自禁引吭高歌的心情。她拔腿就跑，繞過灌木叢、衝過走道，一路直奔祕密花園。

「全都變了耶，」瑪麗說：「草變綠了，地上到處都有東西冒出來。芽葉慢慢展開了，綠綠的嫩葉苞也冒出來嘍。今天下午迪肯一定會來。」

暖雨霏霏，矮牆旁步道邊的草本花床，產生了奇異的變化。一團團根部那裡有東西冒了出來，番紅花的莖桿上有深紫跟黃色的花苞正要舒展。半年前，瑪麗小姐還沒看過世界慢慢甦醒的模樣，現在她什麼都沒錯過。

瑪麗走到藏在長春藤下的那道門時，有個響亮奇特的聲音讓她吃了一驚。原來是烏鴉的嘎嘎聲，從園牆牆頭傳出來。她抬頭就看到牆上棲著一隻羽色發亮的黑藍色大鳥。鳥兒低頭看她，露出睿智的模樣。瑪麗從沒這麼近的看過烏鴉，有點緊張。可是，接下來烏鴉就展開翅膀，啪啪啪飛過花園。瑪麗真希望烏鴉不會留在花園裡。牠會不會一直待在裡頭呢？瑪麗邊想邊把門推開。當瑪麗走進花園，就明白烏鴉可能打算待下來，因為烏鴉好端端停在矮蘋果樹上。有隻尾巴毛茸茸的紅色小動物就趴在蘋果樹下。牠們正望著彎起身子、一頭鏽紅的迪肯。迪肯正跪在草地上奮力工作。

瑪麗衝過草坪到迪肯身邊去。

「噢，迪肯！迪肯！」瑪麗大喊：「你怎麼這麼早就到了！怎麼可能！太陽才剛剛升起來耶！」

迪肯笑呵呵站起來，容光煥發，頭髮亂竄，湛藍眼眸好似一小片天空。

「啊！」迪肯說：「我比太陽公公起得早多了，我怎麼能夠繼續呼呼大睡！今天早上，全世界又開始運轉了，動物跟植物都忙著生長。蟲兒嗡嗡叫，搔搔又抓抓。鳥兒吹哨音、忙著築巢。花草吐出香氣。我根本沒辦法躺在床上不動，忍不住想趕快到荒原上來。太陽噗咚突然跳上天空，整個荒原都樂壞了。我在石南叢之間狂奔起來，又喊又唱，然後就直接過來這邊了。我不能不過來啊，花園正在等呢！」

瑪麗的手貼住胸口，喘著氣，彷彿剛剛也在荒原上奔跑過。

「噢，迪肯！迪肯！」瑪麗說：「我好高興喔，都快喘不過氣了！」

尾巴毛茸茸的小動物看到迪肯跟陌生人說話，就從樹下站起身，走到迪肯身旁。

烏鴉嘎嘎叫一聲，飛下樹枝，靜悄悄停在迪肯的肩膀上。

「這是狐狸寶寶，」迪肯說，一面搓搓紅毛小動物的頭：「牠叫『隊長』。這隻烏鴉叫『煤灰』。煤灰飛過荒原，一路跟著我過來。隊長跑得好賣力，好像後面有獵狗在追似的。牠們跟我一樣，都很想出來看看。」

狐狸跟烏鴉好像一點都不怕瑪麗。迪肯開始走來走去，煤灰棲在他的肩膀上，隊長緊挨著他靜靜快步疾走。

「看這邊！」迪肯說：「這些植物已經冒出來嘍，這裡也有！這邊也是！耶！看這邊這個！」

迪肯一骨碌跪在地上，瑪麗跟著跪在旁邊。他們看到一團密密的番紅花叢，紫、橙橘跟金黃的花朵齊開盛放。瑪麗彎身垂頭對著那些花兒親了又親。

「如果它們是人，我才不會這樣親呢，」瑪麗抬起頭的時候說：「花就是不一樣。」

迪肯一臉困惑，但還是面帶笑容。

「欸！」迪肯說：「我在荒原上逛一整天以後，回家時，媽媽會站在門口，全身灑滿夕陽，看來開心又自在，我就會那樣親她呢。」

他倆在花園裡東奔西跑，發現處處是驚奇。他們還得特別提醒自己要輕聲說話或壓低嗓門。迪肯指給瑪麗看，原本死氣沉沉的玫瑰枝椏上鼓起嫩葉苞了。迪肯也把土堆上冒出的新綠芽指給瑪麗看，有成千上萬個呢。他們急切的把小鼻子湊近地面，嗅嗅土地溫暖的春天氣息。他們挖土拔草，歡天喜地低聲笑著，最後瑪麗小姐的頭髮就跟迪肯一樣亂糟糟，臉頰也跟他一樣紅如罌粟花。

那天早晨，大地的種種歡樂全都匯聚在祕密花園裡，把歡樂氣氛炒得更熱的，是一件更神奇的事：有個東西迅雷不及掩耳越過圍牆飛進來，在樹木間穿梭，直往花草茂密的角落裡竄。原來那個閃過的身影是一隻紅胸小鳥，嘴裡啣了點東西。迪肯站定不動，把手搭在瑪麗身上，彷彿兩人突然察覺自己剛剛太失禮，竟然在教堂裡放肆大笑似的。

「我們千萬別亂動，」迪肯用約克郡腔輕聲說：「也要憋住呼吸。是老班的知更鳥。我上次看到牠的時候，就知道牠在求偶了。牠現在忙著築巢。如果我們不嚇牠，牠就會在花園裡好好住下來。」

他們放輕動作往草地上坐，然後動也不動。

「我們千萬不要盯著牠看，」迪肯說：「如果牠覺得我們礙到牠，就會跟我們絕交。在求偶跟築巢的工作結束以前，牠會變得有點不一樣。牠現在忙著建造家園，個性也會比較害羞敏感，很容易往壞處想。牠沒時間拜訪朋友，也沒時間閒嗑牙。我們要儘量保持不動，假裝成小草、樹木跟矮叢。等牠習慣看到我們以後，我會發出啾啾聲，讓牠明白我們不會干擾牠。」

要怎麼假裝成小草、樹木跟矮叢，迪肯好像很有把握，可是瑪麗小姐不知道自己裝不裝得出來。可是，迪肯說出這件怪事時，好像把它當成是世上最簡單、再自然也不過的事了。瑪麗覺得，對迪肯來說一定易如反掌。瑪麗還小心翼翼觀察迪肯好幾分鐘，好奇迪肯的身體會不會悄悄變綠，然後長出枝椏跟葉子。不過，迪肯只是文風不動靜靜坐著，說話時，壓低的嗓音變得好輕柔，瑪麗竟然還聽得見，真怪。

「知更鳥會忙著築巢，是因為春天來了，」迪肯說：「我敢保證，自從開天闢地以來，每年春天都是這樣。生物有自己的想法跟做事的方式，人類最好別多管閒事。如果我們太好奇，在春天比別的季節更容易失去動物朋友。」

「如果我們一直談知更鳥，我就會忍不住要去看牠，」瑪麗儘量輕聲說：「我們來講別的事情吧，我有事要跟你說。」

「如果我們聊別的事，知更鳥也會比較高興，」迪肯說：「你想跟我說什麼？」

「嗯……你知道柯林的事嗎？」瑪麗小聲說。

迪肯轉頭看她。

「你知道他的什麼事？」

「我看過他了。這個星期我每天都去找他聊天，是他要我去的。他說我會讓他忘掉生病跟死亡的事。」瑪麗回答。

迪肯的圓臉先是驚訝，然後是如釋重負。

「我真高興，」迪肯驚呼：「好高興喔，這樣我就放心了。我知道自己不該談起他的事，可是我不喜歡藏東藏西的。」

「你不喜歡守住花園的祕密嗎？」瑪麗說。

「我絕對不會說出去，」迪肯回答：「可是我跟媽媽說過：『媽媽，我有個祕密要守，那個祕密不是壞事，就跟守住鳥巢地點那種祕密差不多，你不會介意吧？』」

瑪麗向來都很想聽聽他媽媽的事。

「那她說什麼？」瑪麗問，完全不怕會聽到什麼負面的話。

迪肯和氣的咧嘴微笑。

「媽媽的反應跟平常一樣，」迪肯回答：「她搓搓我的頭，邊笑邊說：『欸，小鬼，你想守什麼祕密，就儘管去守，我都認識你十二年了。』」

「你怎麼會知道柯林的事？」瑪麗問。

「只要認識克瑞文老爺的人，都知道他兒子的身體可能有殘缺。大家都知道老爺不喜歡別人談到他兒子。大家都替克瑞文老爺難過，因為克瑞文夫人那麼年輕漂亮，他們兩人又很相愛。梅德拉克太太來司威特的時候，都會來我們家小屋一趟，她不介意在我們孩子面前跟媽媽聊天，因為她知道，我們家孩子都很值得信賴。你怎麼發現小少爺的？瑪莎上次回家的時候好煩惱，她說你聽見小少爺在鬧脾氣的聲音，結果問東問西，害她不曉得怎麼回答才好。」

瑪麗跟他娓娓道出發現柯林的經過。那天半夜，咆哮不停的風把她吵醒，遠遠傳來模糊的哭鬧聲。她端著蠟燭，循聲穿過黑漆漆的走廊，最後推開一扇門，看到一間照明陰暗的房間，角落裡有張木雕四柱床。當瑪麗形容那張蒼白如象牙的小臉，還有那雙黑睫毛圍繞的怪眼睛時，迪肯搖了搖頭。

「大家都說，他的眼睛長得跟他媽媽一樣，只是她的眼睛總是在笑，」迪肯說：「他們說啊，克瑞文先生不忍心在柯林醒著的時候去看他，就是因為柯林的眼睛跟媽媽像極了，可是那雙眼睛在慘兮兮的小臉上，看起來很不同。」

「你覺得克瑞文先生希望柯林死掉嗎？」瑪麗低聲說。

「不會吧，但是他倒是很希望柯林當初沒出生。媽媽說，那對小孩子來說，是世上最糟糕的事了。父母不想要的孩子，很少會長得好。只要錢能買到的東西，克瑞文老爺都會幫這個可憐的小傢伙買來，可是他很想忘掉兒子的存在。老爺擔心的是，哪天去看兒子的時候，就會發現兒子變成駝子了。」

「柯林也很怕會這樣，所以都不肯坐起來，」瑪麗說：「他說他一直在想，哪天要是摸到背上有腫塊，他會尖叫到死為止。」

「啊！他不應該一直躺在床上胡思亂想，」迪肯說：「腦袋老是在那種事上面打轉，怎麼健康得起來。」

狐狸躺在迪肯身旁的草地上，偶爾抬起頭來要他拍拍。迪肯彎下腰，溫柔的搓搓狐狸頸子，默默思考幾分鐘。這會兒迪肯抬起頭來，環顧花園。

「我們第一次進來的時候，」迪肯說：「所有的東西看起來都灰撲撲的，現在看看四周，再告訴我，有沒有看出哪裡不同？」

瑪麗東張西望，微微屏息。

「啊！」瑪麗喊道，「圍牆本來是灰色的，現在慢慢變了。好像有一層綠色霧氣悄悄爬過牆面，看起來好像蓋了綠色薄紗呢。」

「對啊，」迪肯說：「會愈來愈綠，最後灰色就會消失。我在想什麼，你猜得到嗎？」

「我知道一定是好事，」瑪麗熱切的說：「我想一定跟柯林有關。」

「我在想啊，如果他來這邊，就不會一直檢查自己背上是不是長出腫塊。在這裡，他會忙著觀察植物，看看玫瑰樹叢裡是不是有花苞迸開。他可能會跟著健康起來喔，」迪肯解釋：「我在想，我們能不能引起他的興趣，讓他很想過來，他可以躺在推車裡，在樹下乘涼喔。」

「我也一直在想這件事耶。每次跟他聊天的時候，幾乎都會想到，」瑪麗說：

「我在想，不知道他有沒有辦法保密。不知道我們能不能帶他過來，而且不讓別人看到。我想，也許你可以幫忙推他的輪椅。醫生交代說，柯林一定要呼吸新鮮空氣，而且啊，如果柯林要我們帶他出去，沒人敢違背他的意思。別人要他出門，他都不肯；如果他願意跟我們出來，說不定大家都會滿高興的。他可以叫園丁走開，這樣就不會有人發現我們去哪裡。」

迪肯很認真的想著，一面搔著隊長的背。

「對他一定有幫助的，我保證，」迪肯說：「我們沒有那種『他最好沒出生』的想法，我們只是觀察花園成長的小孩子。他也可以一塊來。兩個男生加上一個女生，一起追蹤春天的腳步。我保證，一定會比醫生的治療還有用。」

「他在房間躺好久好久了，老是擔心背部會出問題，結果整個人變得怪裡怪氣，」瑪麗說：「他從書上學會很多事情，可是，別的事情他全不知道。他說他一天到晚生病，沒辦法注意別的事情。而且他討厭外出，也覺得花園跟園丁很討人厭。可是，因為這個花園是個祕密，他就很喜歡聽花園的事情。我不敢跟他說太多，可是他說過他想來看看。」

「我們哪天一定要帶他來這裡，」迪肯說：「我可以幫忙推他的輪椅。你注意到了嗎？我們坐在這裡的時候，知更鳥跟牠的伴侶一直忙著築巢？你看牠停在樹枝上努力在想，嘴裡啣的那根細枝放哪裡最好。」

他吹出低沉的呼喚聲。知更鳥轉頭，滿臉疑竇望著他，喙裡還啣著細枝。迪肯跟知更鳥說話的方式，就跟老班一樣，只是語調比較像是朋友善意的忠告。

「那根細枝不管放哪裡，」迪肯說：「都很適合。你還沒從蛋裡孵出來以前，就已經知道怎麼築巢了。小子，繼續加油吧，沒時間可以浪費了。」

「噢！我好喜歡聽你跟知更鳥說話！」瑪麗開心的咯咯笑說：「老班老是愛罵牠跟嘲笑牠，不過，牠還是在他身邊蹦蹦跳跳，一副每個字都聽得懂的樣子。我知道牠就是喜歡。老班說牠很自大，寧可被人丟石頭，也要引起別人的注意。」

迪肯也笑了，然後繼續說。

「你知道我們不會打攪你，」迪肯對知更鳥說：「我們也很像野生動物，也在築巢，祝福你嘍。你可要小心，千萬別把我們的祕密說出去。」

知更鳥的嘴裡還啣著東西，沒法回答。可是瑪麗知道，知更鳥啣著細枝飛到花園角落時，那雙明亮如露珠的黑眼彷彿傳達著這樣的訊息：牠絕不會透露他倆的祕密。

16 瑪麗：「我就是不要！」

那天早上，他們發現有好多事情可以忙。瑪麗很晚才回到屋裡，接著又匆匆趕回花園工作，直到最後一刻才想起柯林。

「跟柯林說，我還沒辦法去看他，」瑪麗對瑪莎說：「我要到花園去忙。」

瑪莎一臉驚恐。

「啊！瑪麗小姐，」瑪莎說：「我要是這樣跟他說，他可能會不高興耶。」

但是，瑪麗不像其他人那樣怕柯林，也不習慣委屈自己。

「我沒辦法待在這裡，」瑪麗回答：「迪肯還在等我。」然後一溜煙跑走了。

那天下午的天氣比早上更宜人，他們也就更忙碌了。花園的雜草幾乎都拔光了，大部分的玫瑰樹叢跟樹木不是修剪過，就是周圍已經鬆過土。迪肯把自己的鏟子帶來，也教會瑪麗怎麼使用每一件園藝工具。到現在，一看就知道，雖然這個可愛又雜亂的地方不大可能變成「園丁式花園」，但在春天結束以前，這裡將會草木茂盛、繁花錦簇。

「到時候上面會長出蘋果花跟櫻花喔，」迪肯賣力工作一面說：「靠牆的桃樹跟李樹也會開花，整片草地會鋪滿花朵，就像毯子一樣。」

小狐狸跟烏鴉快樂又忙碌，知更鳥跟牠的伴侶飛來飛去，快得像小小閃電。有時候，烏鴉會拍拍烏黑的羽翼，往天空展翅翱翔，掠過公園的樹梢。每次牠都會回來，停在迪肯附近，嘎嘎叫幾聲，彷彿在敘述剛才的探險。迪肯對煤灰說話的模樣，就跟對知更鳥一樣。有一次迪肯忙得沒時間回答煤灰，煤灰就飛到他肩膀上，用大大嘴喙輕扯他的耳朵。當瑪麗想休息一會兒，迪肯就會陪她坐在樹下。有一次迪肯從口袋拿出笛子，吹起奇異輕柔的小調，這時有兩隻松鼠在牆上探頭探腦，望著他專注聆聽。

「你比以前強壯多了，」迪肯看著瑪麗挖土時說：「看起來也不一樣了呢，真的。」

瑪麗身體好好活動過，加上心情愉快，整個人神采飛揚。

「我每天都長胖一點，」瑪麗興奮的說：「梅德拉克太太很快就得幫我買大一點的洋裝了。瑪莎說我的頭髮也變多了，不像以前那樣又塌又細。」

日落時分，兩人互相道別時，深金黃夕陽斜斜照進樹木底下。

「明天天氣不錯，」迪肯說：「太陽一出來，我立刻開工。」

「我也是。」瑪麗說。

瑪麗卯足全力拔腿衝刺，一路奔回屋裡。迪肯的狐狸寶寶跟烏鴉、春天的進展……這些事情她全想跟柯林分享。柯林一定都會喜歡聽。瑪麗一開房門，就看到瑪莎愁眉苦臉站著等她，頓時覺得掃興。

「怎麼啦？」瑪麗問：「你跟柯林說我沒辦法過去，他說什麼？」

「唉！」瑪莎說：「我真希望你早點過去，他又快發脾氣了，整個下午花了好大勁兒才讓他靜下來，他一直死死盯著時鐘不放。」

瑪麗把嘴唇抿得死緊。她跟柯林一樣，都不習慣替人著想。瑪麗不懂為什麼要讓壞脾氣的男生干擾她最愛做的事。有些人病懨懨、情緒緊繃，不懂得控制脾氣，搞得別人雞飛狗跳、神經緊張，瑪麗不知道這種人有什麼好可憐的。在印度，她一頭痛，就會想盡辦法讓所有的人跟著頭痛，不然就是弄得大家渾身不舒服。當時瑪麗覺得自己做得沒錯，可是現在她覺得柯林真是錯得離譜。

當瑪麗走進柯林的房間，他不在沙發上，而是躺在床上。她進來的時候，柯林連頭也沒轉過去看她。這是個不好的兆頭。瑪麗態度強硬的大步走向他。

「你幹嘛不起來？」瑪麗說。

「今天早上，我以為你要來，我就下床了，」柯林回答，看也不看瑪麗一眼，「今天下午，我要他們把我抱回床上。我的背會痛，頭也在痛，我覺得好累好累。你早上為什麼不來？」

「我跟迪肯在花園裡忙啊。」瑪麗說。

柯林緊皺眉頭看著瑪麗，態度高人一等。

「如果你為了跟那個男生在一起，就不來找我聊天，那我就不准他來莊園。」柯林說。

瑪麗火冒三丈，吭也不吭，生起悶氣來，態度強硬得很，什麼都豁出去了。

「要是你把迪肯趕走，我就再也不到這個房間來。」瑪麗回嘴。

「我要你來，你就非來不可。」柯林說。

「我就是不要！」瑪麗說。

「我會逼你來，」柯林說：「他們拖也會把你拖來。」

「是嗎？小王爺先生！」瑪麗惡狠狠的說：「他們可以把我拖進來，可是沒辦法逼我說話。我就坐著不動，咬緊牙關，什麼也不告訴你，連看也不看你一眼。我會一直瞪著地板！」

他們怒沖沖的瞪著對方，兩人還真是勢均力敵的最佳拍檔。如果他們是在街頭遊蕩的小鬼頭，可能老早就撲到對方身上，又翻又滾混戰一番了。但他們不是街頭小混混，只好退而求其次，動口不動手。

「你這個自私的東西！」柯林大喊。

「那你又是什麼？」瑪麗說：「真正自私的人，才會罵別人自私。別人不順著他的意，就亂罵別人自私……你是我見過最最自私的男生了。」

「我才不是！」柯林厲聲說：「我才不像你的好迪肯那麼自私！他明明知道我沒有玩伴，還硬要把你留在身邊玩泥土！他才自私！」

瑪麗的雙眼噴出火光。

「他比全世界的男生都好！」瑪麗說：「他……他就像天使！」這樣形容好像有點傻氣，但瑪麗管不了那麼多。

「什麼好天使！」柯林毫不留情的譏笑：「他只是住在荒原小屋裡的平民。」

「他比一個不起眼的小王爺好多了！」瑪麗頂撞他：「比你好上一千倍！」

瑪麗比較強壯，於是漸漸占了上風。事實上，柯林這輩子從來沒跟和他一樣霸道的人吵過架。整體來說，這場架對他而言是有好處的，雖然他自己或瑪麗都沒意識到這點。柯林把貼在枕頭上的頭轉開，閉上雙眼，擠出一顆豆大的淚珠，沿著臉頰滾落。柯林開始覺得可憐巴巴，不是為別人，而是為了自己難過。

「我哪有你自私啊，我身體一直不舒服，我很確定背上就要長出腫塊了，」柯林說：「而且我就快死了。」

「你才不會死！」瑪麗毫不同情的反駁。

柯林氣惱的睜大眼睛，他從沒聽過這種話。氣憤之餘，卻又有點高興，如果人真的可以同時擁有這兩種情緒的話。

「不會嗎？」柯林嚷嚷：「就是會！你明明知道我就要死了！大家都這麼說。」

「我才不信！」瑪麗刻薄的說：「你說這種話，只是希望別人同情你。你心裡一定還很得意。我才不信！要是你人很好，就可能是真的……可是你是個討厭鬼！」

儘管背部有殘疾，柯林還是一骨碌從床上坐起來，精神抖擻的冒著怒火。

「滾出去！」柯林大喊，一把抓起枕頭，朝瑪麗身上砸。力氣不夠，丟不遠，枕頭落在瑪麗腳邊，但瑪麗的臉繃得跟胡桃鉗一樣緊。

「我要走了，」瑪麗說：「而且永遠不會再回來！」

瑪麗往門口走去，走到門邊就轉過身來補了一句。

「我本來要跟你說好多好多有趣的事情，」瑪麗說：「迪肯把他的狐狸跟烏鴉帶來了，我本來要跟你講講牠們的事，現在我什麼都不想告訴你了！」

瑪麗大步走出去，隨手關上門。她非常驚訝的發現保母就站在門外。保母剛剛好像一直在偷聽。令她更詫異的是——保母竟然在偷笑。年紀輕輕的保母人高馬大，相貌還不錯。保母看來是因為沒受過正式訓練，無法忍受照顧殘疾的人，總是找藉口把柯林託給瑪莎，或是託付給任何能幫忙代班的人。保母用手帕掩住嘴巴、咯咯笑著。瑪麗向來不喜歡這個保母，只是站定不動，抬頭仰望對方。

「你笑什麼？」瑪麗問。

「笑你們兩個小朋友啊，」保母說：「有個一樣被寵壞的小孩挺身反抗他，對這個嬌生慣養、老是病歪歪的小孩來說，實在是太棒了！」保母又對著手帕呵呵輕笑。

「要是他有個兇巴巴的妹妹跟他吵架，那他就有救嘍。」

「他會死掉嗎？」

「我不知道，也不在乎，」保母說：「他身體老出毛病，多半是因為歇斯底里加上愛亂發脾氣。」

「什麼是『歇斯底里』？」瑪麗問。

「你剛剛給他難看，要是他晚一點發起脾氣，你就會知道什麼叫『歇斯底里』了。不過，不管怎樣，雖然他可能會歇斯底里，可是你給他一點顏色瞧瞧，我倒是滿高興的。」

瑪麗回自己房間，心情跟之前從花園回來的時候大不相同，覺得既氣憤又失望，但一點都不替柯林難過。瑪麗本來很期望能跟柯林分享好多事情，也想看看到底能不能信任他，然後安心跟他分享那個天大的祕密。瑪麗原本漸漸覺得可以跟柯林透露祕密，可是現在徹底改變心意了。她永遠都不要告訴柯林。柯林可以繼續賴在房間裡，永遠別去呼吸新鮮空氣，最後死翹翹，他想這樣就隨便他！誰叫他要這樣，活該啦！瑪麗覺得好氣好氣，心腸變得又冷又硬，足足有好幾分鐘，竟然幾乎把迪肯忘個精光，也把悄悄覆蓋全世界的那層綠色薄紗，以及荒原上吹來的輕風，全都拋到九霄雲外。

瑪莎在房裡等瑪麗。桌上有個木箱，箱蓋已經掀開，裡面塞滿了包裝工整的包裹。瑪麗原本苦惱的神情，一時變成興趣與好奇。

「是克瑞文先生寄來的，」瑪莎說：「好像是圖畫書呢。」

瑪麗想起去書房那天，姑丈問過她：「想要玩具、書本還是洋娃娃？」瑪麗邊拆包裹邊想，姑丈寄來的是不是洋娃娃？如果是洋娃娃，該拿來做什麼？可是姑丈寄來的並不是洋娃娃，而是好幾本書。這些書好精美，就跟柯林的一樣。有兩本書跟花園有關，配了好多圖片。另外還有兩三套遊戲組，以及一只美麗的小文具盒。盒子上印了金色圖案，是她名字的第一個字母，盒裡放了一支金色鋼筆跟一瓶墨水。

這些東西都好棒喔，瑪麗的喜悅漸漸把怒氣逐出心外。沒想到姑丈竟然還記得她，於是那顆小小剛硬的心溫暖起來。

「我草寫寫得比印刷體好，」瑪麗說：「我要用這支筆寫的第一個東西，就是一封謝謝姑丈的信。」

如果瑪麗跟柯林還是朋友，她一定會馬上跑去找他、把禮物拿給他看。他們會一起看圖片，讀讀那兩本園藝書，也許試著玩玩遊戲組。柯林要是玩得很愉快，就不會去想自己快死了，也不會一直把手貼在脊椎上、檢查是不是有腫塊長出來了。柯林老是那樣做，令瑪麗難以忍受。柯林總是滿臉恐懼，讓瑪麗好不自在，也跟著害怕起來。柯林說，要是有天他摸到一點腫塊，就會知道自己要變成駝子了。他聽梅德拉克太太跟保母說過一些話，於是有了這個念頭。他暗地反覆琢磨，最後那個念頭就在心裡定型生根了。梅德拉克太太說，他爸爸還小的時候，背就開始彎彎的。除了瑪麗以外，柯林沒跟任何人說過：他之所以會有「脾氣風暴」──他大發脾氣的時候，大家都這樣稱呼──主要是因為心裡藏著會讓他歇斯底里的恐懼。他跟瑪麗說這件事的時候，瑪麗還滿替他難過的。

「柯林只要一不高興或覺得累，就會開始想這件事，」瑪麗自言自語：「他今天很不開心，說不定……說不定一整個下午都在想駝背的事。」

瑪麗站定不動，盯著地毯一面思考。

「我說過，我永遠不會再回去找他……」瑪麗皺眉猶豫半晌，「可是，也許，只是也許啦，我明天早上可以去看看他……如果他想要的話。搞不好他還是會用枕頭丟我，可是……我想……還是去看看他好了。」

17 脾氣風暴

瑪麗那天一大早就起床，到花園裡認真工作，整天下來弄得又累又睏。瑪莎把晚餐端來，瑪麗一吃完，就開開心心上床睡覺，把頭貼在枕頭上喃喃自語：

「明天吃早餐以前，先去花園跟迪肯一起工作，然後呢……再去看柯林。」

約莫午夜時分，傳來陣陣嚇人的聲音，她一驚醒，馬上跳下床。什麼聲音……到底是什麼聲音？接著她就明白是什麼了，她很有把握。好多扇門開開又關關，急促的腳步聲在走廊上來來往往，有人同時又哭又喊，那種哭泣夾雜尖叫的聲音可怕極了。

「是柯林，」瑪麗說：「他在發脾氣，就是保母說的『歇斯底里』，聽起來好可怕。」

瑪麗聽著那陣抽抽噎噎的尖叫聲，心裡想著，難怪大家會這麼害怕，乾脆事事都順他的心，免得必須忍受這種聲音。她用雙手摀住耳朵，身子打顫，很不舒服。

「我不知道該怎麼辦，我不知道該怎麼辦，」瑪麗一直說：「我受不了了啦。」

瑪麗想過，要是自己壯起膽子去找柯林，不知道他會不會停下來。接著又想到，柯林曾經把她趕出房間。柯林要是看到她，狀況可能會惡化。即使瑪麗用手把耳朵摀得更緊，還是擋不住那個恐怖的聲音。她好討厭那種聲音，也被那種聲音嚇得魂飛魄散。她的火氣突然冒上來，也想大發一頓脾氣，以牙還牙嚇嚇他。除了自己的脾氣以外，瑪麗不習慣看別人發脾氣。瑪麗把手從耳邊鬆開，彈起身子猛跺腳。

「應該有人叫他住嘴！應該有人叫他停下來！應該有人好好修理他一頓啦！」瑪麗出聲喊道。

就在那時，瑪麗聽見有人沿著走廊急急忙忙衝過來。她的房門一開，保母走了進來。保母笑也不笑，臉色還很蒼白。

「他又把自己搞到歇斯底里了，」保母倉促的說：「他會傷到自己的，大夥兒都拿他沒轍。你乖，過來試試吧。他喜歡你。」

「他今天白天才把我趕出房間耶。」瑪麗激動的跺腳說。

這一跺腳，倒讓保母開心起來。其實，保母原本很擔心過來找瑪麗的時候，會發現瑪麗躲在被單下猛哭。

「是沒錯啦，」保母說：「你現在這種心情剛剛好。你去罵罵他，給他一點排頭吃，叫他好好反省。去吧，孩子，愈快愈好。」

瑪麗事後才明白，當時的情況恐怖歸恐怖，其實也滿滑稽的。滑稽的是，大人都怕得要命，只好向小小女孩求救，純粹是因為，覺得她跟柯林差不多壞。

瑪麗沿著走廊飛奔，愈接近尖叫聲，就愈火大。等她走到門口的時候，已經滿肚子怨氣。她狠狠把門拍開，往四柱床衝過去。

「別哭了啦！」瑪麗幾乎用吼的：「別哭了！我討厭你！每個人都討厭你！我希望大家都跑走，離開這棟房子，讓你一個人哭到死掉為止！你馬上就會尖叫到死掉為止，我就是這麼希望！」

一個有同情心的善良小孩不僅不會這麼想，更不會說出這樣的話，可是這男孩一歇斯底里起來，從來沒人敢壓制他或反駁他，這種話雖然讓他很震驚，倒也算是好事一樁。

柯林本來趴在床上，雙手拚命捶打枕頭，一聽到這個小小怒罵聲，連忙猛翻過身，轉過腦袋。他的臉看起來很嚇人，有點浮腫，臉色一陣紅一陣白。他氣喘吁吁又嗆咳不停，可是蠻橫的小瑪麗才不管呢。

「如果你敢再尖叫一聲，」瑪麗說：「我也會跟著尖叫，我能叫得比你更大聲。我會用叫聲把你嚇死！我會嚇死你！」

瑪麗嚇壞柯林了，他真的不再尖叫，原本就要衝出口的尖叫幾乎嗆住了他。他潸然淚下，渾身抖不停。

「我停不下來啦！」柯林邊喘氣邊嗚咽：「我停不下來……停不下來嘛！」

「你可以！」瑪麗大喊：「你會生病，有一半原因是歇斯底里跟壞脾氣……就是歇斯底里、歇斯底里、歇斯底里啦！」瑪麗每說一次，就用力跺一次腳。

「我摸到腫塊了……我摸到了，」柯林邊嗆邊說：「我就知道我會長腫塊。我以後會變駝背，然後會死翹翹。」柯林又開始扭動身體，翻身趴在床上，又啜泣又痛哭，但不再放聲尖叫。

「你才沒摸到腫塊呢！」瑪麗凶巴巴的駁斥：「如果有，也只是歇斯底里的腫塊。歇斯底里就會長出腫塊啦。你的臭背根本沒事，什麼都沒有，只是歇斯底里！翻過去讓我看看。」

瑪麗喜歡「歇斯底里」這個詞，覺得這個詞對柯林好像也有效果。柯林可能跟她一樣，以前也沒聽過這個詞。

「保母，」瑪麗下令：「馬上過來這邊，讓我看看他的背！」

保母、梅德拉克太太跟瑪莎全在門口擠成一團，目瞪口呆看著瑪麗。有好幾次，他們都嚇得倒抽一口氣。保母走上前來，好像有些害怕。柯林抽抽噎噎換不過氣，胸膛劇烈起伏。

「他可能……可能不肯喔。」保母猶豫不決低聲說。

不過，柯林還是聽到了。他一面抽噎一面喘著氣說：

「給她……給她看啊！她看了……就知道了！」

柯林露出了瘦巴巴的背，看起來很可憐。每根肋骨、每個脊椎關節都數得出來。

不過，瑪麗小姐彎著腰，小小的臉變橫又嚴肅，仔細檢查肋骨跟脊椎，只差沒一個個去數。瑪麗臭著臉，一副老成的模樣，讓保母忍不住把頭別開，遮住偷笑抽動的嘴巴。瑪麗來來回回檢查柯林的脊椎，專注的程度可比倫敦來的名醫，眾人沉默片刻，連柯林都屏住呼吸。

「一個腫塊也沒有！」瑪麗終於開口，「除了背部凸起的骨頭，連一個別針大小的腫塊都沒有。你瘦巴巴的，所以才摸得到凸起的骨頭。我也摸得到自己背上的骨頭啊，以前也跟你一樣會凸出來。可是我慢慢變胖了，雖然還沒胖到可以藏住骨頭。你背上連別針大的腫塊也沒有。如果你再說有，我就要笑你！」

只有柯林知道，這種孩子氣的氣話對他有什麼效果。要是他以前有對象可以談談藏在心裡的祕密恐懼就好了，如果他以前鼓起勇氣問出口就好了。要是他以前有同齡的玩伴，就不會成天躺在封閉的大房子裡，呼吸著瀰漫濃濃恐懼的空氣。他身邊的人大多都不了解他，而且老早就對他厭煩極了。如果不是這樣，他就會發現，他的恐懼與疾病都是自己製造出來的。可是他就是躺著，無時無刻想的都是自己、想著自己的病痛跟疲倦，就這樣一年捱過一年。現在有個氣沖沖的小女孩毫不同情的堅持：他根本不是自己想像的樣子。他甚至覺得，瑪麗說的搞不好是實話呢。

「我都不知道，」保母壯起膽子說：「他以為自己的脊椎上長了腫塊。他的背很沒力，是因為他不肯坐起來。早知道我就跟他說，他的背上沒腫塊。」柯林哽咽著，把頭稍稍轉向保母。

「真……真的嗎？」柯林可憐兮兮的說。

「是的，小少爺。」

「看吧！」瑪麗說，也跟著哽咽。

柯林又把臉埋進床裡，啜泣的風暴已經慢慢平息，只剩斷斷續續的深呼吸，有好一會兒他趴著動也不動。不過，眼淚還是撲簌簌流不停，打濕了枕頭。其實他之所以落淚，是因為湧現心上大石落地的奇特感覺。柯林現在又轉過頭來，望著保母。怪的是，他跟保母說話的語調，一點都不像小王爺了。

「你覺得……我可以……活著長大嗎？」柯林說。

保母這人不機靈，心地也不好，可是至少還有辦法有樣學樣，把倫敦名醫的話重講一遍。

「如果醫生吩咐的事情你乖乖照做，別亂使性子，多待在戶外呼吸新鮮空氣，也許就能活著長大嘍。」

柯林的脾氣風暴已經平息。他哭得筋疲力盡，變得虛弱不堪，或許正因為這樣，也變得溫和一些。他向瑪麗稍稍伸出手，令人高興的是，瑪麗的氣也消了，態度跟著軟化下來。瑪麗也微微伸出手，表示和好的意思。

「瑪麗，我……我會跟你出去，」柯林說：「我不討厭新鮮空氣了，要是我們能找到……」他及時打住，免得說出「要是我們能找到祕密花園」。他最後說：「如果迪肯來推我的輪椅，我就跟你們一起出去。我好想看看迪肯跟狐狸，還有烏鴉。」

保母重新鋪好一團亂的床，先抖一抖枕頭再拉正。接著幫柯林張羅一杯牛肉濃湯，也給瑪麗一杯。剛剛情緒這麼激動，現在能來杯濃湯，瑪麗很高興。梅德拉克太太跟瑪莎開心的悄悄溜走了。一切恢復秩序、歸於平靜以後，保母也露出很想開溜的模樣。保母是個健康的年輕小姐，很討厭有人占用她的睡眠時間。保母大剌剌當著瑪麗的面打哈欠，一面看著瑪麗。瑪麗把大大的腳凳往四柱床推近，一面握著柯林的手。

「你得回去睡覺了，」保母對瑪麗說：「如果他心情還好，等會兒就會睡著。等他一睡著，我就回隔壁房間睡了。」

「你要我唱歌嗎？就是我跟印度奶媽學的那首？」瑪麗對柯林小聲說。

柯林溫柔的拉拉瑪麗的手，疲憊的雙眼懇求似的看著她。

「噢，好啊！」柯林回答：「那首歌好輕柔，我聽一下下就會睡著。」

「我來哄他睡覺，」瑪麗對著哈欠連連的保母說：「如果你想睡，就去睡吧。」

「嗯，」保母故作猶豫說：「如果他半個小時還睡不著，你一定要來叫我喔。」

「好。」瑪麗回答。

保母馬上離開房間。一等保母離開，柯林又拉拉瑪麗的手。

「我剛剛差點說溜嘴，」柯林說：「還好趕緊打住，我不會說出去的。我要睡了，可是你說過，你有好多有趣的事要跟我說。你、你想你找到進祕密花園的路了嗎？」

瑪麗望著柯林，看到那張小臉疲倦又可憐，雙眼浮腫，她就心軟了。

「是、是啊，」瑪麗回答：「我想我找到了。如果你乖乖睡覺，明天就跟你說。」

柯林的手抖啊抖的。

「噢，瑪麗！」柯林說：「噢，瑪麗！我如果能進祕密花園，我想我就可以活到長大！你可不可以別唱奶媽的歌，只要跟第一天一樣，小聲跟我說說，照你的想像，花園裡是什麼模樣？這樣我一定睡得著。」

「好啊，」瑪麗說：「閉上眼睛吧。」

柯林閉上眼睛，躺著不動。瑪麗握住他的手，開始慢慢低聲說話。

「我想，花園因為很久沒人照顧，所以植物到處亂長，全部纏成一團，模樣很可愛。我想啊，玫瑰的藤蔓一定往樹木跟牆壁上面爬了又爬，最後變得好長好長，就從樹幹跟牆上垂下來，然後爬過地面。整片藤蔓好像一層奇怪的灰色薄霧。雖然有些玫瑰死了，可是有很多還活著。夏天來的時候，就會長出好大一片玫瑰，像噴泉一樣冒出來喔。我想，花園的地下滿是水仙花、雪花蓮、百合花、鳶尾花喔，它們正在努力，想從黑暗裡鑽出來。現在春季已經開場了，也許、也許……」

瑪麗的聲音輕柔又低沉，柯林愈來愈安靜。瑪麗注意到了，繼續說下去。

「也許它們就要從草地裡鑽出來嘍……也許現在啊，就已經長出一叢叢紫色跟金色的番紅花了。也許葉子已經開始冒出來，漸漸展開。也許……那片灰色的霧已經慢慢換成綠色薄紗，悄悄展開來……蓋住了所有的東西。小鳥也過來瞧瞧了，因為那個花園好安靜好安全。也許……也許……也許啊……」瑪麗語調放得很輕、速度放得很慢。「那隻知更鳥已經找到伴侶，開始忙著築巢嘍。」

柯林已經墜入夢鄉。

18「你一定要把握時間。」

當然，隔天早上瑪麗沒辦法很早起床，因為前晚累壞而睡晚了。瑪莎端早餐來的時候跟瑪麗說，柯林雖然乖乖靜靜的，可是身子不舒服，也有點發燒。柯林每次大哭大鬧，把自己弄得筋疲力盡之後，總是這樣。瑪麗慢吞吞吃著早餐，一面靜靜聽著。

「他說，他很希望你能盡快去看他，」瑪莎說：「好怪喔，他竟然那麼喜歡你。你昨天晚上真的好好訓了他一頓，對吧？根本沒人有這種膽子。啊！可憐的小伙子！他被寵到骨子裡，無藥可救嘍。我媽媽說啊，小孩遇到兩種情況最糟糕。第一種就是永遠不讓他稱心如意，另一種就是放他為所欲為。她不知道哪一種更糟糕。你昨天晚上也發了好大一頓脾氣。可是我剛剛去他房間的時候，他竟然對我說：『請你問問瑪麗小姐，看她能不能過來跟我聊聊天？』他竟然說出『請』這個字耶！小姐，你要過去嗎？」

「我本來想先去找迪肯，」瑪麗說：「算了，還是先去看看柯林好了，我要跟他說……我知道要跟他說什麼了。」她突然靈機一動。

瑪麗戴著帽子來到柯林的房間。看到瑪麗的外出裝扮，柯林頓時一臉失望。他躺在床上，臉色蒼白得可憐，還有黑眼圈。

「你來了我很開心，」柯林說：「我好累喔，頭在痛，全身上下都在痛。你要出去嗎？」

瑪麗走過去，靠在他床邊。

「我不會去很久，」瑪麗說：「我要去找迪肯，可是我還會回來。柯林……是、是關於祕密花園的事。」

柯林整張臉亮起來，稍稍浮現血色。

「噢！是嗎？」柯林喊道：「我整天晚上都在做祕密花園的夢耶，我聽到你說灰色慢慢變成綠色。我夢見自己站在一個地方，到處都是小小的綠葉在顫動。四處都有鳥窩，裡面的小鳥很安靜，看來軟綿綿的。我會躺在床上，想著那個夢，直到你回來為止。」

不到五分鐘，瑪麗已經跟迪肯在他們的花園裡了。狐狸跟烏鴉又陪著迪肯來，這次還多帶了兩隻溫馴的松鼠當跟班。

「我今天早上騎小馬過來，」迪肯說：「欸！牠叫『躍躍』，牠這個小傢伙很棒喔！我還把兩隻松鼠放在口袋帶來了，這隻叫『果仁』，另一隻叫『果殼』。」

迪肯說到「果殼」的時候，有隻松鼠跳上他的右肩。一說「果仁」，另一隻松鼠躍上他的左肩。

他倆結伴在草地上坐下，隊長蜷縮在腳旁。煤灰棲在樹上，神情肅穆的耳聽八方。果仁跟果殼在附近東窺西探。要瑪麗離開這麼令人開心的情景回屋子去，她好捨不得。可是，當她說起昨晚的事情時，迪肯那張逗趣的臉露出一種神情，讓她漸漸改變心意。她看得出來，迪肯比她更為柯林難過。迪肯抬頭看看天空，然後環顧四周。

「你聽聽鳥叫，感覺整個世界到處是小鳥，耳邊都是牠們吹出的哨聲跟笛音，」迪肯說：「看牠們四處快飛，聽牠們呼喚對方。春天一來，全世界好像都在呼喊。葉子舒展開來，給大夥兒欣賞。天啊，到處都是好聞味兒！」迪肯用他快樂的朝天鼻嗅啊嗅。「那個可憐小鬼關在房間裡躺著，啥也看不見，就開始胡想，弄到最後尖叫起來。唉，真是，我們一定要帶他來這裡，一定要讓他又聽又看，嗅嗅空氣，浸個一身陽光。咱們一定要把握時間。」

雖然迪肯有時候會調整約克郡腔，好讓瑪麗聽懂，可是當他興致一來，口音就會變得很重。不過，瑪麗很喜歡他的約克郡口音，其實，她也嘗試學著說，現在會講一點了。

「欸，咱們非這樣不可，」瑪麗說，意思是「是啊，咱們一定要」。她接著繼續說：「告訴你，咱們一開始要怎辦才好。」迪肯咧嘴笑，這個小姑娘努力扭著舌頭模仿約克郡話，讓他覺得真有趣。「柯林喜歡你，想見你，也想瞧瞧煤灰跟隊長。

等我回屋裡跟他聊，我會問他，明兒個能不能讓你看他去，順便把你那些個小動物也帶上。過一陣子，等花園冒更多葉子、長更多花苞，咱們就帶他出門。你負責推他輪椅，咱們一塊兒帶他來這，把東西全指給他瞧。」

瑪麗講完頗為得意，她從沒用約克郡腔講過這麼久的話。她把用法記得很清楚。

「你一定要像剛剛那樣，講點約克郡話給柯林小少爺聽，」迪肯咯咯笑：「可以逗他笑。笑一笑，對生病的人來說最好了。媽媽說啊，每天早上大笑半小時，連快得到斑疹傷寒熱的人，都會好起來呢！」

「那我今天就去跟他講約克郡話。」瑪麗說著也咯咯笑起來。

花園搖身一變的時間到了，彷彿有魔法師在園子裡穿梭，揮動魔杖，從泥土裡跟樹枝上召喚出可愛的植物。花園裡的一切都教瑪麗流連忘返，特別因為果仁悄悄爬上她的洋裝，果殼匆忙爬下他們乘涼的蘋果樹，待在原地用好奇的眼神打量她。不過，瑪麗還是回屋裡去了。當她挨著柯林的床鋪坐下，柯林開始跟迪肯一樣，用鼻子嗅啊嗅，雖然動作沒那麼道地。

「你身上有花的香味，還有新鮮東西的味道，」柯林欣喜的喊道：「到底是什麼味道？怎麼這麼清爽，這麼溫暖跟甜美？」

「是荒原吹來的風，」瑪麗說：「我跟迪肯、隊長、煤灰、果仁和果殼坐在樹下草地上。是春天、是戶外，還有陽光，加起來的味道就這麼讚。」

瑪麗儘量用約克郡腔說這些話。沒聽過這種方言的人，不會知道這種口音有多重。柯林放聲大笑。

「你在幹嘛啊？」柯林說：「我沒聽你這樣講過話，聽起來好好笑。」

「我想讓你聽一點約克郡話啊，」瑪麗沾沾自喜回答：「我講得沒有迪肯、瑪莎好，可是你看我也會說一些。約克郡話你聽不懂嗎？你也是土生土長的約克郡人耶！欸！丟不丟臉哪。」

瑪麗也開始笑。他們克制不住笑個不停，直到笑聲滿室迴盪。梅德拉克太太才一開門，就馬上退回走廊，驚奇不已的站著傾聽。

「哇，我的老天！」梅德拉克太太詫異得不得了，既然不會有人聽到她講話，就用很重的口音說：「哎呦呦，真沒想到！誰料得到會這樣啊！」

要講的事情有好多好多。迪肯、隊長、煤灰、果仁、果殼、名叫「躍躍」的小馬，他們的事情柯林怎麼都聽不膩。瑪麗之前跟迪肯跑到林子裡看小馬。躍躍是匹粗毛的荒原小馬，濃密的鬃毛垂下來蓋著眼睛。牠有張漂亮的臉，天鵝絨般的鼻子蹭來蹭去。牠吃荒原上的青草維生，所以相當纖瘦，但健壯又結實，腿上的肌肉如同鋼製彈簧一般有韌性。躍躍一看到迪肯，就抬頭輕聲嘶鳴，朝迪肯快步走來，腦袋往他肩上一靠。迪肯在躍躍的耳畔說話，躍躍小聲回話，是混合了嘶鳴、吐氣跟噴鼻的古怪聲音。迪肯要躍躍向瑪麗伸出小小前蹄，用天鵝絨般的口鼻吻吻她的臉頰。

「迪肯說的話，躍躍真的都聽得懂嗎？」柯林問。

「好像懂耶，」瑪麗回答：「迪肯說，只要你跟動物變成好朋友，動物就能聽懂你的話，不過，一定要是真心的朋友才行。」

柯林靜靜躺了一會，那雙奇怪的灰眼好像盯著牆壁看，可是瑪麗知道他在思考。

「真希望可以跟什麼當朋友，」柯林終於說：「可是我沒有朋友。我從來就沒有什麼可以當朋友，不過，我也受不了人。」

「那你受得了我嗎？」瑪麗問。

「嗯，可以啊。」柯林回答：「奇怪的是，我還滿喜歡你的耶。」

「老班說我跟他很像，」瑪麗說：「他拍胸脯保證說，我跟他的脾氣一樣壞。我覺得你跟他也滿像的，其實你、我，還有老班，我們三個人滿像的。他說，我們都長得不好看，老是臭著臉、愛生悶氣。可是我認識知更鳥跟迪肯以後，就沒那麼愛生悶氣了。」

「你以前也會討厭別人嗎？」

「會啊，」瑪麗直率的回答：「如果我在遇到知更鳥跟迪肯以前先認識你，一定會覺得你很討人厭。」

柯林伸出瘦瘦的手碰碰她。

「瑪麗，」柯林說：「我真希望我沒說要把迪肯趕走。你說他像天使的時候，我恨死你了，所以才嘲笑你。可是、可是搞不好他真的是天使呢。」

「嗯，說他是天使，是有點好笑啦，」瑪麗大方承認：「因為他有朝天鼻，嘴巴好大，衣服到處是補丁，而且有很重的約克郡口音。可是、可是，如果真的有天使來約克郡，而且就住在荒原上……如果真的有約克郡天使，我想他會跟迪肯一樣，很懂植物、知道怎樣讓植物長大，也知道怎麼跟野生動物說話。動物都會知道他是真正的朋友。」

「迪肯要是來看我，我不會介意的，」柯林說：「我也想見見他。」

「你這樣說，我真高興，」瑪麗回答：「因為……因為……」

瑪麗頓時想到，此時就是告訴柯林的好時機。柯林知道就快有新鮮事了。

「因為什麼？」柯林急切的喊道。

瑪麗焦慮得坐不住，就從凳子起身，走過來握住柯林的雙手。

「我能信任你嗎？我信任迪肯，因為小鳥也信任他。我真的、真的……可以信任你嗎？」瑪麗語帶懇求的說。

瑪麗的表情好嚴肅，柯林不禁壓低聲音回答。

「可以……可以的！」

「那麼，迪肯明天早上會來看你，也會把他的動物帶過來。」

「噢！噢！」柯林喜孜孜大喊。

「不只這樣喔，」瑪麗繼續說，肅穆的興奮感幾乎讓她臉色發白。「更精彩的消息還在後頭。有一扇門可以通到花園，我找到了，就在蓋住牆壁的長春藤底下。」

如果柯林是個強壯健康的男孩，可能早就「萬歲！萬歲！萬歲！」的大聲嚷嚷了。可是他很虛弱，又容易歇斯底里，聽了只是眼睛愈瞪愈大，喘不過氣來。

「噢！瑪麗！」柯林半哭半喊：「我可以看看嗎？我能進去嗎？我能活著進去嗎？」柯林抓緊瑪麗的雙手，把她拉向自己。

「當然啊！」瑪麗氣呼呼脫口就說：「你當然能活著進去！別傻了！」

瑪麗那麼鎮定自若又孩子氣，柯林跟著恢復理智，開始笑起自己的反應。幾分鐘過後，瑪麗坐回凳子上，向柯林描述祕密花園的樣子，不是想像中的模樣，而是她親眼看到的景象。這會兒柯林忘了病痛跟疲倦，聽得陶醉不已。

「就跟你原來想像的一樣，」柯林終於說：「好像你早就看過。你第一次形容給我聽的時候，我就說過了。」

瑪麗遲疑兩分鐘左右，然後大膽說了實話。

「其實我早就看過了……我早就進去過了，」瑪麗說：「我好幾個星期以前就找到鑰匙，進過花園了。可是我不敢跟你說……我不敢說，因為我本來擔心不能百分之百信任你！」

19 春天來嘍

只要柯林大發脾氣，隔天早晨克瑞文醫生就會被請過來。一發生這種狀況，醫生就必須趕過來。醫生抵達的時候，總會發現小男孩虛弱蒼白的倒在床上，悶悶不樂又歇斯底里，隨時準備發動新一波的啜泣攻勢。其實，這類的出診很棘手，克瑞文醫生總是害怕又厭惡。這次，他拖到下午才來到米瑟威特莊園。

「他狀況怎樣？」醫生一到，就不耐煩的問梅德拉克太太：「他再那樣亂發脾氣，哪天血管就會爆開。這小鬼歇斯底里，放縱任性，簡直快瘋了！」

「哎呀，先生，」梅德拉克太太回答：「等您看到小少爺的時候，一定不敢相信自己的眼睛。那個不起眼、臉很臭的小女孩，明明跟小少爺一樣壞，可是居然把小少爺給迷住了。她到底做了什麼，我們都搞不懂，只有老天才知道。她長得不怎樣，根本沒聽她開口說過什麼，可是她做了我們全都不敢做的事。昨天她像隻小貓似的，兇巴巴的衝到小少爺身邊，用力跺腳、命令他不准再尖叫。小少爺被她嚇傻了，還當真停下來了。今天下午……欸，您就上來瞧個究竟吧，先生。實在令人匪夷所思啊。」

梅德拉克太太打開房門時，克瑞文醫生就聽到談笑聲了。一踏進病人房裡時，迎面看到的景象，讓他備受震撼。柯林穿著晨衣，筆直坐在沙發上，正在看園藝書的圖片，一面跟那個不起眼的女孩講話。那一刻，小女孩因為喜悅而神采奕奕，一點都不算其貌不揚。

「長長尖尖的這種藍花……我們要種很多，」柯林宣布：「它們叫做翠雀花。」

「迪肯說，那就是會長得又高又壯的飛燕草，」瑪麗小姐喊道：「那裡已經有好幾叢嘍。」

他們一看到克瑞文醫生就閉上嘴巴。瑪麗變得很安靜，柯林一副坐立不安的樣子。

「孩子啊，聽到你昨天晚上不舒服，我很難過。」克瑞文醫生有點緊張的說，他平日就容易緊張。

「我現在比較好了……好多了，」柯林用小王爺的語調回答：「如果天氣好，我這兩天就會坐輪椅出去。我想呼吸新鮮空氣。」

克瑞文醫生在柯林身旁坐下，量量他的脈搏，然後一臉好奇的望著他。

「天氣一定要很好才可以喔，」醫生說：「你千萬要當心，別累著自己了。」

「呼吸新鮮空氣，我才不會累呢。」小王爺說。

以前有好多次，這位小紳士總是憤怒的高聲尖叫，堅持說新鮮空氣會害他感冒、害他喪命，難怪醫生聽到這番話還滿震驚的。

「我還以為你不喜歡新鮮空氣呢。」醫生說。

「我自己一個人就不喜歡，」小王爺說：「可是表妹要陪我出去。」

「保母也要跟著去吧？」克瑞文醫生提議。

「不要，我不要保母跟，」柯林的語調很威嚴，瑪麗不禁想起那個印度小王爺。小王爺全身綴著鑽石、翡翠跟珍珠，膚色黝深的小手綴著紅寶石，揮手要僕人行額手禮，過來聽他命令。

「表妹知道怎麼照顧我，只要有她陪著，我都會覺得狀況愈來愈好。昨天晚上她就讓我覺得好多了。我認識一個很強壯的男生，他會負責推輪椅。」

克瑞文醫生起了戒心。要是這個惹人厭又歇斯底里的男孩有機會康復，那他不就沒指望繼承米瑟威特莊園了嗎？不過，克瑞文醫生個性雖然軟弱，倒不是個不擇手段的人。他不希望柯林真的遭受任何危險。

「那個男生一定要夠壯，個性很穩才行，」醫生說：「我一定要認識他一下，是誰呢？叫什麼名字？」

「迪肯啊，」瑪麗突然開口。不知怎的，瑪麗覺得在荒原上，迪肯應該無人不知無人不曉。她這樣想倒也沒錯，接著她馬上看到，克瑞文醫生嚴肅的臉龐放鬆下來，露出如釋重負的笑容。

「噢，迪肯啊，」醫生說：「如果是迪肯，那你就安全嘍。迪肯啊，壯得跟荒原小馬一樣。」

「而且牢靠得很啊，」瑪麗說：「他是世界上最靠得住的男生了。」瑪麗剛剛一直用約克郡腔跟柯林聊天，一時之間沒改過來。

「是迪肯教你的嗎？」克瑞文醫生噗哧一笑並問。

「我把約克郡話當法文來學，」瑪麗冷冷的說：「就跟印度方言一樣，很多聰明的人也都試著學。我喜歡，柯林也是。」

「不錯，不錯，」醫生說：「如果你們覺得有意思，倒也沒什麼壞處。柯林，你昨天晚上有沒有吃鎮定劑？」

「沒有，」柯林回答：「一開始我就不肯吃。後來瑪麗用很低的聲音哄我睡，跟我講春天悄悄溜進花園的事，我就安靜下來了。」

「聽起來很有安慰作用，」克瑞文醫生更困惑的說，一面斜眼偷瞄瑪麗小姐。瑪麗坐在凳子上，默默盯著地毯。「你的確比較好了，可是你一定要記得……」

「我才不想記得，」柯林打岔，又端出小王爺的架式，「我一個人躺著，只要去想生病的事，全身就會開始發痛。我會想起很討人厭的事，最後忍不住尖叫起來。要是有醫生能幫病人忘記生病的事，而不是記住生病的事，我就要叫人馬上帶他過來。」柯林揮揮細瘦的手，那隻手真該戴滿鑲著紅寶石的皇家圖章戒指。「表妹讓我變好，就是因為她會讓我忘記生病的事。」

克瑞文醫生從來不曾在「脾氣風暴」之後，那麼快就看完診離開。通常他都得待上好長一段時間，馬不停蹄處理很多事。今天下午他既沒開藥方，也沒交代新的醫囑，更沒碰上不愉快的吵鬧場面。醫生若有所思走下樓。梅德拉克太太跟醫生在圖書室談話時，覺得醫生好像滿頭霧水。

「欸，先生啊，」梅德拉克太太壯起膽子說：「剛剛的事情您敢相信嗎？」

「這種情況以前的確沒有過，」醫生說：「不可否認，目前的狀況確實比以前好。」

「我相信蘇珊．召爾比說得有道理……我真的相信，」梅德拉克太太說：「我昨天到司威特的時候，順道到她的木屋去，跟她聊了一會。她跟我說啊：『欸，莎拉安，瑪麗可能不乖，可能也長得不好看，可是她畢竟是個孩子。孩子需要同齡的玩伴。』我跟蘇珊．召爾比以前是同學。」

「我認識的人裡面，她最會照顧病人了，」克瑞文醫生說：「我去一般的小木屋看診時，如果有她在場幫忙，我就知道病人有救了。」

梅德拉克太太漾起笑容。她很喜歡蘇珊．召爾比。

「蘇珊很有辦法，」梅德拉克太太侃侃而談：「我整個早上都在想她昨天講過的話。她說啊：『有一次孩子們吵架，我訓了他們一頓。我對孩子們說，我以前上學的時候，在地理課學到，地球的形狀像顆橘子。我還不到十歲就知道，這顆橘子不屬於任何人，每個人只能擁有一小部分，有時候還不夠分呢。你們啊，每個都一樣，可別以為自己可以霸占整顆橘子。要是你們以為可以，可會吃盡苦頭，到頭來才發現自己搞錯了。』蘇珊說：『小孩能夠互相學習到的事，就是想連皮帶肉獨吞整顆橘子，是沒意義的。如果想全部占為己有，最後可能連籽兒都搶不到，況且籽兒吃起來可是又澀又苦。」

「她這人還挺機靈的嘛。」克瑞文醫生說著便穿上外套。

「嗯，她可是能言善道啊，」梅德拉克太太很開心的下結語：「有時候我跟她說，『欸，蘇珊，要是你出身不同，約克郡腔也沒那麼重，有時我真的忍不住要稱讚你冰雪聰明啊。』」

那天晚上柯林沉沉睡著，一覺到天亮。隔天早晨他一睜開眼，便靜靜躺著不動，不由自主露出笑容，因為他竟然覺得渾身舒坦。醒來的感覺居然這麼好，真是奇怪。他翻了個身，盡情伸展四肢，感覺過去緊緊束縛住自己的繩子已經解開、放他自由了。他有所不知的是，克瑞文醫生的說法會是：他的神經狀況已經舒緩下來，終於有了喘息的機會。以前柯林醒來的時候，總是躺著不動、瞪著牆壁，希望自己沒醒來。現在他滿腦子全是昨天跟瑪麗一起做好的計畫、花園的景象、迪肯跟他的野生動物。有事情可以動動腦思考一下，真好。柯林醒來還不到十分鐘，就聽到走廊傳來腳步聲，瑪麗來到門口了。下一刻她走進房裡，越過房間跑到柯林床邊，隨身帶來一陣新鮮空氣，啊，滿是早晨的香氣呢。

「你出去過了！你出去過了！有葉子的味道，好好聞喔！」柯林喊道。

瑪麗一路跑來，頭髮給風吹鬆了。晨間空氣讓她臉色發亮、雙頰粉紅。不過柯林沒看出來。

「好美喔！」瑪麗說，因為剛剛跑太快，有些喘不過氣來，「從來沒看過那麼美的東西！已經來了！我本來以為前幾天早上就已經來了，可是其實那時候還在路上，現在真的到了！春天真的來了！是迪肯說的！」

「是嗎？」柯林嚷嚷。雖然他根本不了解春天，可是覺得心也跟著怦怦猛跳，忙不迭在床上坐起身子。

「打開窗戶吧！」柯林接著說。他笑出聲來，半是因為歡喜激動，半是因為自己浮現怪念頭：「我們可能會聽到金喇叭的聲音喔！」

雖然柯林還在笑，但瑪麗早已跑到窗前、立刻把窗戶打開。新鮮柔軟的空氣、芬芳的氣味、鳥兒的啼唱一古腦兒全湧進來。

「這就是新鮮空氣，」瑪麗說：「你先躺好，然後深呼吸。迪肯躺在荒原上的時候，就是這麼做的。迪肯說他能感覺到空氣在血管裡流啊流的，讓他漸漸強壯起來喔。他覺得自己好像能永永遠遠活下去。你快吸，快吸啊。」

瑪麗只是把迪肯的話重複一遍，可是這番話一把敲中柯林的心坎。

「『永永遠遠！』新鮮空氣真的讓他有這種感覺？」柯林說，然後趕緊照著瑪麗的話，一次次深呼吸，最後覺得身體有了令人開心的變化。

瑪麗又回到柯林床邊。

「植物爭著想從土裡冒出來，」瑪麗趕緊說下去：「花瓣慢慢展開，每棵植物都長出花苞了，綠色薄紗幾乎快把整片灰色蓋過去。小鳥忙著築巢，擔心來不及給小寶寶住。有些小鳥還在祕密花園裡搶地盤呢。玫瑰花叢充滿了生命，步道跟樹林裡到處都是櫻草花。我們播下的種籽啊，都發芽了呢。迪肯把狐狸、烏鴉、松鼠，還有出生不久的羊寶寶都帶來了。」

瑪麗停下來喘口氣。迪肯三天前在荒原的荊豆叢裡發現這隻初生小羊。那時牠躺在母羊身邊，可是母羊已經死了。迪肯以前就發現過孤兒羊寶寶，所以懂得怎麼處理。他先用夾克裹住小羊帶回家，讓小羊躺在火爐附近，餵牠溫牛奶。小羊全身軟綿綿，有張傻呼呼又可愛的娃娃臉，腿跟身體比起來，稍嫌太長。迪肯捧著小羊越過荒原，口袋裡除了奶瓶之外，還躲了一隻松鼠。瑪麗坐在樹下，羊寶寶在她腿上蜷起身子，感覺軟趴趴、暖呼呼，瑪麗覺得心裡充滿奇特的喜悅，連話都講不出來。小羊……小羊耶！竟然有活生生的小羊像嬰兒一樣，躺在她的腿上！

瑪麗樂不可支的描述給柯林聽，柯林一面深吸空氣，保母就在這時走了進來，看到大大敞開的窗戶，驚愕得直瞪眼。她的小病人以前總認為，開窗肯定會害他感冒，所以好多暖烘烘的日子裡，她都得坐在悶不通風的房間裡。

「柯林小少爺，你確定不冷嗎？」

「不會，」柯林回答：「我在努力深呼吸，享受新鮮空氣。新鮮空氣會讓人變強壯。我要下床到沙發上吃早餐，表妹也要一起吃。」

保母掩住笑意離開房間，交代廚房備好兩份早餐過來。保母覺得僕人食堂比病人房間有趣多了，大家都想聽聽樓上有什麼新狀況。一直以來，大家都拿那個討人厭的小隱士當笑話。廚子說：「他終於碰上剋星嘍，好極了。」僕人食堂對柯林的脾氣風暴早已厭煩透了。男管家自己有家室，他不只一次表示，真該有人「好好修理一頓」那個病懨懨的小鬼。

柯林坐在沙發上，兩人份的早餐已經擱在桌上。他以小王爺那種高高在上的態度對保母宣布。

「今天早上有個男生、一隻狐狸、一隻烏鴉、兩隻松鼠，還有一隻新生小羊要來看我。他們一來，我要你們馬上帶他們上樓，」柯林說：「不准你們把動物留在僕人食堂那裡，自顧自跟牠們玩起來，我要牠們直接過來這邊。」

保母輕輕倒抽一口氣，試著用咳嗽掩飾。

「好的，小少爺。」保母回答。

「我告訴你該怎麼辦，」柯林揮揮手接著說：「你可以要瑪莎帶他們過來，那個男生是瑪莎的弟弟。他叫迪肯，是動物魔法師。」

「柯林小少爺，我希望那些動物不會咬人。」保母說。

「我跟你說過，他是魔法師，」柯林嚴厲的回答：「魔法師的動物絕對不會咬人。」

「印度有耍蛇人，」瑪麗說：「他們還把蛇的頭放進自己的嘴巴呢。」

「天啊！」保母打個哆嗦。

他們享用早餐的同時，晨間空氣頻頻往身上撲來。柯林的早餐非常豐盛。瑪麗一臉認真又興致盎然的望著他。

「你會跟我一樣開始變胖，」瑪麗說：「我在印度的時候，從來都沒胃口吃早餐。現在啊，我天天都想吃呢。」

「我今天早上想吃早餐，」柯林說：「可能是新鮮空氣的關係吧。你覺得迪肯什麼時候會來？」

迪肯不久就真的來了。不到十分鐘，瑪麗就舉起手抵在耳邊。

「你聽！」瑪麗說：「有沒有聽到一聲嘎嘎叫？」

柯林專心一聽，真的聽到了耶。在屋子裡聽到粗啞的「嘎、嘎」聲，實在古怪極了。

「有。」柯林回答。

「那是煤灰，」瑪麗說：「你再聽！有沒有聽到咩咩叫，小小聲的。」

「噢，有耶！」柯林漲紅了臉喊道。

「那就是新生小羊，」瑪麗說：「牠來嘍。」

迪肯的野地靴厚實笨重。雖然他儘量放輕腳步，穿過長長的走廊時，還是踩得砰砰響。瑪麗跟柯林聽著他大步走啊走，先穿過覆蓋掛毯的門口，再踏上柯林房外那條走道的柔軟地毯。

「小少爺啊，打攪了，」瑪莎打開門宣布：「不好意思，小少爺，迪肯跟他的動物來了。」

迪肯走了進來，笑得一臉燦爛，臂彎兜著新生小羊。紅色小狐狸跟在身旁快步走著。果仁坐在左肩，煤灰棲在右肩。果殼探出腦袋，小手掌搭在他的外套口袋邊上。

柯林慢慢坐起身，瞪大眼睛看得入神，就像他第一次見到瑪麗一樣。但這次的眼神裡淨是驚奇與歡喜。事實上，儘管柯林聽了很多他們的故事，但他根本不了解迪肯這男生長什麼樣子，也不明白迪肯的狐狸、烏鴉、松鼠跟小羊會離這男生這麼近。迪肯散發的友善氛圍，這些動物彷彿快跟他融為一體。柯林這輩子從沒跟男生說過話，高興好奇到了忘我的地步，壓根兒忘了開口講話。

但迪肯一點也不害羞，也毫不尷尬。就像迪肯跟烏鴉第一次見面的時候，烏鴉不懂他的語言，也只是默不作聲，使勁盯著他看。動物還沒深入認識你之前，都是那個樣子。迪肯走到柯林的沙發那裡，靜靜的把新生小羊放在柯林腿上。小羊馬上就把頭轉向溫暖的天鵝絨晨衣，鼻子開始往衣褶裡蹭啊蹭，布滿捲毛的小頭稍稍不耐的往柯林的腹側頂啊頂。這種時候，誰都會忍不住想說話的。

「牠在幹嘛？」柯林喊道：「牠要什麼？」

「牠想找媽媽，」迪肯說，笑得更開心了：「我在牠有點餓的時候，帶牠來你這邊，因為我知道你會想看看餵奶的模樣。」

迪肯跪在沙發旁，從口袋抽出奶瓶。

「來吧，小乖乖，」迪肯說著便用曬成棕色的手，溫柔的把羊寶寶毛茸茸的雪白小頭轉過來，「你要的是這個，這邊才吃得到東西啦，絲絨外套是吸不出什麼的，來吧，乖。」迪肯把奶瓶的橡皮嘴塞進小羊東蹭西磨的嘴裡。小羊欣喜若狂，狼吞虎嚥吸吮起來。

之後，大家的話匣子就打開了。小羊一睡著，柯林跟瑪麗爭相發問，迪肯一一作答。迪肯跟他們說，他三天前的清晨怎麼找到小羊。那時太陽才要升起，他站在荒原上傾聽雲雀的啼鳴，望著雲雀往藍天愈飛愈高，最後在藍色高空裡成了一個小點。

「要不是因為還聽得見歌聲，不然早就看不見雲雀了。我正覺得奇怪，雲雀飛得又高又遠，一副就快衝到世界之外的模樣，怎麼還聽得見牠的歌聲呢？就在那個時候，我聽到遠遠的荊豆叢裡傳來別種聲音，是很微弱的咩咩聲。我知道有新生小羊餓肚子了。我也知道，如果不是失去媽媽，應該不會餓肚子才對。所以我就開始找。欸，找牠可是花了我好大功夫呢。我在荊豆叢裡進進出出，繞了又繞，好像老是轉錯彎，最後終於在荒原岩石旁邊看到一點白。我爬上岩石，就發現這小東西又冷又餓，都奄奄一息了。」

迪肯一面講話，煤灰一面嚴肅的從窗戶飛進飛出，不時嘎嘎報告著外頭的景色。果仁與果殼溜到屋外的大樹上玩耍，沿著樹幹上上下下奔跑，在樹枝之間探東探西。迪肯比較喜歡待在壁爐地氈那邊，於是席地坐在那裡。隊長在迪肯身旁蜷起身子。

他們一起看著園藝書裡的圖片。迪肯知道所有花朵的俗名，也知道祕密花園裡已經長出哪些花。

有張圖片下面寫著「耬斗菜」。「我不用這個名稱，」迪肯指著這個學名並說：「我們都叫它『夢幻草』，那邊那個是金魚草。這兩種植物在野生的地方會長成樹籬，可是這些是種在花園裡的，所以花朵比較大，也比較華麗。祕密花園裡有好幾大叢夢幻草喔，等開花的時候，就會像一大片蝴蝶翩翩飛舞，有白也有藍喔。」

「我要去看，」柯林喊道：「我一定要去看！」

「欸，你一定要來看，」瑪麗一本正經的說：「你一定要把握時間。」

20「我會永永、遠遠、活下去！」

不過，接下來幾天起了大風，加上柯林好像快感冒了，於是一行人不得不多等一個多星期。這兩件事接連發生，本來絕對會惹得柯林暴跳如雷，可是他們有那麼多神祕的計畫要細心擬定，而且迪肯幾乎天天過來，即使短短幾分鐘也好，他來談談荒原、小徑、樹籬跟小溪岸邊的動態。聽迪肯講起水獺、獾、水鼠洞的事，就足以令人興奮到發抖，更別說他還談到鳥巢、田鼠跟牠們的地底洞穴呢。聽到動物魔法師鉅細靡遺的親口說明，就能瞭解整個地底世界正如火如荼的運轉著。

「動物跟我們沒兩樣，」迪肯說：「只是牠們每年都要建造一次家園，有那麼多事要忙，簡直快焦頭爛額了呢。」

不過，最吸引人的，還是怎麼把柯林悄悄運送到花園的事前準備。他們拐過某個灌木林，走到長春藤牆外的步道時，一定不能讓別人看到輪椅推車、迪肯跟瑪麗。日子一天天過去，柯林愈來愈覺得，籠罩著花園的那股神祕感，正是花園最大的魅力之一，絕對不能讓任何事情破壞這種魅力，一定不能讓人懷疑他們之間有個祕密。一定要讓大家誤以為，他只是因為喜歡瑪麗跟迪肯，不排斥被這兩位看到，才願意跟他們一道出門。他們花了好長時間，開開心心討論該走哪條路線。他們要先沿著這條小徑走過去，轉到下一條小徑，之後越過另一條，繞過有噴泉的花圃，假裝在欣賞園丁領班洛奇先生這陣子忙著移栽戶外的溫室植物，這樣的做法合情合理，不會讓人覺得有什麼神祕。再來他們會轉進灌木叢走道，隱匿行蹤，最後來到長牆那邊。他們的計畫嚴謹詳盡，有如偉大將軍規劃戰時的行軍路線。

小病人房間裡所發生的事情如此新奇，當然早已一傳十十傳百，從僕人食堂一路傳到馬廄那兒，然後在園丁之間傳開。可是儘管消息傳得沸沸揚揚，某天，當洛奇先生接到柯林少爺的指示，說有事商談，要他馬上到房間報到時，還是嚇了好大一跳。負責外勤的人員可是從沒見過那個房間呢。

「嗯，嗯，」洛奇先生匆匆忙忙換上外套，一面自言自語：「會是什麼事呢？從來不肯露面的小少爺閣下，竟然要召見一個素未謀面的人。」

洛奇先生還滿好奇的。他從沒見過那個男孩，倒是聽過不少誇張故事，傳說小少爺的長相怪異，個性任性至極，脾氣火爆得很。洛奇先生最常聽見的傳聞，就是小少爺可能隨時會死掉。有各種稀奇古怪的形容，說小少爺的背駝了啦，手腳早已無藥可救啦，可是說這些話的人根本沒見過他本人。

「洛奇先生啊，這棟宅子慢慢在改變了呢。」梅德拉克太太邊說邊領著他踏上通往那條走廊的後側樓梯，來到多年來籠罩在神祕迷霧裡的寢室。「梅德拉克太太，希望是往好的方向改變啊。」洛奇先生回答。

「不可能會更糟的，」梅德拉克太太繼續說：「怪的是，大夥兒都覺得自己的工作負擔變輕了。洛奇先生，要是你等會兒發現自己站在小小動物園裡，看到瑪莎．召爾比的弟弟迪肯一副比你我都還自在的模樣，可別太訝異啊。」

迪肯真的有某種魔力，瑪麗私下也總是這麼相信。洛奇先生一聽到迪肯的名字，馬上綻放仁慈的笑容。

「迪肯不管到白金漢宮去，或是到煤礦坑底，都會一樣自在，」洛奇先生說：「不過那種態度不是放肆。他這小伙子就是好。」

還好洛奇先生早有心理準備，要不然可能會嚇破膽。房門一開，就有隻大烏鴉嘎嘎大叫，宣布有訪客進門。烏鴉停棲在木雕椅子的高椅背上，看來無拘無束。雖然梅德拉克太太事先警告過，但洛奇先生還是差點嚇得往後彈開，幸好沒做出這種有失顏面的舉動。

小王爺不在床上，也不在沙發上。他坐在扶手椅裡，有隻小羊正站在身旁。搖著尾巴的小羊忙著吃奶。迪肯跪在地上、用瓶子餵食。有隻松鼠蹲在迪肯彎拱的背上，一心一意啃著堅果。印度來的小女孩就坐在椅凳上旁觀。

「柯林小少爺，這位是洛奇先生。」梅德拉克太太說。

小王爺轉身上下打量他的僕人，至少這位園丁領班這麼覺得。

「噢，你就是洛奇啊？」柯林說：「我找你來，是因為有重要的事交代。」

「好的，小少爺。」洛奇回答。他在想，是不是要指示他把公園裡的櫟樹全砍掉，還是要把果園改造成水生花園。

「我今天下午要坐輪椅出去，」柯林說：「如果新鮮空氣適合我，以後可能每天都會出去。我出門的時候，所有的園丁都不能接近花園圍牆外面的『長步道』，誰都不准到那邊去。我大概兩點出門，全部的人都要避開。等我吩咐下去，大家才可以回到原地繼續工作。」

「是的，小少爺。」洛奇先生回答。知道櫟樹可以保持原狀，果園也安全無虞，鬆了一大口氣。

「瑪麗，」柯林轉身對她說：「在印度，事情交代完畢，想叫僕人離開，你都怎麼說？」

「就說：『可以退下了。』」瑪麗回答。

小王爺揮揮手。

「洛奇，可以退下了，」柯林說：「不過啊，這件事很重要，你一定要牢牢記住。」

「嘎、嘎！」烏鴉聲音沙啞的發表意見，但態度還算客氣。

間。

「沒問題，小少爺。感謝您，小少爺。」洛奇先生說。梅德拉克太太把他帶出房間。

一到房間外面的走廊上，好性子的洛奇先生露出笑容，最後簡直就快大笑出聲。

「天啊！」洛奇先生說：「他說起話來還真有貴族架式！簡直以為他是一整個皇族的化身，親王加上其他人的綜合體。」

「唉！」梅德拉克太太抗議：「自從他長了腳，就把我們所有人踩在腳下踐踏，他還以為大家生來就要伺候他呢。」

「如果他活著長大，也許會改掉吧。」洛奇先生提示。

「嗯，有件事倒很確定，」梅德拉克太太說：「如果小少爺活下去，那個印度來的小孩住下來，我保證啊，她會好好調教小少爺，讓他知道橘子不是他一個人的，就像蘇珊·召爾比說的那樣。到時小少爺可能就會明白自己到底能擁有多少。」

房裡，柯林正背靠抱枕坐著。

「現在都安全嘍，」柯林說：「今天下午，我就能看到祕密花園了，我就要進去嘍！」

迪肯領著動物先回花園，由瑪麗留下來陪柯林。瑪麗覺得柯林看來並不累，可是午餐送來以前，柯林卻變得好安靜。兩人用餐時，柯林還是默默不語。瑪麗想不通為什麼，就問柯林怎麼了。

「柯林，你的眼睛好大喔，」瑪麗說：「你在想事情的時候，眼睛就大得跟碟子一樣。你現在在想什麼？」

「我忍不住一直去想它的模樣。」柯林回答。

「花園嗎？」瑪麗問。

「是春天，」柯林說：「我在想，我從沒看過春天的模樣。我很少、很少出門。就算出了門，也沒認真觀察過。我根本沒想到要觀察。」

「我在印度的時候也沒看過春天，因為那邊沒有。」瑪麗說。

柯林的生活一直過得封閉病態，所以比瑪麗更有想像力。至少，他花了很多時間閱讀精彩的書籍、欣賞美妙的圖片。

「早上，你跑進來說：『已經來了！已經來了！』，我覺得好奇怪。你那樣說，聽起來好像有個長長的隊伍浩浩蕩蕩來了，一陣陣響亮的音樂也會跟著飄來。我的書裡就有那樣的圖畫喔。一群群可愛的大人跟小孩，頭上戴著花環、拿著開滿花朵的樹枝。大家笑嘻嘻的，手足舞蹈，擠在一起吹笛子。所以我那時候才說『我們可能會聽到金喇叭的聲音喔！』然後要你打開窗子。」

「真好玩！」瑪麗說：「春天感覺起來真的就像那樣。如果花朵、葉子、綠色的東西、小鳥跟野生動物，一起跳著舞經過，好大一群一定很壯觀！他們一定會唱唱跳跳，又發出哨音，所以也會有一陣陣的音樂聲。」

他們都呵呵笑了，不過，不是因為很可笑，而是因為他們都很喜歡這個想法。

過了一會，保母幫柯林做出門的準備。保母注意到，幫柯林穿衣服的時候，他不再像木頭一樣躺著不動，而是坐起來想辦法出點力，還一面跟瑪麗有說有笑。

「先生，他今天的狀況不錯呢，」保母跟克瑞文醫生說。醫生順道來替他做檢查，「他心情很愉快，身體跟著變強壯了。」

「我今天下午晚點會再過來，也就是等他進來以後，」克瑞文醫生說：「我一定要看看他到底適不適合出門。」醫生把聲音壓得很低說：「我希望他能准你陪他出去。」

「先生，如果要照您的提議，那我寧可現在就辭職走路。」保母突然語氣堅定的回答。

「我只是想想而已啦，」醫生有點緊張的說：「我們把這次當成實驗好了。迪肯這小子很可靠，我連新生兒都敢託給他照顧呢。」

屋裡最強壯的男僕負責把柯林抱下樓，然後把他放在輪椅上。迪肯站在輪椅旁邊，在屋外等候。等男僕把柯林的毯子跟抱枕整理好以後，小王爺柯林就對男僕跟保母揮揮手。

「你們可以退下了。」迪肯說。男僕跟保母很快就不見蹤影。其實等他們一回到屋裡，可以放心笑出聲時，就咯咯笑不停。

迪肯開始又慢又穩的推著輪椅。瑪麗小姐跟在旁邊走著。柯林往後靠在椅背上，仰起臉望向天空。天際穹頂看來好高好遠，小小雪白雲朵在水晶般的透亮藍天中飄遊，好似展翅翱翔的白鳥。輕柔的風兒從荒原陣陣拂來，帶來野地那種清新甜蜜的奇異香氣。柯林繼續鼓起單薄的胸膛吸氣，那雙大眼彷彿代替耳朵，認真傾聽著。

「有好多聲音喔，有唱歌、嗡嗡叫跟呼喚聲，」柯林說：「風吹來一陣陣香味，到底是什麼味道？」

「是荒原上的荊豆開花了，」迪肯回答：「欸！蜜蜂今天忙著在那邊採蜜呢。」

他們走的小徑沒半個人影。事實上，每個園丁或園丁的孩子都被支開了。可是，即使沒有閒雜人等，這三個孩子純粹為了享受一點神祕的樂趣，還是在灌木叢裡穿進又穿出，繞過噴泉花圃，照著原本細心規劃好的路線走。可是當他們終於轉進長春藤牆旁邊的「長步道」時，不知怎的，覺得愈來愈刺激，情緒隨之亢奮不已，於是開始壓低嗓門說話。

「就是這裡唷，」瑪麗悄聲說：「我以前都在這裡走來走去，想東想西。」

「就這邊嗎？」柯林輕聲喊著，眼神急切又好奇，開始在長春藤上搜尋。「可是我什麼都沒看到啊，」柯林竊竊私語：「沒有門啊。」

「我本來也是這麼以為。」瑪麗說。

接著他們屏息以待，陷入一陣美好的沉默，繼續推著輪椅往前走。

「那是老班工作的花園。」瑪麗說。

「是嗎？」柯林說。

往前多推幾碼以後，瑪麗再次輕聲說話。

「這裡就是知更鳥飛過牆頭的地方。」瑪麗說。

「是嗎？」柯林喊道：「噢！我真希望牠會再來！」

「那個呢，」瑪麗指著一大叢紫丁香下面，認真又開心的說：「知更鳥當初就停在那個小土堆上，告訴我鑰匙在那裡。」

接著柯林坐直身子。

「哪邊？在哪邊？那裡嗎？」柯林喊著，眼睛睜得跟《小紅帽》故事裡的大野狼一樣大。在故事裡，小紅帽看到大野狼的眼睛那麼大，忍不住說出自己的感覺。迪肯站定不動，輪椅跟著停下來。

「還有這邊，」瑪麗說著便往長春藤附近的花圃湊過去。「知更鳥從牆上對我啾啾叫的時候，我走到這邊跟牠聊天。這裡呢，就是長春藤被風吹開的地方。」瑪麗揪起垂在牆上的綠簾子。

「噢！這裡是……」柯林倒抽一口氣。

「這邊是把手，這裡就是門。迪肯，把他推進去吧，快點把他推進去！」

迪肯使勁一推，穩當又平順的把柯林推了進去。

不過，柯林雖然是因為喜悅而喘不過氣，卻往後緊貼在抱枕上，雙手摀住眼睛不肯放開，完全遮住自己的視線。他們到了花園裡，輪椅彷彿因為魔力停了下來，門也關上了，這時柯林才把手拿開，他左顧右盼、一看再看，反應就跟迪肯和瑪麗以前一樣。圍牆、土地、樹木、搖曳的枝杈與捲鬚上，爬滿了小嫩葉交織而成的綠薄紗。樹下的草地上、亭子裡的灰色花甕，放眼看去，四處點綴著或迸放著金、紫與白花。頭頂上的樹木冒出粉紅與雪白的花朵，耳畔淨是輕輕的振翅聲、隱隱約約的甜美鳥鳴蟲唧。撲鼻的香氣瀰漫在空氣裡。陽光暖暖灑在柯林臉上，好似手的美妙撫觸。瑪麗跟迪肯驚奇的站定不動，盯著柯林直看。柯林全身上下透出粉紅光暈，原本蒼白如象牙的臉龐、脖子、雙手全染上了色彩，讓他看來好陌生，彷彿變了個人似的。

「我會好起來的！我會好起來的！」柯林喊道。「瑪麗！迪肯！我會好起來的！我會永永遠遠活下去！」

21 老班

人生在世的怪事之一，就是只有偶爾才會很確定自己會永永遠遠活下去。有時，是在柔和莊嚴的黎明時分起床，獨自走到戶外靜靜站著，腦袋極力往後仰，向上眺望，從慢慢轉紅的蒼白天際，意識到神妙莫測的事物正在發生，直到旭日東升（雖然千千萬萬年來，日日早晨都是如此）；人看到這個恆久不變、奇異壯麗的日出景象，就會為之驚嘆、心跳暫止，這一瞬間便頓時明白自己會永遠活下去。有時則是在日落時分，獨自佇立樹林，神祕的深金色陽光，在靜謐中斜斜穿透枝椏、灑落樹下，彷彿反覆緩慢的訴說著什麼，可是人不管怎麼豎起耳朵，好像都聽不明白。有時是在深夜裡，深藍天空廣闊又沉靜，數百萬點星光正在等候守望，這時人就會很確定自己會永遠活下去。有時是遠方傳來的樂聲。有時則是某人眼裡流露的神情。

柯林在祕密花園的四面高牆裡，第一次看到、聽到、感受到春天時，就有那種感覺。那天午後，全世界彷彿卯足全力，想表現得盡善盡美，極力散放美麗光芒，只為善待那個男孩。也許出於上天純粹的善意，春天才降臨此地。春天盡其所能將萬事萬物聚集在這裡。不只一次，迪肯停下手邊的事，站定不動，眼神愈來愈驚奇，一面輕輕搖著腦袋。

「啊！好棒喔，」迪肯說：「我快十三歲了。十三年來度過數不清的下午，可是我從沒看過這麼棒的。」

「是啊，真棒，」瑪麗說，純粹的喜悅讓她不禁嘆息：「我保證，這是全世界最棒的一個下午了。」

「你們覺不覺得，」柯林陶醉又謹慎的說：「這全是為了我才發生的？」

「哇！」瑪麗佩服的喊道：「你的約克郡話講得不錯喔，你啊，真是一級棒。」

大夥兒一陣樂陶陶。

他們把輪椅拉到李樹下。雪白的李花滿樹盛放，蜜蜂嗡嗡輕鳴。整座花園繁花錦簇，好似精靈國王頭頂上的天篷。附近還有花開滿樹的櫻桃樹。蘋果樹上布滿了粉紅粉白的花蕾，處處都有花朵綻放。這個繁花繽紛的天篷中，枝椏之間露出片片藍天，好似一顆顆奇妙的眼睛。

瑪麗跟迪肯四處忙著園藝，柯林在一邊觀察。他們把東西指給柯林看：正要綻開的花苞、縮緊的花苞、剛剛抽綠的小細枝、掉在草地上的啄木鳥羽毛、早早孵出的鳥蛋空殼。迪肯推著輪椅，慢慢繞著花園，不時停下來讓柯林看看土裡冒出來或是樹上垂下的奇妙東西。柯林好像在魔法王國裡周遊，由國王跟王后把國度裡所有的神祕寶藏端出來讓他欣賞。

「我們會不會看到那隻知更鳥呢？」柯林說。

「過一陣子，你就會常看到牠嘍，」迪肯回答：「等鳥寶寶孵出來，牠就會忙得昏頭轉向。你會看到牠啣著跟自己身體差不多大小的蟲子，飛來飛去。一飛回鬧哄哄的鳥巢，牠就會很慌張，因為不知道該先餵哪張大嘴。四面八方都是張開的嘴，嗷嗷叫不停。媽媽說，看到知更鳥有那麼多張大嘴要餵，就覺得自己簡直清閒得跟貴婦一樣。她說啊，雖然大家看不出來，可是小鳥要餵飽下一代，肯定忙得汗流浹背。」

這番話逗他們笑得好開心，可是想到絕不能讓人聽見，只好連忙用手摀嘴。幾天前，他們向柯林交代過規則，說要壓低嗓子、輕聲說話。柯林喜歡這種神祕感，所以儘量配合，但一開心興奮起來，卻只能輕聲竊笑，實在相當勉強。

那天下午新鮮事層出不窮。隨著每小時過去，陽光越發燦爛金黃。輪椅已經被推到樹底下。迪肯坐在草地上，拿出笛子。就在此時，柯林看到之前沒空留意的東西。

「那邊那棵樹很老很老了吧？」柯林說。

迪肯的目光越過草地，落在那棵樹上。瑪麗也跟著望去。一時之間，大家都默不作聲。

「是啊。」迪肯後來回答，低沉的嗓音很溫柔。

瑪麗盯著那棵樹思索。

「樹枝灰灰的，一片葉子也沒有，」柯林說：「這棵樹已經死了吧？」

「是啊，」迪肯承認：「可是玫瑰藤在上面爬得到處都是呢。等玫瑰長滿葉子、開滿花朵，就能把死掉的樹枝幾乎都蓋住嘍。那時候就不會死氣沉沉的了，反而會變成花園裡最漂亮的地方。」

瑪麗還是盯著那棵樹沉思。

「看起來好像有根大樹枝斷掉了，」柯林說：「不知道為什麼會這樣。」

「是很多年前的事了。」迪肯回答。「哎呀！」迪肯突然嚇一跳，也鬆了口氣，把手搭在柯林身上：「你看知更鳥！牠在那邊！牠在幫伴侶找食物呢。」

有隻紅胸小鳥咻的飛閃而過，嘴喙啣著什麼。柯林差點就錯過，但還是及時看見了。小鳥急急竄過一片綠意，飛入植物密布的角落裡，隱身不見蹤影。柯林往後靠在抱枕上，呵呵一笑。

「知更鳥是要拿下午茶點給伴侶啦，現在可能已經五點嘍，我自己也想喝點茶了。」

迪肯跟瑪麗總算逃過一劫。

「一定是魔法把知更鳥送來的，」瑪麗事後跟迪肯咬耳朵：「一定是魔法，我知道。」瑪麗跟迪肯原本就很擔心柯林會問起那棵樹。那棵樹十年前斷過樹枝；他們兩人事先談過這件事，當時迪肯就很困擾的抓抓頭。

「我們把這棵樹當成一般的樹就好，」迪肯那時說：「絕對不能跟他說，樹枝是怎麼斷掉的，可憐的小子。如果他談起這棵樹，我們一定、我們一定要努力保持開心的樣子。」

「好，一定要。」瑪麗那時回答。

可是，當時瑪麗盯著這棵樹看，怎麼都開心不起來。在那幾分鐘裡，她一直在想，迪肯說的另一件事，到底是不是真的。迪肯原本困惑的搔著紅鏽色頭髮，但那雙藍眼漸漸露出一種欣慰的美好神情。

「克瑞文夫人是個非常可愛的女士，」迪肯當時吞吞吐吐繼續說：「媽媽在想，克瑞文夫人可能想呵護柯林小少爺，所以回米瑟威特很多次了。所有離開人間的媽媽都捨不得孩子，所以一定會回來。克瑞文夫人可能來過花園喔。讓我們動手整理花園、要我們帶柯林過來這邊，搞不好都是克瑞文夫人呢。」

瑪麗認為迪肯說的就是魔法。瑪麗對魔法深信不疑。瑪麗內心深信迪肯會對周遭的事物施魔法，當然是好的魔法，所以大家才那麼喜歡他，野生動物也把他當朋友。瑪麗那時還想，假使柯林真的問到那個危險的問題，迪肯會不會發揮天賦，及時把知更鳥叫來解圍呢？瑪麗覺得整個下午，迪肯都在施展魔法，所以柯林才會判若兩人，根本看不出是那種會放聲尖叫、對枕頭又搥又咬的瘋小孩。連蒼白如象牙的膚色好像也起了變化。柯林剛剛進花園時，臉龐、頸子跟雙手都泛起淡淡光彩，遲遲沒有消散。柯林看起來有血有肉，不再像是象牙或蠟雕出來的了。

他們看到知更鳥啣著食物來給伴侶，前前後後兩三次。柯林不禁想到下午茶，就覺得他們也要來一點。

「去找僕人，叫他把下午茶點放進籃子，帶到杜鵑花步道吧，」柯林說：「然後你跟迪肯就可以去拿來。」

這個點子不錯，很容易達成。他們三人把白餐巾鋪在草地上，有熱騰騰的茶、抹了奶油的麵包與煎餅。飢腸轆轆的他們，享用了一頓開心的午茶。好幾隻忙著家務事的鳥兒停下腳步，過來察看怎麼回事，一發現有麵包屑，就爭先恐後想嚐一嚐。果仁跟果殼抓著小片蛋糕，急急忙忙爬回樹上。煤灰把半塊奶油煎餅叼到角落裡，東啄西啄、檢查一下，然後翻過來，啞著嗓子嘎嘎抒發感想，最後決定歡快的一口吞下肚。

午後時光緩緩流逝，太陽的金色光芒慢慢暗下，蜜蜂即將打道回府，飛過的鳥兒也漸漸稀少。迪肯跟瑪麗坐在草地上，茶點用具已經收回竹籃，準備帶回屋裡。柯林靠在抱枕上，濃密髮絲從額前撥開，臉色看來相當自然。

「真希望這個下午不會結束，」柯林說：「可是我明天還會再來，後天、大後天、大大後天都要來。」

「那你就能呼吸好多、好多新鮮空氣！」瑪麗說。

「除了新鮮空氣，我什麼都不要，」柯林回答：「我現在看過春天了，還想看看夏天。在這邊生長的東西，我全部都要看。我也要在這裡種種東西。」

「一定可以，」迪肯說：「我們會幫你，你很快就能在這裡走來走去，挖土種東西嘍。」

柯林一時漲紅了臉。

「走路！」柯林說：「挖土！我真的有辦法嗎？」

迪肯敏感謹慎的看柯林一眼。迪肯跟瑪麗從沒問過，柯林的腿是不是有毛病。

「一定沒問題的，」迪肯堅定的說：「你……你就跟大家一樣，也有兩條腿啊！」

瑪麗膽戰心驚，等她聽到柯林的回答，心上石頭才放下來。

「我的腿沒什麼問題啦，」柯林說：「只是又瘦又沒力。我一站起來，兩條腿就抖得很厲害，所以我都不大敢試。」

瑪麗跟迪肯如釋重負吸了口氣。

「等你不怕的時候，你就會站起來。」迪肯的精神再度抖擻起來。「你很快就不會再害怕了。」

「是嗎？」柯林說。他躺著不動，彷彿在想著什麼。

有一會兒，大家變得很安靜。太陽漸漸西沉。過了一個忙碌刺激的午後，此時周遭一片靜謐。柯林很舒適的休息著，連小動物都不再到處活動，而是聚攏起來，留在他們附近歇息。煤灰棲在低矮的樹枝上，縮起一腳，昏昏欲睡的垂下灰眼膜。瑪麗心想，煤灰好像馬上就會打起鼾來。

就在這片闃寂當中，柯林驚動了大家。他微微抬起頭，突然警覺的低聲驚呼：

「那個人是誰？」

迪肯跟瑪麗手忙腳亂站起來。

「有人嗎？」兩人低著嗓子急忙說。

柯林指著高牆。

「看！」柯林激動的低聲說：「你們看嘛！」

瑪麗跟迪肯猛然轉身望去。原來是老班站在梯子上，越過圍牆，一臉氣憤的狠狠瞪著他們！老班還對瑪麗揮舞拳頭。

「如果我不是光棍，如果你是我家孩子，」老班喊道：「我包準狠狠修理你一頓！」

老班面露威脅往上再踩一階，彷彿準備直接翻過圍牆，好好對付瑪麗。可是當瑪麗往老班走去時，老班便打消那個念頭，只是站在梯子頂端，往下朝著瑪麗揮舞拳頭。

「我本來就對你沒啥好感，」老班破口大罵：「第一次看到你，就受不了你。一個小姑娘，瘦巴巴的，臉色那麼蒼白，老愛問東問西，多管閒事。真不曉得你怎麼會跟我走得這麼近，要不是知更鳥……那個臭傢伙……」

「老班，」瑪麗理順呼吸以後喊道，站在老班下方，有點氣喘吁吁的抬頭呼喚，

「老班，是知更鳥帶我來的啦！」

老班火冒三丈，彷彿真的要翻牆過來。

「你這個壞小孩！」老班往下對瑪麗喊道：「把自己幹的壞事賴到知更鳥頭上。不過，牠是很魯莽沒錯，啥鬼事都幹得出來。可是說什麼牠指路給你看！牠！哪有可能！欸！你這小鬼頭。」老班好奇心大發，瑪麗想像得到，老班接下來會說什麼。「你到底怎麼進去的？」

「是知更鳥帶我進來的，」瑪麗固執的抗議著：「牠不知道自己在帶路，可是牠真的是。你一直在那邊對我揮拳頭，我沒辦法跟你說清楚啦。」

老班的目光越過瑪麗的頭頂，看到有東西越過草地逐漸逼近。那一刻，老班突然收起拳頭，驚訝得合不攏嘴。

聽到老班滔滔不絕怒罵著，柯林一開始好驚訝，只是坐起身子傾聽，彷彿被魔咒鎮住似的。可是他漸漸回神，傲慢的招手叫迪肯過來。

「把我推到那邊！」柯林下令：「把我推到很靠近的地方，然後停在他的正前方！」

這個呢，就是老班看到的東西。老班詫異的張大嘴巴，朝著他愈來愈近的那架輪椅上鋪了華美的靠枕與毛毯，看來有如皇家馬車。裡面有個小王爺往後靠坐，黑睫毛的大眼睛露出尊貴威嚴的神態，一隻蒼白細瘦的手高傲的伸向老班。輪椅就在老班的正下方戛然停住，難怪老班會詫異得合不攏嘴。

「你知道我是誰嗎？」小王爺質問。

老班簡直目瞪口呆！那雙老眼泛紅，定定盯著眼前的東西，彷彿撞鬼似的，目不轉睛看了又看，喉頭彷彿有東西哽住，硬是把它嚥下去，一句話也說不出來。

「你知道我是誰嗎？」柯林態度更專橫的問：「回話啊！」

老班舉起滿是節瘤的手，抹過雙眼與額頭，接著用古怪的語氣抖著嗓回答。

「唉呀，我當然知道你是誰，」老班說：「你直直盯著我的那雙眼睛，就跟你母親一個模樣啊。老天才知道你是怎麼進來的，你不就是那個可憐的殘廢嘛。」

柯林根本忘了自己的背有毛病。他滿臉通紅，旋即筆直坐正。

「我才不是殘廢！」柯林氣急敗壞的大喊：「我才不是！」

「他才不是！」瑪麗氣急敗壞，幾乎對著牆壁仰頭大喊：「他連別針大小的腫塊都沒有！我檢查過了，他背上什麼都沒有，一個腫塊也沒有！」

老班又用手抹過額頭，還是一直看啊看的，彷彿怎麼也看不夠。他顫抖著手，嘴巴跟聲音也抖個不停。他是個無知的老頭兒，不大懂得社交，把聽來的傳聞牢記在心。

「你……你的背不是駝的嗎？」老班沙啞的說。

「哪有！」柯林吼道。

「你的腿不是打不直嗎?」老班抖著嗓子更沙啞的說。

真是太過分了!柯林平日用來大鬧脾氣的力氣,現在正以一種全然不同的形式,急急竄遍全身。從來沒人敢說他的腿伸不直,連竊竊私語都沒有。聽老班這麼一說,表示有人相信他長了一雙畸形腿,這遠遠超過小王爺所能忍受的極限。柯林的憤怒跟受辱的自尊,讓他暫且忘掉一切。柯林頓時充滿了前所未有的強大力量,這股力量幾乎超越自然。

「你過來!」柯林對迪肯大叫,開始把腿上的毯子扯掉,急著想掙脫,「快過來!快過來啊!馬上!」

迪肯立刻走到柯林身旁。瑪麗倒抽一小口氣,屏住呼吸,覺得自己臉色發白。

「他辦得到!他辦得到!他可以的!他可以!」瑪麗低聲急促的喃喃。

柯林手忙腳亂,一下子就把毯子狠狠扔到地上。迪肯扶住柯林的手臂。柯林瘦弱的腿露出來了,細瘦的雙腳踩在地上。柯林直挺挺站著,直挺挺的,跟箭一樣筆直。柯林看起來高得出奇。他把頭抬得老高,奇異的雙眸散放電光。

「看看我!」柯林衝著老班喊:「看著我啊,你!看看我!」

「小少爺跟我一樣,可以站得很直,」迪肯喊道:「他就跟約克郡所有的男生一樣,可以站得很直。」

老班不禁哽咽,蒼老雙手用力合拍,眼淚忽地淌下飽受風霜、皺紋滿面的臉頰。

老班的反應讓瑪麗覺得怪極了。

「欸！」老班突然開口：「原來大家都是胡說八道啊！你瘦得像片木板、蒼白得像鬼魂，可是身上一個腫塊也沒有。你會長成一個堂堂男子漢。老天保佑你！」

迪肯用力扶住柯林的雙臂，可是柯林非但沒有站不穩的模樣，反而愈站愈直，正眼盯著老班。

「我爸爸不在的時候，」柯林說：「我就是你的主人，你要聽我的。這是我的花園，這件事你絕對不能跟別人說！你從梯子上下來，走到長步道那裡，瑪麗小姐會去接你，把你帶進來。我想跟你談一談。我們本來不想讓別人加入，可是現在你必須幫忙守密了。動作快！」

削瘦的柯林昂起頭，直挺挺站著，老班的目光怎麼都沒辦法從他身上移開。剛剛那陣古怪的淚水，讓老班那張暴躁老臉還濕答答的。

「啊！小子啊，」老班喃喃：「啊！親愛的孩子！」接著才回過神來，突然照著園丁的習慣碰碰帽緣致意，然後說：「遵命，小少爺！遵命，小少爺！」接著順從的爬下梯子，消失了蹤影。

22 太陽下山時

老班的腦袋一消失，柯林轉身面向瑪麗說：「去接他吧。」瑪麗越過草地，飛奔到長春藤底下的門邊。

迪肯目光敏銳的觀察柯林。柯林臉頰透紅，氣色看來好極了，絲毫沒有快跌倒的跡象。

「我會站了。」柯林語氣自負的說，腦袋抬得老高。

「不是跟你說過嗎？只要不再害怕，就辦得到，」迪肯回答：「你已經不怕了。」

「對啊，我不怕了。」柯林說。

接著柯林好像突然想起瑪麗說過的話。

「你是不是一直在施魔法？」柯林警覺的問。

迪肯的彎嘴展開快活的笑靨。

「施魔法的是你自己，」迪肯說：「這種魔法啊，也是讓植物冒出泥土的魔法。」迪肯用厚重的靴子碰碰草地上的番紅花叢。

柯林低頭看看番紅花。

「嗯，」柯林慢吞吞說：「不可能有比這個更神奇的魔法了……不可能。」

柯林又站得更直了。

「我要走到那棵樹那裡，」柯林說，指著相隔幾呎的一棵樹：「老班進來的時候，我就要站在那裡。如果我想要，也可以靠在樹上。想坐下的話，也會坐下，可是要等老班進來再說。你去輪椅上拿條毯子來吧。」

柯林走到樹旁。雖然迪肯一路攙扶他，但他自己就能走得很穩。當柯林倚著樹幹站立，看不大出來是利用樹木來撐住身體。柯林站著的時候，還是把身體挺得好直，整個人看來真高䠷。

老班一穿過牆上的門進來，就看到柯林站在那裡，還聽到瑪麗唸唸有詞。

「你在說什麼啊？」老班不耐煩的問，因為他不想分心。他想把精神集中在那個高高瘦瘦的男孩身上。男孩站姿挺拔、神色飛揚。

可是瑪麗沒跟老班說。她喃唸不停的是：

「你辦得到！你辦得到！我跟你說過！你可以！你可以！你一定可以！」

瑪麗這番話是對著柯林說的，因為她希望這樣能施展魔法，讓他一直像那樣好好站著。要是柯林在老班進來以前就放棄，瑪麗一定會受不了。幸好柯林並未放棄。瑪麗突然覺得，柯林雖然骨瘦如柴，可是現在看來好俊美。瑪麗精神為之一振。柯林用他那種高高在上的可笑態度，目不轉睛瞅著老班。

「看著我！」柯林下令：「從頭到腳仔細看！我是駝子嗎？我的腿有沒有畸形？」

老班的情緒還沒完全平復，但已經鎮定許多，幾乎恢復了平常回話的口氣。

「沒啦，」老班說：「沒的事。小少爺，你到底在幹嘛呀？老是躲得不見人影，害大家以為你又是殘廢又是白痴。」

「白痴！」柯林氣鼓鼓的說：「誰這樣想？」

「一大堆傻瓜都這麼想，」老班說：「這個世界上有一大堆蠢蛋，只會造謠生事。你幹嘛把自己關起來呢？」

「大家都以為我會死掉，」柯林長話短說：「我才不會！」

柯林的語調很堅決，老班再次打量他，上上下下看了幾回。

「說你會死掉！」老班不動聲色但樂在心頭，說：「根本沒那回事，你那麼有精神。看你趕忙伸出腿、往地上踩，就知道你好好的。快到毯子上坐坐啊，小少爺，有啥事儘管吩咐。」

老班的舉止是種古怪的組合：暴躁中帶有溫柔，機靈又體恤。瑪麗帶老班沿著長步道走過來的時候，就急著搶話說。她對老班耳提面命，說有件事務必牢記在心，那就是柯林慢慢好起來了……愈來愈好了。都是這個花園的功勞。瑪麗要老班千萬別再提醒柯林，他會駝背或死掉的事。

小王爺用高人一等的態度往樹下的毯子上一坐。

「老班，你平常在花園負責什麼工作？」柯林問。

「上頭交代我幹啥，我就照做，」老班回答：「我是因為人情才留下來的……因為她欣賞我。」

「她？」柯林說。

「就是你母親啊。」老班回答。

「我媽媽？」柯林靜靜環顧四周說：「這是她的花園吧？」

「是啊，以前是！」老班也看看周圍，「她好喜歡這個地方呢。」

「現在是我的花園了，我很喜歡，我每天都要來，」柯林宣布：「可是，這是個祕密。我的命令就是：不准讓別人知道我們來這裡。迪肯跟我表妹已經在這裡下了好多功夫，讓花園活了過來。我以後偶爾也會找你過來幫忙，可是你過來的時候，千萬不能讓別人看到。」

老班露出乾巴巴的笑容，老臉扭成一團。

「我以前就偷偷進來過，也沒被別人撞見啊。」老班說。

「什麼！」柯林驚叫：「什麼時候？」

「我上次過來，」老班搓著下巴、環顧四周，「大概是兩年前的事。」

「可是十年都沒人進來過啊！」柯林喊道：「又沒有門可以進來！」

「我又不是隨便什麼人，」老班若無其事的說：「我也不是打門口進來，是爬牆過來的。這兩年我風濕痛發作，就沒再來了。」

「修剪樹枝的是你吧！」迪肯叫道：「我一直想不通，為什麼樹枝看起來好像有人修剪過。」

「你母親好喜歡這個花園，真的好喜歡！」老班慢騰騰的說：「她年輕又漂亮，有一回邊笑邊對我說：『老班啊，哪天要是我病了還是離開了，你一定要幫忙照顧我的玫瑰。』她過世以後，主人卻下令誰都不准接近這個花園，可是我還是來了。」老班暴躁又固執的說：「我就爬牆進來，風濕痛發作以後，才沒再來。我每年進來花園一次，稍微整理整理，夫人當年吩咐過嘛。」

「要不是你來過，花園就不會這麼有活力了，」迪肯說：「我就覺得奇怪。」

「老班，我很高興你來整理花園，」柯林說：「那你知道怎麼守密嘍。」

「嗯，小少爺，知道的，」老班回答：「讓犯風濕痛的人從門口進來，也比較輕鬆啊。」

瑪麗之前把抹刀扔在樹旁的草地上。柯林這會兒伸手拿起抹刀，臉上露出奇怪的神情，然後刮起泥土來。柯林細瘦的手不大有力氣，可是就在他們看著他的時候——

瑪麗屏住呼吸，興味盎然的看著——他把抹刀的尖端插進土裡，翻了點土出來。

「你辦得到！你辦得到的！」瑪麗自言自語：「我告訴你，你一定可以！」

迪肯一語不發，但圓眼流露熱切好奇。老班興致勃勃看著。

柯林堅持不懈，挖了幾回土以後，就使出最標準的約克郡口音，興高采烈的跟迪肯說話。

「你們說會幫我，讓我在這兒學會走路，跟其他人一個樣。你們也講過，我可以學會挖土，以為你們只是尋我開心，沒想到才進來第一天，我已經開始走路，還會翻土了哩。」

老班聽到柯林說的話，不禁目瞪口呆，最後咯咯笑出聲。

「哎呀！」老班說：「小少爺，看來你挺靈光的嘛。你是道道地地的約克郡小子，還會翻土呢。想不想種點啥啊？我可以拿株玫瑰給你。」

「去拿來吧！」柯林興奮的邊挖邊說：「快啊！快嘛！」

這件事真的眨眼就辦好了。老班忙進忙出，都忘了風濕痛。柯林還是掘土新手，加上細瘦的手力氣不夠，所以迪肯拿起鏟子，幫忙把洞挖得更寬更深。瑪麗溜出花園，跑去拿澆水壺。等迪肯把洞挖深了，柯林就繼續把土翻得更鬆更軟。柯林仰頭望天，雖然只是一丁點勞動，可是方式新奇，讓他滿面紅潤、散發光芒。

「我想在太陽……下山以前，把花種好。」

瑪麗覺得，也許太陽為了柯林，故意慢了幾分鐘才下山。老班從溫室帶了株玫瑰過來，腳步蹣跚的盡快越過草坪。老班也跟著亢奮起來，就在那個洞旁邊跪下，把那株花從模子裡敲出來。

「孩子，拿去吧，」老班把植物遞給柯林並說：「自個兒放進土裡。國王每到什麼新天地，也都會這樣。」

柯林那雙蒼白纖弱的手微微顫抖，把玫瑰擺進洞裡時，臉色越發紅潤，老班幫忙把土壓實。大家合力用土填滿那個洞，往下壓平，再把土拍緊。瑪麗趴在地上，往前湊近。煤灰飛下來，大步走來瞧瞧怎麼回事。果仁跟果殼站在櫻桃樹上，吱吱喳喳談著種玫瑰的事。

「種好了！」柯林終於說：「太陽快落到地平線下面了。迪肯，扶我起來吧，我想站著看夕陽西下，那是魔法的一部分。」

迪肯扶柯林起身。柯林覺得，那個魔法，不管到底是什麼，賜給他好多好多力量。當太陽真的落到地平線下，這個奇異可愛的下午便走到了尾聲，柯林靠著自己的雙腿佇立在原地，快活的呵呵笑。

23 魔法

他們回到屋裡時，克瑞文醫生已經等候好一陣子。醫生原本已經在想，沒派人先去探勘一下花園小徑，是不是很不明智？柯林被帶回房間時，那個可憐的男士一臉嚴肅的上下打量他。

「你不該在戶外待這麼久的，」醫生說：「千萬別累過頭啊。」

「我一點都不累，」柯林說：「戶外讓我身體好起來了，明天早上跟下午我都要出去。」

「我不確定能不能讓你出去這麼久，」克瑞文醫生回答：「我擔心這樣並不好。」

「如果你想阻止我，那才叫不好，」柯林語氣嚴肅的說：「我就是要去。」

連瑪麗都發現，柯林有個特點，那就是他完全不知道自己是個粗魯無禮的小霸王。他老愛對別人頤指氣使，一輩子都活在孤島般的個人世界裡。他在這個孤島上稱霸天下，禮節規矩全由他說了算，完全沒有對象可以較量切磋。瑪麗本來跟柯林很像，可是打從來到米瑟威特，瑪麗漸漸發現自己的行為態度並不尋常，也不受人歡迎。瑪麗察覺這個現象以後，覺得滿有意思的，想拿來跟柯林分享。等醫師離開以後，瑪麗坐下來，好奇的望著柯林幾分鐘，想等柯林主動問她，為何一直盯著他看。柯林果然開口問了。

「幹嘛一直看我啊？」柯林問。

「我在想，我替克瑞文醫生滿難過的。」

「我也是，」柯林語氣平靜，但一臉滿意：「他得不到米瑟威特了，因為我不會死掉。」

「我當然會因為這件事替他難過，」瑪麗說：「可是我剛剛想的是，整整十年，他都要對一個粗魯無禮的小男孩客客氣氣，真是恐怖。要是我，我才辦不到呢。」

「我很粗魯無禮嗎？」柯林不為所動的問。

「你要是他小孩，他要是那種愛動手動腳的人，」瑪麗說：「一定會賞你巴掌。」

「他才不敢。」柯林說。

「沒錯，他是不敢，」瑪麗小姐說，不帶偏見的思索這件事，「沒人敢做你不喜歡的事，因為大家都以為你快死了什麼的，你老是可憐兮兮的樣子。」

「可是，」柯林倔強的宣布，「我不會再那麼可憐了，我不會讓大家繼續覺得我很可憐，今天下午我靠自己站起來了。」

「你就是一直為所欲為，才會變得怪裡怪氣。」瑪麗繼續說出心裡的話。

柯林皺著眉，別過頭去。

「我會怪裡怪氣的嗎？」柯林質問。

「是啊，」瑪麗回答：「好怪好怪，可是你別不高興嘛。」瑪麗公正不阿的補充說明：「因為我也很怪，老班也是。可是自從我開始喜歡別人，又發現祕密花園以後，就沒那麼古怪了。」

「我不想當怪人，」柯林說：「我才不要當怪人。」他意志堅決的再次緊鎖眉頭。

柯林是個很高傲的男孩。他躺著思索半晌。接著瑪麗看到他泛起了美麗的笑容，整個面容漸漸變了。

「如果我每天都去花園，」柯林說：「就不會再那麼奇怪了。那個花園裡面有魔法，是好的魔法，瑪麗，我很確定裡面有。」

「我也是。」瑪麗說。

「即使不是真的魔法，」柯林說：「我們也可以假裝是。花園裡面一定有什麼……一定有！」

「是魔法沒錯啊，」瑪麗說，「可是，不是黑暗邪惡的魔法，而是跟白雪一樣純潔的魔法。」

他們一直把那個東西叫做魔法。接下來的幾個月，真的就像魔力四射似的，神奇無比，幸福洋溢，教人驚歎連連。噢！花園裡發生的事情多麼奇妙啊！不曾有過花園的人，是無法體會的。曾經有過花園的人，就會明白，要描述花園裡的千變萬化，得用上整本書的篇幅才夠。起初，土地、草地、花圃裡，綠芽似乎無止無盡向上竄出頭，連牆壁的縫隙裡都有。接著，一片綠意中冒出了花蕾，蓓蕾漸漸舒展，綻放繽紛多彩的花兒，深淺不同的藍與紫，濃淡各異的緋紅。晴朗的天氣裡，每一吋土、每個縫隙跟角落，都有花朵盛開其中。老班看到這種情形，也把牆壁磚塊之間的灰泥刮下來，填進小團小團的土，供可愛的爬藤植物攀附生長。草地上長出一束束鳶尾花跟白百合。綠意盎然的亭子裡，花兒長得繁多茂密。飛燕草有長長的花穗，有藍也有白，還有耬斗菜、風輪草，美不勝收、令人驚嘆。

「你母親生前好喜歡這些植物，真的好喜歡，」老班說：「她以前老是說，只要是朝藍天生長的東西，她全都愛。她不是看不起土地，絕對不是。她說她熱愛土地，只是藍天看起來永遠充滿了喜悅。」

迪肯跟瑪麗之前種下的種籽已經長出來了，彷彿有精靈幫著照料似的。五顏六色的罌粟花，隨著微風輕輕款擺，花瓣亮著綢緞般的光澤，開心的跟在這裡落地生根多年的花朵爭奇鬥豔。這些元老級的花兒可能一頭霧水，搞不懂這裡怎麼會出現新來的花種？還有玫瑰，那些玫瑰啊！玫瑰叢挺立在草地上，莖藤纏繞著日晷，沿著樹幹往上盤旋，再從樹枝上懸垂下來，然後攀上牆壁，覆滿整個牆面，形成長長的花圈，有如瀑布般紛紛散灑下來——它們隨著每小時、每一天漸漸甦醒。還有美麗新鮮的葉子與蓓蕾。花蕾原本很嬌小，接著好像施展魔法一樣，慢慢膨脹，最後迸放開來，綻成盛滿香氣的花杯，細緻的香氣溢出杯緣，瀰漫在花園的空氣裡。

這些點點滴滴的變化，柯林全都看在眼裡。每天早上，他們帶他出來。只要不下雨，白天他一律在花園裡流連；即使是陰天，他也照樣玩得開開心心。他會躺在草地上「觀察植物生長」——他是這麼說的。柯林宣布，如果觀察的時間夠久，就能親眼看到花兒從花苞抽生出來，也能認識忙碌的奇怪小蟲。小蟲來回奔波不停，不曉得忙個什麼勁兒，一副有要務在身的模樣。蟲子有時扛著小小稻草、羽毛或食物殘渣，不然就是沿著草葉往上爬，把小草當大樹似的，好像一登上草尖，就能放眼探索整個鄉村。有隻鼴鼠忙著掘洞，在洞穴盡頭堆起小土堆，再用長長的腳爪替自己開路，腳掌看來就像樹林小精靈的雙手。某天，柯林花了整個早晨的時間，全心全意觀察這隻鼴鼠。無論是螞蟻、甲蟲、蜜蜂、青蛙、小鳥、植物，每種生物的生活方式都是一個新世界，可以供柯林自由探索。迪肯把這些生物的習性一一說明給柯林聽，再加上狐狸、水獺、白鼬、松鼠、鱒魚、河鼠、獾等等。他們能夠談論跟思考的話題真是無窮無盡！

這些都還不足以形容這個魔法有多神奇。靠自己的雙腳站起來這件事，刺激柯林深思一番。瑪麗跟柯林說，他練習走路的時候，她有使過魔咒，柯林聽了便覺得好興奮，也很認同，後來常常把這件事掛在嘴邊。

「這個世界上一定有很多種魔法，」有一天柯林很睿智的說：「只是大家都不知道有魔法，也不知道怎麼施展魔法。說不定一開始只是不停對自己說：有好事會發生、有好事會發生，最後事情就真的成真了。我要來實驗看看。」

隔天早晨，他們又回到祕密花園。柯林馬上要人去找老班來。老班盡快趕來了。他一到，就發現小王爺站在一棵樹下，姿態威風凜凜，但笑容燦爛美麗。

「早安，老班，」柯林說：「我有很重要的事情要跟你們說，我要你、迪肯跟瑪麗小姐站成一排聽我說。」

「是、是，小少爺！」老班說，一面舉手碰碰額頭行禮。老班隱藏多時的魅力之一，就是他年少時期曾經跑過船，遊歷過許多地方，知道水手會怎麼應答。

「我要做個科學實驗，」小王爺說明：「我長大以後，要從事偉大的科學發明。現在呢，就要從這個實驗開始。」

「是、是，小少爺！」老班立刻接腔，雖然他還是第一次聽說有「科學發明」這種東西。

瑪麗也是頭一次聽說，不過到這個時候，瑪麗也逐漸明白，柯林這人怪雖怪，卻讀過各種奇聞軼事，講起話來頭頭是道、說服力十足。雖然柯林才快十一歲，可是當他仰著臉，用那雙奇異眼睛盯著你看時，你好像就會不由自主相信他。此時，柯林突然興致一來，想學大人發表一場演說，說起話來特別教人信服。

「我目前要進行的科學大發現，」柯林繼續說：「就跟魔法有關。魔法是很棒的東西，但是除了古書裡的一些人之外，很少有人知道魔法的事。瑪麗知道一點點，因為她是在印度出生的，印度那邊有苦行僧。迪肯能迷住動物和人，我相信迪肯也懂得一些魔法，不過他自己可能不曉得。如果他不是動物魔法師的話，我絕對不會讓他來看我。因為男生也是動物，所以迪肯的魔法對男生也有作用。我確定所有的事物裡都有魔法，只是我們不夠敏銳，掌握不到，所以不懂得好好利用，就像利用電力、馬匹跟蒸氣那樣。」

這番話聽起來真是氣勢磅礡。老班不禁興奮起來，無法站定不動。

「說得好，說得好啊，小少爺。」老班開始把身子站得很直。

「瑪麗發現這裡的時候，花園看起來死氣沉沉，」小小演說家繼續說：「後來有東西開始從土裡冒出來，從無到有。前一天還光禿禿的，隔天就長出東西來。我以前從來沒有仔細觀察過這些事物，花園的情況讓我非常好奇。有科學頭腦的人總是很好奇，我就要當那樣的人。我一直對自己說：『那是什麼？那到底是什麼呢？』一定有某種力量，不可能沒有！我不知道那個力量叫什麼，所以把它叫做魔法。我從來沒看過日出，可是瑪麗跟迪肯看過，也跟我形容過，所以我確定日出也是魔法，一定有什麼力量把太陽推拉出來。自從我來到花園以後，有時候我會抬起頭，望著樹木之間的天空，心裡就會湧出奇怪的快樂感覺，好像有東西在我的胸口裡推推拉拉，讓我呼吸得更快更急。原本沒有的東西，經過魔法的推推拉拉，就出現了。所有的東西啊，都是魔法創造出來的，比方說葉子、樹木跟花朵啦，小鳥、獾、狐狸、松鼠啦，還有人類也是。魔法一定就在我們四周，在整個花園裡，在每個角落裡。這個花園的魔法讓我站起來，也讓我知道自己會活著長大成人。我要做的實驗就是，我要努力把一些魔法放進自己的身體裡，讓它發揮推推拉拉的作用，讓我變得更強壯。我不知道該怎麼做，可是我想，只要一直想著魔法，呼喚魔法，也許魔法就會過來。一開始可能要先用那種孩子氣的方法。我第一次試著站起來的時候，瑪麗急著唸唸有詞：『你辦得到！你可以的！』然後我就站起來了。當然，我自己也要努力，可是她的魔法幫了我，迪肯的魔法也是。不論什麼時間，只要我記得，我都要常常說：『我的身體裡有魔法！魔法讓我愈來愈健康！我以後會跟迪肯一樣強壯，我會跟迪肯一樣強壯的！』每天早上跟傍晚都要，你們一定也要。這就是我的實驗，老班，你願意幫忙嗎？」

「願意、願意，小少爺！」老班說：「行、行！」

「如果你們跟士兵操練一樣，每天都很規律的持續下去，我們就能看看有沒有變化，看看實驗會不會成功。大家學習東西的時候，就是不停反覆的練習說跟想，直到牢牢記進心裡。我想，魔法也是這樣。如果一直召喚魔法過來幫忙，魔法就會變成自己的一部分，就會留在身上發揮作用。」

「我以前在印度的時候，聽一個軍官跟我媽媽說，有的苦行僧唸禱文的時候，會重複唸上幾千幾萬遍呢。」瑪麗說。

「傑姆．費托沃斯的太太也是，我聽她把同一件事講了好幾千遍，她老是罵傑姆『死醉鬼』，」老班語帶諷刺的說：「當然了，這樣嘮叨幾千遍下來，事情自然會起變化。傑姆把他太太痛扁一頓，然後到藍獅酒吧喝個爛醉。」

柯林皺眉思索片刻，然後又開心起來。

「嗯，」柯林說：「你們看，這樣真的有效果。只是說，傑姆的太太用錯了魔法，最後逼得傑姆動手打人。如果傑姆的太太用對了魔法，對傑姆說好話，傑姆可能不會喝得醉醺醺，說不定、說不定反而會買一頂帽子送她呢。」

老班咯咯輕笑，那雙小小又精明的老眼睛流露欽佩。

「你這小子不僅有雙又好又直的腿，腦袋也是一級棒，」老班說：「下次我見到貝絲．費托沃斯，會給她一點暗示，讓她知道魔法能幫什麼忙。如果這種科學實驗有用，她一定又驚又喜，傑姆也會。」

迪肯站著聽完這場演說，圓眼閃現好奇快樂的光芒。果仁跟果殼站在他肩上，他的懷裡揣著一隻毛色雪白的長耳兔。他輕輕撫摸兔子，兔子把耳朵垂貼在背上，盡情享受。

柯林想知道迪肯在想什麼，就問迪肯：「你覺得這個實驗會有效果嗎？」柯林看到迪肯盯著自己看，或是望著小動物一面開心咧嘴微笑，就常常想知道迪肯到底在想什麼。

迪肯現在面帶微笑，笑容比平日還開懷。

「會啊，」迪肯回答：「我覺得會有效果，就跟太陽照在種籽上，種籽會發芽一樣，你的實驗會有效果的。現在就要開始嗎？」

柯林心情雀躍，瑪麗也是。柯林想起書本插圖裡苦行僧跟虔誠教徒的模樣，就提議大家盤腿坐在樹下，把樹蔭當成天篷。

「就像坐在神廟裡，」柯林說：「反正我也滿累的，想坐一下。」

「欸！」迪肯說：「你不能一開始就喊累，不然會破壞魔法的效果。」

柯林轉身看著迪肯，望進那雙無辜的圓眼裡。

「說得也是，」柯林慢慢說：「我心裡只能想著魔法。」

他們圍成一圈坐下，氣氛變得好莊嚴、好神祕。老班覺得自己好像來參加禱告會。平日，老班對禱告會這類活動敬謝不敏，可是這回攸關小王爺，所以並不覺得反感。事實上，被叫過來幫忙，還覺得挺窩心的。瑪麗小姐則感到一種肅穆的喜悅。迪肯把兔子兜在臂彎裡。也許迪肯發出了魔法師的訊號，只是沒人聽得見，因為當他跟其他人一樣盤腿坐下，烏鴉、狐狸、松鼠跟小羊全都慢慢靠攏過來，加入這個圓圈，各自找個角落棲息，彷彿是自願過來的。

「小動物都靠過來了，」柯林鄭重的說：「牠們想幫我們。」

瑪麗心想，柯林看起來好帥。他頭抬得高高的，彷彿覺得自己是祭司，那雙古怪的眼睛裡有種奇妙無比的神情。陽光透過樹頂天篷灑照在他的身上。

「現在要開始嘍，」柯林說：「瑪麗，要不要像回教苦行僧那樣，前後搖晃身體？」

「我可沒辦法晃來晃去，」老班說：「我有風濕痛啊！」

「魔法會治好你的風濕痛，」柯林用大祭司的莊嚴口吻說：「可是，我們等你的風濕痛好了以後，再來搖晃身體。我們先誦唱就好。」

「我哪會誦唱啊，」老班有些煩躁的說：「我只去教堂參加過一次唱詩班，馬上被他們踢出來。」

大家的態度都很誠懇認真，所以沒人發笑。柯林一心只想著魔法，臉上沒有掠過一絲不悅的陰影。

「那由我負責誦唱，」柯林說完便開始了儀式，看來就像是奇異的精靈孩子，「陽光閃閃發亮……陽光閃閃發亮，那就是魔法。花兒漸漸成長……根部蠢蠢欲動，那就是魔法。活著就是魔法……身強體壯就是魔法。魔法就在我的身體裡面……魔法就在我裡面，在我裡面……在我裡面，在我們每一個人裡面，也在老班的背裡面。魔法啊！魔法！請過來幫忙！」柯林這樣說了好多次，雖然還不到一千次，可是真的很多次。瑪麗聽得好陶醉。她覺得這段話好怪異、好美麗，真希望柯林能一直唸下去。老班開始覺得好平靜，彷彿緩緩飄入美好的夢境。蜜蜂在花叢裡嗡嗡飛鳴，跟柯林的誦唱聲揉合在一起，好像起了催眠作用，讓人直想打瞌睡。迪肯盤腿坐著，一隻手搭在小羊背上，兔子已經在他臂彎裡沉沉睡去。煤灰早把迪肯一邊肩膀的松鼠推開，縮起身子緊緊挨著他，灰眼膜已經闔起來。最後，柯林停下來了。

「現在我要繞著花園走。」柯林宣布。

老班的腦袋剛剛還往前垂，現在猛的抬起來。

「你睡著了。」柯林說。

「哪有，」老班咕噥：「這場講道還不錯啦……但我要趕在收奉獻金以前溜走。」

看來老班還沒完全清醒。

「你現在又不在教堂。」柯林說。

「當然不在，」老班打直身子說：「誰說我在教堂了？你說的話，我全都聽進去了。你說我背上有魔法，可是，醫生說我背上的東西叫風濕痛。」

小王爺揮揮手。

「那種魔法不對，」柯林說：「你會好起來的。你可以退下了，回去工作吧，可是明天要回來。」

「可是我想看你繞著花園走。」老班嘀咕。

那種嘀咕沒惡意，但還是一種牢騷。事實上，老班這老頭固執得很，對魔法信心不足，老早偷偷下定決心，如果小少爺硬要叫他先離開，他還是會踩著梯子、越過牆頭偷看。這樣小少爺一旦跌跤，他就能隨時拖著腳步趕回來扶他起來。

老班想留下來，小王爺並不反對。大家開始列隊，看來真的很像遊行隊伍。柯林領頭走最前面，迪肯跟瑪麗各站一邊，老班跟在後頭，小動物尾隨在後。小羊跟小狐狸貼身跟著迪肯。小白兔蹦蹦跳跳跟著往前走，偶爾停下來啃啃青草。煤灰在旁邊跟著，態度莊嚴肅穆，一副遊行總指揮的氣勢。

這支隊伍行進速度雖慢，但一派尊貴。每前進幾碼就小歇片刻。柯林倚在迪肯的手臂上，老班偷偷緊盯柯林的狀況。不過，柯林偶爾會擺脫支撐，獨力走幾步路。柯林自始至終都把頭抬得高高的，看來真是氣宇非凡。

「我的身體裡有魔法！」柯林不停說著：「魔法讓我愈來愈壯！我感覺得到！我真的感覺得到！」

好像真的有什麼力量在支撐柯林，提振他的精神。有時他坐在亭子的椅子上休息。另外一兩次，他坐在草地上歇歇腳。還有好幾次，他在花園小徑上停住腳步，倚在迪肯身上，但他鍥而不捨，直到繞完整個花園為止。回到天篷樹下的時候，他雙頰緋紅，一副凱旋歸來的勝利模樣。

「我辦到了！魔法真的有用！」柯林喊：「剛剛那個就是我的第一次科學大發現。」

「克瑞文醫生會怎麼說呢?」瑪麗脫口而出。

「他什麼都不會說的,」柯林回答:「因為我們不會告訴他,這個就是天底下最大的祕密。等我強壯起來,能跟其他男生一樣又走又跑,才能讓大家知道這件事。我每天都要坐輪椅過來,回屋裡去的時候,也要坐輪椅回去。我不希望大家竊竊私語、亂問問題。等這個實驗成功了,我才要讓爸爸知道。再過一陣子,爸爸會回米瑟威特,我要直接走進他的書房,然後說:『我來了,我跟其他男生一樣,我很健康,我會長大成人,這就是科學實驗的成果。』」

「你爸爸一定會以為自己在做夢,」瑪麗喊道:「他一定不敢相信自己的眼睛。」

柯林得意洋洋漲紅了臉。他相信自己會好起來——其實只要能意識到這點,就會明白自己已經離成功不遠。柯林想像,爸爸看到他站得筆直、身體強健,就跟其他人的孩子一樣,會露出什麼表情?這個想法對柯林來說,最有激勵作用了。柯林以前一直過著很不健康的病態生活時,最黑暗最悽慘的經歷之一,就是痛恨自己,因為他體弱多病、背部無力,連爸爸都害怕看到他。

「他不得不相信,」柯林說:「等到魔法發揮作用以後,在我投入科學大發現以前,我要做的一件事,就是當運動員。」

「再過一兩個星期,我們就帶你去練拳擊,」老班說:「這樣你會打遍天下無敵手，最後變成全英國的職業拳擊賽冠軍。」

柯林目光嚴厲看著老班。

「老班，」柯林說：「你真沒禮貌，別以為你現在知道這個祕密，就那麼放肆。不管魔法效果多好，我都不會去當職業拳擊手。我以後要當科學家，投入科學大發現。」

「對不起、抱歉啦，小少爺，」老班回答，用手碰碰額頭敬禮，「我不應該拿這事兒亂開玩笑的。」可是，老班眼裡閃爍光芒，心裡其實開心得不得了。被小少爺這樣斥責，老班其實並不介意，因為這就表示這小子體力愈來愈好，也愈來愈有精神了。

24「讓他們盡情笑吧。」

迪肯下過功夫的花園，不只祕密花園一個。荒原上的小木屋四周有塊地，外圍是一道粗石砌成的矮牆。不跟柯林與瑪麗碰面的日子，清晨時刻跟黃昏微光下，迪肯都在那裡忙著替媽媽栽種或照料植物，那兒種了馬鈴薯、甘藍、蕪菁、紅蘿蔔跟香草。在小動物的陪伴下，迪肯在小園子裡四處製造驚奇，似乎從不厭倦。迪肯挖土或除草的時候，會吹口哨或唱唱歌，唱一些約克郡荒原歌謠，不然就跟煤灰、隊長或是弟弟妹妹聊天。迪肯教會弟弟妹妹該怎麼當個小幫手。

「要不是有迪肯的小園子，」召爾比太太說過：「我們的日子就不會過得這麼舒服了。在他手中，什麼都長得出來。他種出來的馬鈴薯跟甘藍比別人家大兩倍，而且滋味很特別。」

迪肯的媽媽有點空閒的時候，總喜歡到園子裡跟迪肯聊天。晚飯過後有一段黃昏時光，視線還算清楚，也還能在園裡工作。那段時間也是他媽媽好不容易可以喘口氣的寧靜時光。她會坐在那道粗糙矮牆上，望著園子跟迪肯，聽他講講當天的大小事。

迪肯的媽媽好愛這段相處時光。園子裡不只有蔬菜，迪肯偶爾也會買點便宜的花種籽，播在醋栗叢，甚至是甘藍菜叢之間，過一陣子就會長出色彩鮮豔、芬芳撲鼻的花朵。迪肯也在菜圃四周種了木犀草、石竹花、三色堇等，它們的種籽不是可以年復一年存起來再用，不然就是在每年春季及時擴展根部，長成美好的花叢。這道矮牆是約克郡最美麗的景致之一，迪肯在每個縫隙裡種進荒原採來的毛地黃、蕨類、岩芥、灌木類花卉，最後整面牆花團錦簇，只露出一點點石頭。

「媽，如果想讓這些植物長得很茂盛，」迪肯會說：「只要跟它們做朋友就行了。植物跟小動物一樣，渴了給它們水喝，餓了給它們吃的。它們就跟我們人類一樣，都想活下去。要是它們死了，我會覺得自己是個壞蛋，對它們太無情了。」

召爾比太太就在這段向晚時光中，聽說了米瑟威特莊園的所有事情。起初，迪肯只告訴媽媽，「柯林小少爺」開始喜歡跟瑪麗到戶外活動，因為小少爺覺得這樣對身體有幫助。可是，不久以後，柯林跟瑪麗都同意，也要讓迪肯的媽媽「知道這個祕密」。至於跟迪肯的媽媽分享這個祕密，是不是「真的很安全」，這點倒是沒人懷疑。

所以，在某個美麗靜謐的傍晚，迪肯把事情的來龍去脈講了一遍，細細敘述令人興奮的細節：埋在地下的鑰匙；知更鳥；整個花園起初死氣沉沉的模樣，好似蓋了一層灰霧；瑪麗小姐本來打算絕口不提這個祕密，後來迪肯過來莊園這邊，瑪麗決定把祕密告訴他。還有，她本來懷疑柯林小少爺無法保密，但最後還是把他帶進這個隱密天地，整個過程高潮迭起；老班氣呼呼的臉從牆外探進花園，惹得柯林小少爺一不高興，力氣突然被激發出來。聆聽這段故事的過程中，召爾比太太那張姣好的臉龐幾次變了顏色。

「天啊！」迪肯的媽媽說：「那個小姑娘來到莊園，還真是好事一樁。不僅讓她有機會成長，順帶救了柯林一把。他竟然站起來了！大家還以為，他只是個可憐兮兮、腦筋有毛病的小鬼，渾身沒一根骨頭是直的呢！」

召爾比太太問了好多好多問題，那雙藍眼睛露出深思的神情。

「看到小少爺健健康康、開開心心，不再亂發牢騷，莊園的人有什麼反應？」迪肯的媽媽問。

「他們一頭霧水，」迪肯回答：「小少爺的臉每天都在變化，現在漸漸長出肉了，不像以前那樣有稜有角，臉色也不像蠟一樣蒼白了。不過他還是多少要抱怨一下。」迪肯露出饒有興味的微笑。

「天啊！為什麼呢？」迪肯的媽媽問。

迪肯咯咯輕笑。

「他要假裝抱怨，免得大家猜到祕密啊。如果讓醫生知道，醫生就會發現迪肯能站起來，可能就會寫信通知克瑞文老爺。柯林小少爺想親口跟爸爸說，所以想先保住這個祕密。他每天都要在雙腿上練習魔法，等到他爸爸回來，就能大步走進爸爸房間，讓爸爸看到自己跟所有的男孩一樣，也能站得又挺又直。可是他跟瑪麗小姐都覺得，偶爾還是要鬼叫一下、耍點脾氣，免得大家起疑。」

迪肯還沒講完，召爾比太太老早忍俊不住，發出低沉自在的笑聲。

「欸！」迪肯的媽媽說：「我敢說啊，這對孩子一定玩得很開心。他們裝模作樣，一定覺得很有趣。小朋友最愛演戲了。他們都怎麼做呢？迪肯啊，你說來聽聽吧。」

迪肯停下除草的工作，往後靠坐在腳跟上。迪肯跟媽媽娓娓道來，雙眼閃現津津有味的光芒。

「柯林小少爺每次要出門的時候，就叫僕人連著輪椅把他扛到樓下，」迪肯解釋：「柯林會對那個叫約翰的僕人發脾氣，怪他扛得不夠小心。離開房子的視線範圍以前，柯林會儘量裝得很無助，假裝虛弱到連頭都抬不起來。別人把他抱進輪椅的時候，他還會大發牢騷、裝作氣呼呼的樣子。他跟瑪麗小姐愈裝愈起勁。柯林又呻吟又抱怨的時候，瑪麗還會說：『可憐的柯林！有那麼痛嗎？你那麼虛弱嗎？可憐的柯林？』可是問題來了，他們有時候就是忍不住想笑。等我們進了花園，他們一覺得安全，就捧腹大笑，笑到喘不過氣來，還必須用柯林小少爺的抱枕摀住臉，免得讓附近的園丁聽見。」

「他們愈常大笑，就愈好！」召爾比太太邊笑邊說：「小孩子健健康康的笑口常開，比什麼時候吃藥都好。那兩個小朋友一定會愈長愈壯。」

「他們真的愈來愈壯了，」迪肯說：「他們老是覺得餓，想多討點東西來吃，可是又不想招惹閒話，所以不知道如何是好。柯林小少爺說，如果他一直叫人拿吃的來，大家就不會相信他有病。瑪麗小姐說，她要把自己的份分給他吃，可是小少爺說，如果瑪麗餓肚子就會變瘦。小少爺要他們兩個人一起變胖變壯。」

一聽到這種困境，召爾比太太開懷大笑。披著藍色斗篷的她，笑得前仰後合，迪肯也跟著哈哈笑。

「孩兒啊，我跟你說，」召爾比太太笑完以後說：「我想到一個辦法，可以幫幫他們。你早上去找他們的時候，可以帶一桶新鮮牛奶去，我也會幫他們烤一條外皮鬆脆的農家麵包，或是一些加點葡萄乾的小圓麵包，就是我們家孩子愛吃的那種。沒有比鮮奶加麵包更棒的東西了。這樣他們在花園的時候，就可以先用鮮奶跟麵包解解饑。等進了屋子，再拿精緻食物來填飽肚皮。」

「欸！媽媽！」迪肯佩服的說：「你真厲害！總是有辦法解決難題。他們昨天好煩惱，不知道如何是好，不去跟廚房多要點東西吃，又覺得肚子空空的。」

「這兩個小朋友長得很快，也愈來愈健康了。那樣的小孩胃口就像小狼一樣好，食物對他們來說就像血跟肉一樣重要。」召爾比太太說。接著她彎嘴露出微笑，跟迪肯一模一樣。「欸！不過他們肯定玩到樂翻天了吧。」她說。

這個讓人安心又奇妙的媽媽說得沒錯，她覺得他們兩個「演戲」一定演得很開心，真是一語中的。柯林跟瑪麗發現，最刺激的娛樂之一，就是裝模作樣。他們第一次想到要保護自己、免得被人發現祕密，是因為保母跟克瑞文醫生滿臉困惑，所以演戲的念頭不由自主浮現腦海。

「柯林小少爺，你胃口改善很多，」保母有一天說：「你以前啥也不吃，什麼都不合你胃口。」

「現在，沒有東西不合我胃口。」柯林回答，接著就看到保母用好奇的眼光打量他。柯林突然想起來，也許不該這麼快就露出太健康的樣子。「至少不會常常不合胃口，應該是新鮮空氣的關係吧。」

「大概是吧，」保母說，還是一頭霧水望著柯林，「可是，我一定要跟克瑞文醫生說。」

「保母一直盯著你看耶！」保母一走，瑪麗立刻說：「一副有什麼好打聽的樣子。」

「我才不會讓她打聽到什麼呢，」柯林說：「現在還不能讓別人發現我們的事。」

克瑞文醫生那天早上來訪時，也一臉困惑不解。醫生問了一堆問題，惹得柯林很不耐煩。

「你在花園裡待很久吧，」醫生提示：「你都去哪裡？」

柯林裝出自己最愛的態度：冷冰冰又威嚴十足。

「我去哪裡，是不會讓任何人知道的，」柯林回答：「我高興去哪就去哪，我吩咐大家迴避，不要讓別人盯著我看，你明明知道！」

「你好像整天都待在戶外，可是我想，這樣對你……是沒什麼壞處啦。保母說，你胃口比以前好得多。」

「大概吧，」柯林說，頓時靈光一閃，「這種食慾可能不正常。」

「我想不會吧，這些食物好像還滿適合你的，」克瑞文醫生說：「你肉長得很快，氣色也變好了。」

「也許……也許我的身體偷偷發燒，而且只是虛胖，」柯林裝出令人喪氣的陰沉模樣，「沒辦法活著長大的人通常……跟正常人不一樣。」

克瑞文醫生搖搖頭，握住柯林的手腕，將袖子往上推，摸摸他的手臂。

「你沒發燙啊，」醫生若有所思的說：「長出來的肉也很健康。如果繼續這樣進步下去，孩子，就不用擔心會死了。要是你父親知道你身體進步這麼多，一定會很高興。」

「我不要你們跟他說！」柯林語氣激烈的劈頭就說：「要是我狀況又變壞，只會讓他更失望。我的狀況今天晚上可能就會變壞，我可能會發高燒，我現在就覺得快燒起來了。不准你們寫信給我爸爸，不准、就是不准啦！你惹我生氣了，你明明知道生氣對我身體不好。我身體熱起來了。我最討厭別人盯著我看了，也討厭別人在信裡寫我的事。我討厭大家私底下討論我的事！」

「噓、噓！孩子，」克瑞文醫生安撫柯林，「沒經過你的批准，我們誰也不會發信給他。你敏感過度了啦。好不容易才有了進展，可別走回頭路啊。」

醫生不再提起寫信給克瑞文先生的事。醫生遇到保母時，私下警告她，千萬別跟小病人提起寫信的事。

「這孩子的狀況好太多了，」醫生說：「進步這麼神速，簡直反常。我們以前苦苦勸他多活動多進食，他說什麼也不肯，現在卻自願這麼做，健康自然會改善。不過，他還是很容易激動，千萬別說會激怒他的話。」

瑪麗跟柯林警覺起來，焦慮不已的討論這件事。兩人的「演戲」計畫就是從這時開始的。

「我可能還是必須發發脾氣耶，」柯林遺憾的說：「雖然我不想再發脾氣了。我現在沒那麼難過，沒辦法很激動的大發脾氣。搞不好，我根本發不了脾氣了。喉嚨現在沒有那種哽住的感覺，滿腦子不是恐怖的事，而是快樂的事。可是，如果他們一直講要寫信給爸爸，我就必須想辦法阻止他們。」

柯林下定決心少吃一點。無奈的是，這個好主意根本行不通。他每天早上一醒來就胃口大開，早餐早已擺在沙發附近的桌子上：家常麵包、新鮮奶油、雪白的蛋、覆盆子果醬、凝脂奶油。瑪麗都來跟他共進早餐。他們只要走到桌邊，美食當前，特別是熱騰騰又可口的火腿薄片，從熱熱的銀製保溫蓋下，冒出誘人的香氣時，就只能絕望的面面相覷。

「瑪麗啊，我想，我們今天早上先把早餐吃光吧，」柯林到最後總是說：「午餐可以吃少一點，然後晚餐留很多都別吃。」

可是，他們發現自己每次總是把飯菜掃個精光。碗盤送回餐具室的時候總是空空如也，大家開始議論紛紛。

「我真希望……」柯林說：「我真希望火腿片能夠切厚一點，每人一個瑪芬根本不夠吃嘛。」

「對快死掉的人來說，一個瑪芬就夠了，」瑪麗第一次聽到柯林這麼說，就這樣回答：「可是對一個會繼續活下去的人，真的不夠。有時候，荒原上傳來石南跟荊豆的新鮮香氣，從窗戶飄啊飄進來，我就覺得自己吃得下三個瑪芬。」

迪肯突然拿出牛奶與麵包的那天早上，他們又驚又喜的鬧成一片。那時他們已經在花園玩了兩個小時左右，迪肯走到一大片玫瑰樹叢後面，拿出事先藏好的兩只錫桶。一桶裝滿濃郁的鮮奶，上面浮著一層奶油。另一桶裝了葡萄乾小麵包，用藍白相間的乾淨餐巾仔細裹著，竟然還熱呼呼的呢。召爾比太太的點子實在棒極了！真是個善良又聰明的女士！小麵包好可口！鮮奶真好喝！

「她身上也有魔法，就跟迪肯一樣，」柯林說：「所以她都能想到該怎麼處理事情，她總是會找到好辦法。她是個有魔法的人。迪肯，請跟你媽媽說，我們很感激……我們感激不盡。」

柯林有時候會學大人的口吻說話。他滿喜歡這樣的。就是因為很喜歡，所以愈說愈順口。

「跟你媽媽說，她真是慷慨大方，我們真的銘感五內。」

接著柯林拋下威嚴，搖身變回飢腸轆轆的小男孩，迫不及待啃起小麵包，大口暢飲桶子裡的鮮奶。柯林的活動量比以往都大，加上吸了不少荒原空氣，況且離早餐兩個多小時了，難怪肚子會餓。

這只是一開始而已，這種愉快的點心時間之後會持續好一陣子。柯林跟瑪麗後來想到，召爾比太太家裡有十四張嘴要吃飯，要是天天還得滿足他們兩個人的胃口，食物可能不夠。於是他們請召爾比太太收下一點錢，當作購買食材的費用。

花園外頭的林苑樹林，是瑪麗當初看到迪肯對野生動物吹笛的地方。迪肯在那裡發現一個又小又深的坑洞，可以用石頭在上面搭個小爐子，烤烤馬鈴薯跟雞蛋。這個發現讓大家振奮不已。柯林跟瑪麗從不知道烤雞蛋竟然這麼美味；熱騰騰的馬鈴薯撒上鹽巴，再加上奶油，簡直是森林國王的高級享受，好吃得讓人飄飄欲仙。柯林跟瑪麗用自己的錢買馬鈴薯跟雞蛋，愛吃多少就吃多少，不必擔心跟十四個人搶食物，真是幸福極了。

每個美麗的早晨，這個神祕團體都圍成圈子坐在李子樹下，魔法悄悄發揮效用了。李子樹在短暫的花期之後，綠葉愈長愈茂密，恰好可以作為遮蔭用。誦唱的儀式過後，柯林總會繞著花園練習走路。一整天下來，他不時都會去運用自己新發現的力量。他每天愈來愈強壯，腳步踩得更穩健，走動範圍也逐漸擴大。隨著每天過去，他更相信魔法。他的實驗一個試過一個，也覺得自己愈來愈有力氣。而讓他見識到最棒實驗的，就是迪肯。

「昨天啊，」迪肯沒來的隔天說：「我到司威特村去幫媽媽跑腿。我在藍牛客棧附近遇到巴伯．海沃茲，荒原上最壯的小伙子，也是摔角冠軍，跳得比誰都高，丟鎚子也丟得最遠。他老遠跑到蘇格蘭比賽，在那裡待了好幾年。我小時候就認識他了。他很好相處，所以我請教了他一些問題。柯林小少爺，村裡的仕紳都叫他『運動員』，所以我就想到你。我跟他說：『巴伯，你肌肉好結實，怎麼練出來的？你變得那麼壯，有什麼妙方？』巴伯就說：『嗯，有啊，小子，是有方法沒錯。以前有個很強壯的人來司威特村表演，他教我怎麼鍛鍊手臂跟雙腿，還有身上的每塊肌肉。』我就說：『巴伯，這些方法也可以讓瘦弱的男生強壯起來嗎？』巴伯邊笑邊說：『你就是那個瘦弱的男生嗎？』我說：『不是啦，可是我認識一個小紳士，他生了很久的病，現在漸漸康復了。我希望學點鍛鍊身子骨的訣竅，拿來教他。』我沒提你的名字，巴伯也沒問。我剛說過巴伯人很好，他就很和氣的站起來示範給我看。我模仿他的動作，最後就背起來了。」

柯林興奮難抑的聽著。

「可以做給我看嗎？」柯林喊道：「可不可以？」

「欸，當然嘍，」迪肯邊站起來邊回答：「可是巴伯說，一開始練習的時候，動作要放輕點，小心別讓自己累過頭。動作跟動作之間，可以稍微休息一下，也要深呼吸，別練過頭喔。」

「我會小心的，」柯林說：「快做給我看！快做給我看嘛！迪肯，你是世界上最神奇的男生！」

迪肯在草地上站起來，慢慢示範一連串的肌肉運動，動作設計得很周詳，實用又簡單。柯林瞪大眼睛看著，有些動作他坐著就能做。不過，因為雙腿已經很穩健了，所以也跟著站起來，輕輕練了幾種動作。瑪麗也開始跟著做。煤灰看著他們表演，因為做不來而懊惱得很，索性飛離枝頭，在旁邊不安的跳來跳去。

從那時起，這些肌肉運動就跟施展魔法一樣，變成每日必做的功課。柯林跟瑪麗每次嘗試，能夠完成的動作也愈來愈多，結果胃口又更好了。要不是迪肯每天早上用籃子帶食物來、藏在樹叢後面，他們老早就餓得頭昏眼花。用小坑洞搭成的小火爐烤出來的東西，加上召爾比太太準備的豐盛食物，吃得他們心滿意足。梅德拉克太太、保母、克瑞文醫生又摸不著頭腦了。如果你肚子裡填滿了烤雞蛋、馬鈴薯、濃郁的泡沫鮮奶、燕麥蛋糕、小圓麵包、石南蜜、凝脂奶油，早餐當然可以隨便吃吃，甚至可以對晚餐不屑一顧。

「他們幾乎沒怎麼吃，」保母說：「要不趕快勸他們補充營養，他們可是會餓死的。可是，瞧瞧他們的模樣。」

「看！」梅德拉克太太驚呼：「唉！他們真快把我煩死了，真是一對小惡魔。廚子端出上好的菜色來吸引他們，他們前一天狼吞虎嚥，隔天又不屑一顧。那道嫩雞、麵包沾醬都那麼可口，可是他們昨天卻連叉子也沒動，嚐都沒嚐一口。可憐的女廚子還特別為他們研發新口味的布丁呢，結果竟然原封不動退回來，女廚子差點哭出來。她擔心得要命，要是他們餓死了，有人會把錯怪在她頭上。」

克瑞文醫生來看診，花了不少時間仔細檢查柯林。保母跟醫生聊了聊，讓他瞧瞧早餐托盤，醫生的神情非常憂慮。保母特地留下餐盤給醫生看，上面的餐點幾乎碰也沒碰。醫生在沙發旁邊坐下並檢查柯林時，更加擔憂了。醫生之前到倫敦出差，已經將近兩星期沒見到這男孩了。小孩子健壯起來的時候，成長速度飛快。柯林皮膚已經不再像蠟一般死白，現在透著溫暖的玫瑰色。那雙美麗的眼睛變得很清澈，眼窩不再凹陷，臉頰跟太陽穴豐滿起來。一頭深色頭髮原本沉甸甸，現在有了生命力，健康的髮絲看來柔軟又溫暖，從額頭上彈開。嘴唇豐滿了些，唇色也較為正常。事實上，柯林這個模樣還要硬裝成病人，實在不倫不類。克瑞文醫生手托下巴，沉吟起來。

「聽到你什麼都不吃，我覺得很難過，」醫生說：「這樣不行喔。最近你的健康狀況突飛猛進，如果飲食不正常，又會失去健康。你前一陣子胃口明明很好啊。」

「那種胃口不大正常，我跟你說過。」柯林回答。

瑪麗坐在附近的凳子上，突然發出非常古怪的聲響，她拚命想壓下那個聲音，最後反倒嗆住自己。

「怎麼啦？」克瑞文醫生轉頭看著瑪麗說。

瑪麗馬上一臉正經。

「好像要打噴嚏，又好像要咳嗽，」瑪麗正色回答，語帶責備，「結果卡在喉嚨裡了。」

「可是，」瑪麗事後跟柯林說：「我就是忍不住想笑嘛。想到你最後吃了個大馬鈴薯，還有你張開大嘴，咬下可口的麵包，麵包皮厚厚脆脆，上面還塗了果醬跟凝脂奶油，所以才噗哧笑出來。」

「小朋友有什麼管道可以偷偷拿到東西吃嗎？」克瑞文醫生問梅德拉克太太。

「除非從地裡挖或到樹上摘，」梅德拉克太太回答：「他們整天待在庭園裡，沒別的玩伴。而且，如果他們想叫廚房準備不同口味的東西，只要開口吩咐就行啦。」

「嗯，」克瑞文醫生說：「要是他們不吃東西還撐得過去，我們也用不著太擔心。那男孩簡直像脫胎換骨。」

「那女孩也是，」梅德拉克太太說：「她身上長了肉，原本表情很臭的小醜臉也變得漂亮多了。頭髮濃密起來，看起來很健康，臉色明亮。她以前是個悶悶不樂、性情古怪的小東西，現在她跟柯林小少爺老是笑聲不斷，像一對玩瘋了的小朋友。搞不好他們是靠笑聲變胖變壯的呢。」

「也許是吧，」克瑞文醫生說：「讓他們盡情笑吧。」

25 簾幕

祕密花園裡，繁花朵朵盛放。每天早晨都有新的奇蹟出現。鳥巢裡，知更鳥的伴侶正在孵蛋，牠張開翅膀小心翼翼護著鳥蛋，用小小羽絨胸膛替鳥蛋保暖。知更鳥的伴侶起初緊張兮兮，知更鳥也兇巴巴的保持警戒。這陣子，連迪肯都不敢靠近那個密草叢生的角落，他耐心等候，彷彿透過某種神祕的魔咒，靜靜向這對小鳥的靈魂傳遞訊息：花園裡的生物都跟牠們一樣，都能瞭解牠們目前正在經歷的神奇事情：「蛋」的美麗跟莊嚴無邊無際、溫柔無比，既令人生畏，也教人心碎。要是蛋被拿走或是受傷害，整個世界就會天旋地轉、墜落崩毀——如果這個花園裡，有人打從心裡無法體會，無法感受也不願遵守這個原則，那麼，即使在完美的春日時光裡，也享受不到幸福快樂的氣息。不過，這個花園裡的人與動物全都明白，也能感同身受。知更鳥跟伴侶也都曉得大家都懂。

一開始，知更鳥焦慮不已的觀察瑪麗與柯林。基於某種神祕的理由，牠知道不需要提防迪肯，那雙亮如露珠的黑眼珠第一回看到迪肯時，就知道他不是陌生人，而是某種沒有鳥喙跟羽毛的知更鳥。迪肯會說知更鳥話，這種鳥語非常特殊，不會跟別種語言混淆。對知更鳥說知更鳥話，就像是對法國人講法語一樣。迪肯遇到知更鳥的時候，總是說知更鳥話，所以他跟人類嘰哩咕嚕說的那種怪話，對知更鳥來說根本無所謂。知更鳥以為，迪肯之所以對人類說那種胡言亂語，是因為人類不夠聰明，聽不懂鳥類語言。迪肯的動作也很像知更鳥。突發的動作感覺起來就是危險，不然就是具威脅性，可是迪肯從來不會突然做出動作，所以不會嚇到動物。任何知更鳥都能讀懂迪肯的一舉一動，因此他的存在不會打攪到牠們。

可是打從一開始，知更鳥就覺得必須提防另外兩個小孩。首先，那個男孩不是靠自己的雙腿走進花園，而是坐在有輪子的東西上被推進來，身上還蓋了野生動物的毛皮，單是這點就很可疑了。後來，男孩開始站起來走動，動作古怪又生疏，其他人好像還得幫忙。

知更鳥習慣躲在灌木叢裡，憂心忡忡觀察著，腦袋一開始偏這邊，然後換另一邊。牠心想，男孩動作很慢，可能表示隨時準備撲過來，就像貓咪那樣。貓咪向前撲襲以前，會先匍匐在地，速度緩慢的往前爬行。連續好幾天，知更鳥都跟牠伴侶談論這件事，可是後來決定不再碰這個話題，因為把伴侶弄得心驚膽跳，牠擔心反而對牠們的蛋會有不良影響。

當那個男孩開始獨力走路，移動的速度快了些，知更鳥才鬆了一大口氣。可是有好長一段時間——至少對知更鳥來說，感覺很久——這男孩一直是牠焦慮的來源。男孩的動作跟其他人類不大一樣。男孩好像很喜歡走路，可是坐下來或躺下休息一會兒之後，再次站起來繼續走的時候，姿態好奇怪，讓知更鳥忐忑不安。

某天，知更鳥回想起爸媽當初要牠學飛的情景，那時牠的狀況也差不多是這樣。才飛幾碼距離，就得休息一下。所以牠想，男孩應該是在學飛，不然就是在學走路。牠對伴侶提起這點。當牠告訴伴侶，等寶寶孵出來、長羽毛以後，學飛的動作可能也跟這男孩一樣。伴侶聽了安心許多，甚至對男孩產生濃厚的興趣，開始津津有味的從鳥巢邊悄悄觀察男孩。不過，知更鳥的伴侶總是覺得，牠們的寶寶以後一定更聰明、學得更快。不過，知更鳥的伴侶一轉念又寬容的想，反正人類本來就比鳥類笨拙遲鈍，而且大多數人好像根本沒辦法學飛。牠們從來不曾在空中或樹梢上遇見人類。

過了一陣子，男孩走路的動作開始跟其他人一樣了，可是那三個小孩有時候會做出很奇怪的事。他們會站在樹下，一起擺動雙臂、雙腿跟腦袋，但又不是走路，也不是奔跑，更不是坐下。每天隔一段時間就會重複這套動作。這些孩子在做什麼，或是有什麼盤算，知更鳥永遠沒辦法跟伴侶解釋清楚。牠只能說，鳥寶寶到時拍翅膀的動作，一定不會像那樣。可是既然那個很會說知更鳥話的男孩也跟著做，小鳥大可以放心，這些舉動不會帶來危險。知更鳥跟伴侶當然沒聽過摔角選手巴伯・海沃茲，也沒聽過他鍛鍊肌肉的體操。知更鳥跟人類不一樣；牠們注定要飛行，所以從小鍛鍊，自然會發展出結實健康的肌肉。如果三餐都得飛出門覓食，肌肉當然不會萎縮——「萎縮」的意思是，因為缺乏使用而衰弱退化。

那個男孩跟其他孩子一樣，在花園裡四處走動奔跑、挖土拔草，花園角落裡的鳥兒窩在巢裡，在一片安詳與滿足的氣氛中孵蛋。牠們不再為自己的蛋惶惶不安，知道蛋很安全，就像鎖在銀行保險庫裡一樣，而且孵蛋時還可以一面觀賞那麼多稀奇古怪的事，替長時間坐著孵蛋的工作增添不少樂趣。每逢下雨，小朋友不會到花園來，鳥媽媽有時還覺得有點單調呢。

可是，對瑪麗跟柯林來說，雨天可是一點也不乏味。有天早上，雨水淅瀝嘩啦落下，柯林開始有點坐立不安。站起來走動會讓別人發現他的祕密，所以他不得不待在沙發上，此時瑪麗靈機一動。

「我現在是個真正的男孩了，」柯林說：「我的雙腳、雙臂跟全身都充滿了魔力，根本沒辦法停住不動，它們還是想動來動去。瑪麗，你知道嗎？我早上醒來的時候，時間還很早，小鳥在外面高聲啼鳴。所有的東西都好像在歡呼，像是樹木啦，我們聽不見的東西都是。我好想跳下床，跟著放聲大叫。可是要是真的叫出聲，誰曉得會發生什麼事！」

瑪麗毫不節制放聲大笑。

「保母會連忙衝過來，梅德拉克太太也會快跑過來。他們一定會覺得你瘋了，然後趕緊叫醫生來。」瑪麗說。

柯林也咯咯發笑。他可以想像大家會露出什麼表情。他們聽到他狂叫，一定會嚇破膽；再看到他直挺挺站著，肯定驚訝得下巴一掉。

「真希望爸爸快回來，」柯林說：「我想親口告訴他。我一直在想這件事，可是我們沒辦法再裝很久。躺著不動、假裝生病，我快受不了了。而且，我的樣子變太多了。真希望今天沒下雨。」

這時，瑪麗小姐靈光乍現。

「柯林啊，」瑪麗神祕兮兮的說：「你知道這棟房子有多少房間嗎？」

「我想，大概一千個吧。」柯林回答。

「大概有一百間都沒人進去唷，」瑪麗說：「有一天下雨，我偷偷跑去看了好多好多間。沒人知道，不過梅德拉克太太差點發現我亂跑。我回房間的時候迷了路，就在你這條走道的盡頭停下腳步。那是我第二次聽到你的哭聲。」

柯林從沙發上彈起身。

「一百個沒人進去的房間，」柯林說：「聽起來就跟祕密花園差不多嘛。我想我們可以去瞧瞧。你可以幫我推輪椅，這樣就不會有人知道我們去哪裡。」

「我也這樣想，」瑪麗說：「一定沒人敢跟蹤我們。你可以在陳列室那邊跑來跑去，我們還可以做做體操呢。那邊有間印度風的小房間，櫃子擺滿了象牙雕成的大象。另外還有各式各樣的房間唷。」

「你搖搖鈴吧。」柯林說。

保母過來的時候，柯林下達指令。

「我要用輪椅，」柯林說：「我跟瑪麗小姐要去看看房子裡沒人用的區域。約翰可以幫我推到陳列室那裡，因為那邊有一點階梯。然後他一定要離開，讓我們自己玩，等我叫他過來，他才能來。」

那天早晨，雨天感覺再也沒那麼恐怖了。男僕把輪椅推進陳列室，遵照指令讓兩個小孩獨處。柯林跟瑪麗喜孜孜看著對方。等瑪麗確定約翰已經回到樓下的工作區，柯林立刻離開輪椅。

「我要從陳列室的一邊跑到另一邊，」柯林說：「還要跳來跳去，然後我們一起做巴伯．海沃茲的體操。」

這些事情他們不但全都做了，還做了很多別的活動。他們觀賞那些肖像，找到那個長相平凡的小女孩。那個小女孩穿著織錦綠洋裝、手指上站著鸚鵡。

「這些人，」柯林說：「一定都是我的親戚，是很久以前的人。那個鸚鵡女生，一定是我的曾曾曾姑婆。瑪麗，她跟你好像呢——不是你現在的樣子，而是你剛來莊園的模樣。現在你長胖許多，也變得好看很多。」

「你也一樣啊。」瑪麗說。兩人呵呵大笑。

他們到印度風情的房間去，開心把玩著象牙大象。他們找到那個浮花織錦布置而成的玫瑰色女士起居間，還有老鼠在抱枕上留下來的洞。老鼠寶寶已經長大離開，只剩空空的洞。

他們又逛了更多房間，比瑪麗第一趟漫遊時，發現了更多東西。他們找到新的走廊、角落、階梯，還找到他們欣賞的古畫，以及不知功能的怪東西。這天早晨怪異有趣，他倆在房子裡四處遊蕩，明明知道這間房子裡還有其他人存在，可是好像離得好遠，這種感覺真教人著迷。

「真高興我們過來了，」柯林說：「我從來就不知道自己住的老房子這麼大又這麼怪。我真喜歡。以後只要下雨，我們就可以到處亂逛。我們會不斷找出新的怪角落跟新的東西。」

不只如此，他們那天早上還找到好胃口呢。他們回房間之後，把早午餐吃得一口也不剩，根本無法原封不動退回廚房。

保母把餐具托盤收回樓下時，往廚房料理檯上用力一放，讓廚子魯米思太太看看碗盤吃得多乾淨。

「你瞧瞧！」保母說：「這棟房子真是個謎，其中最神祕的就是那兩個孩子了。」

「如果每天維持那樣的胃口，」年輕男僕約翰說：「他這個月的體重要是比上個月重一倍，也沒什麼好奇怪的了。再過不了多久，我可能就得辭掉我這份差事，要不然老要抬他，我擔心肌肉會受傷。」

那天下午，瑪麗發現柯林的房間有了變化。其實瑪麗昨天就注意到了，但當時以為只是湊巧，所以什麼也沒提。瑪麗今天也沒提，只是坐著，目不轉睛望著壁爐架上的畫像。因為簾幕早已拉開，她可以看個仔細。這就是她注意到的變化。

瑪麗盯了好一會兒。柯林說：「我知道你希望我跟你講什麼。你希望我跟你講什麼的時候，我都知道。你一定在想，簾幕為什麼拉開了？以後我都要讓簾幕開著。」

「為什麼？」瑪麗問。

「因為媽媽笑嘻嘻的模樣，已經不會再惹我生氣了。兩天前，我半夜醒來，月光好明亮，房間裡好像充滿了魔法，每樣東西都發出光輝，我根本沒辦法靜靜躺著。我起床走到窗邊，望出窗外。房間很亮，簾幕上映著一片月光。不知為何，我就走過去拉拉繩子。她笑嘻嘻的往下看著我，好像因為看到我站在那裡，所以很開心。所以我也喜歡看著她，希望隨時都能看到她的笑容。我想，她可能也是有魔力的人。」

「你現在跟她好像喔，」瑪麗說：「有時候我在想，搞不好你是她靈魂化身變成的男孩喔。」

這個想法打動了柯林。他好好思索一番，然後緩緩回答瑪麗。

「如果我是她的靈魂變成的……那麼爸爸可能會喜歡我。」柯林說。

「你希望他喜歡你嗎？」瑪麗問。

「就是因為他不喜歡我，所以我以前一直忿忿不平。如果他開始喜歡我，我想我會跟他講講魔法的事，這樣他可能會開心一點。」

26「媽媽來了！」

他們一直對魔法深信不疑。早上唸完魔法禱文以後，柯林有時候會向大家發表關於魔法的演說。

「我喜歡演講，」柯林解釋：「等我長大，投入科學大發現的時候，就必須向大家講解，所以現在先來練習。我現在還小，只能做短短的演講，而且如果講太長，老班會以為自己在教堂，然後就會呼呼大睡。」

「演講最大的好處呢，」老班說：「就是可以站起來說話，愛講什麼就講什麼，聽眾都不能回話。我自己也想找個時間來講講。」

可是，當柯林站在樹下開始演說，老班就會露出關懷的眼神、目不轉睛望著他。老班上下打量柯林時，雖然有品頭論足的意思，卻是一派深情。老班真正感興趣的不是演講內容，而是柯林的變化。柯林那雙腿每天愈伸愈直、愈變愈壯；孩子氣的腦袋抬得高高穩穩；原本尖瘦的下巴跟凹陷的臉頰，現在都長出了肉，豐滿起來，雙眼也開始散發光彩，就像老班記憶裡的另一雙眼眸。有時，柯林感覺到老班那種很熱誠的眼神，便認為那是因為老班對演講內容心生佩服。柯林很好奇老班到底在想些什麼。有一回，老班又露出入神的模樣，柯林就問老班原因。

「老班，你在想什麼？」柯林問。

「我在想啊，」老班回答：「我打賭你這星期一定胖了三、四磅吧。我剛剛在看你的小腿跟肩膀。真想把你擺在秤子上，秤秤體重。」

「那是魔法的作用，還有召爾比太太的小麵包、牛奶跟其他東西的功勞，」柯林說：「你知道的，那個科學實驗已經成功了。」

那天早上，迪肯來得比較晚，錯過了那場演說。當他抵達的時候，因為沿路奔跑而滿臉通紅，那張有趣的臉比平常更明亮燦爛。雨天過後，他們有很多雜草要除，於是馬上開始動工。下過暖雨，雨水深深滲入地裡之後，他們總是有很多事情要忙。水氣對花朵很有助益，也會促進雜草的生長。小小的草葉尖兒在雨後紛紛冒出頭，他們一定要趁雜草的根部還沒牢固以前拔掉。這陣子，柯林的除草功力練得跟其他人一樣好，還有辦法邊除草邊演說呢。

「忙著工作的時候，魔法的效用最強，」柯林今天早上說：「你可以在骨頭跟肌肉裡感覺到。我以後要讀讀骨骼跟肌肉方面的書，不過我也要寫一本關於魔法的書。我現在就等於在蒐集寫書的資料，我一直都有新的發現。」

柯林一說完，立刻放下鏟子站起來，足足有好幾分鐘沉默不語。看得出來他正在構思演說內容，他常常這樣。他丟下鏟子、站直身子的時候，瑪麗跟迪肯都覺得是因為他突然萌生了什麼強烈的想法。他極力伸展身子，興高采烈使勁展開雙臂，臉色紅潤發亮，奇異的雙眼因為歡喜而睜得老大。他突然徹底領悟到某件事。

「瑪麗！迪肯！」柯林喊道：「你們看看我！」

他們停下拔草的動作，望著柯林。

「你們記不記得帶我進來的第一個早晨？」柯林質問。

迪肯專注的望著柯林。身為動物魔法師，迪肯觀察到的事物向來比大部分人多，而其中有絕大多數他從不對外透露。現在他也在這男孩身上察覺到一些東西。

「嗯，記得啊。」迪肯回答。

瑪麗也全心全意看著柯林，但什麼也沒說。

「就在剛剛，」柯林說：「我看到自己拿著鏟子挖土，就突然想起來花園的第一天。所以我一定要靠自己站起來，看看這一切是不是真的，結果是真的！我的身體好起來了！我好起來了！」

「是啊，你好起來了！」迪肯說。

「我好起來了！我好起來了！」柯林滿面通紅的又說了一遍。

其實柯林之前多少知道自己慢慢好起來了。他抱著康復的希望，不只感覺得到，也仔細思考過康復的事。可是就在剛剛那一刻，有什麼竄遍了全身——是某種讓人欣喜若狂的信念跟領悟。這種感受好強烈，讓他不禁高喊出聲。

「我會永遠、永遠、永遠活下去！」柯林氣宇非凡的說：「我會發現千千萬萬個新事物。我會跟迪肯一樣，發掘人類、動物跟所有生物的事，而且我永遠會繼續施展魔法。我好起來了！我好起來了。我覺得、我覺得想要大聲喊點什麼，把感謝跟快樂都喊出來！」

老班本來一直在玫瑰叢埋頭工作，現在轉身望著柯林。

「你可以唱唱讚美詩啊，」老班沒好氣的咕噥。他對讚美詩沒什麼意見。他會這樣提議，倒不是因為對讚美詩有什麼特別的敬意。

柯林對讚美詩一無所知，但有顆喜愛探索的心。

「什麼是讚美詩？」柯林問。

「我敢說，迪肯可以唱給你聽聽。」老班回答。

迪肯聽到後，露出動物魔法師那種無所不知的笑容。

「大家上教堂的時候都會唱，」迪肯說：「媽媽說，她相信雲雀早晨起床的時候，也會唱讚美詩。」

「如果她那樣說，那一定是很好的歌，」柯林回答：「我以前病得太重，沒去過教堂。迪肯，你唱唱看，我想聽。」

迪肯對這件事的態度單純不做作。迪肯比柯林本人還瞭解柯林的感受。但迪肯憑的是非常自然的本能反應，根本不曉得自己有這番體會。迪肯摘下帽子，依然面帶笑容環顧大家。

「你一定也要脫帽，」迪肯對柯林說：「老班，你也是，你知道規矩的。」

柯林專注的望著迪肯，順手脫下帽子。陽光燦爛，烘暖他那頭濃密的頭髮。原本跪著工作的老班，手忙腳亂站起身，跟著脫帽，那張老臉露出困惑又忿忿不平的表情，彷彿搞不懂為何要做這種莫名其妙的事。

迪肯站在樹木跟玫瑰花叢間，用小男生那種精神抖擻的好嗓子唱歌，唱法單純又平實：

讚美真神，萬福之源，
世上萬民讚美主恩，
天使天軍讚美主名，
讚美聖父　聖子　聖靈。
阿們。

迪肯一唱完，老班站著不動，固執的繃著下巴，但眼神略顯不安，盯著柯林直看。柯林的臉上露出沉思和欣賞的表情。

「這首歌很好，」柯林說：「我喜歡。可能說中了我的心聲：我很感激魔法，所以想要歡呼。」柯林頓住，困惑的思考著。「搞不好這首歌講的，跟我說的魔法，就是同一件事呢！我們沒辦法知道所有事物的正確名稱。迪肯，你再唱一次吧。瑪麗，我們也來試試。我也想唱，這是我的歌，要怎麼開始？『讚美真神萬福之源』嗎？」

他們又唱一次。瑪麗跟柯林儘量拉高嗓子，想唱得更有韻味。迪肯引吭高歌，嗓音美妙。唱到第二行的時候，老班刺耳的清清喉嚨，到了第三行，就精力充沛的一起唱和，聲音幾乎有點粗蠻。唱到結尾的「阿們」時，瑪麗觀察到老班又露出之前的模樣，就是當初發現柯林沒有殘疾時的反應：下巴抽搐，瞪大眼睛眨不停，粗糙滄桑的臉頰老淚縱橫。

「我從來不覺得讚美詩有啥意思，」老班啞著嗓子說：「不過，我現在可能會改變主意。柯林小少爺，你這星期一定重了五磅吧、五磅！」

柯林的目光越過花園，有什麼吸引了他的注意力。接著他表情大變，露出驚嚇的模樣。

「誰溜進來了？」柯林急促的說：「那是誰？」

長春藤園牆上的門已經輕輕推開，有個女士走進花園。她進來的時候，正巧聽到他們唱最後一句，她在原地佇立不動，望著他們，聽他們唱。長春藤襯在她背後，陽光透過樹木，在她的藍色斗篷上灑下斑斑光點，她那張清新姣好的臉龐帶著笑容，視線越過一片綠意投射過來。她的模樣像是柯林書本裡色調柔和的彩繪插圖，那雙美妙的眼眸充滿慈愛，彷彿將一切盡收眼底，包括老班、小動物、每朵盛開的花。她出乎意料的現身，卻沒人覺得她擅闖這片天地。迪肯的雙眼像燈一般亮了起來。

「是媽媽、是我媽媽！」迪肯喊道，拔腿越過草坪。

柯林也開始往迪肯媽媽那裡走去，瑪麗跟在身邊。他們都覺得自己的脈搏加快了。

「是媽媽耶！」他們在半途會合時，迪肯又說了一次，「我知道你們想見見她，所以我告訴她門藏在哪裡。」

柯林姿態高貴的伸出手，雖然有點驚慌害臊，目光仍然牢牢盯著迪肯媽媽的臉。

「我以前還生病的時候，就一直想見見你，」柯林說：「我很想看看你、迪肯跟祕密花園。我以前從來都不會想看什麼人或什麼東西。」

迪肯媽媽看到柯林仰起的臉龐，神情隨即一變。她漲紅了臉、嘴角顫動，雙眼泛起一層水霧。

「欸！親愛的孩子！」迪肯媽媽抖著嗓子，脫口就說：「欸！親愛的孩子啊！」彷彿不由自主。她不是用「柯林小少爺」這種敬稱，而是脫口喊出「親愛的孩子」。迪肯的臉上有什麼打動她的心時，她也會對迪肯這麼說。柯林很喜歡她這麼叫他。

「看到我這麼健康，你很驚訝嗎？」柯林問。

迪肯媽媽把手搭在柯林肩上，笑盈盈的將淚水眨出眼睛。

「欸！是啊！」迪肯媽媽說：「你跟你媽媽這麼像，讓我的心都跳了起來。」

「你想，」柯林有點彆扭的說：「這樣爸爸會喜歡我嗎？」

「欸！親愛的孩子，那是當然的啊，」迪肯媽媽回答，動作輕柔拍拍他的肩，「你父親一定得回來……非回來不可。」

「蘇珊．召爾比，」老班邊說邊朝迪肯媽媽走來，「你瞧瞧這孩子的腿，兩個月前啊，瘦得像套著襪子的鼓棒。以前我聽大家說，那兩條腿內彎又外翻，靠也靠不攏，可是你瞧瞧現在的模樣！」

迪肯媽媽發出令人寬慰的笑聲。

「這孩子的腿啊，很快就會變得又好又壯，」她說：「讓他在花園盡情玩耍跟工作，多吃豐盛的食物，多喝滋味甜美的牛奶，他的雙腿啊，就會成為整個約克郡最強健的，願神保佑你。」

迪肯媽媽又把雙手搭在瑪麗小姐肩上，慈祥的打量那張小臉蛋。

「你也是！」迪肯媽媽說：「你快跟我們家依莉莎白愛倫一樣有活力了。我敢說，你跟你媽媽也長得很像。我們家瑪莎告訴我，梅德拉克太太聽說你媽媽是個大美人呢。小姑娘啊，你長大以後，就會美得跟玫瑰一樣，願神保佑你。」

迪肯媽媽沒提到的是，瑪莎「外出」回家時，曾經形容過這個小女孩長相不討喜、膚色蠟黃。瑪莎還說，她不大能相信梅德拉克太太聽來的傳聞。「這個醜兮兮的小姑娘，哪可能有個美女媽媽啊？」瑪莎當時語氣堅決的補充。

瑪麗的臉蛋漸漸改變了，但她自己沒空留意這種事，她只知道自己看起來「不一樣」了，頭髮好像長得很快，比以前濃密許多。不過，她還記得自己以前欣賞「夫人」時，滿心喜悅的感覺，所以聽到自己有一天可能會長得像「夫人」，還滿高興的。

迪肯媽媽跟他們一起繞著花園走。他們把花園的故事一五一十告訴她，將重獲新生的花叢與樹木一一指給她看。瑪麗跟柯林各站一邊陪她走著。兩人都抬頭仰望她那張令人安心的玫瑰色臉龐。她帶給他們一種喜悅的感覺，那種感覺很溫暖，好像她全心支持著他們。他倆心裡悄悄好奇著，為什麼會這樣呢？迪肯媽媽對他們瞭如指掌，就像迪肯對他的小動物一樣。她彎身觀賞花朵，講到花的事情時，好像把花當成自家孩子。煤灰亦步亦趨跟著她，偶爾對她嘎嘎叫，然後飛上她的肩頭，彷彿把她當成迪肯似的。他們跟她提起那隻知更鳥，還有知更鳥寶寶第一次學飛的事，她輕輕笑了笑，聲音慈祥又圓潤。

「我想啊，教小鳥寶寶飛，就像教小孩怎麼走路。不過啊，要是我家孩子生了翅膀而不是腿，我恐怕有得煩惱嘍。」迪肯媽媽說。

迪肯媽媽看起來人好好，態度和藹可親，他們最後忍不住把魔法的事情告訴她。

「你相信魔法嗎？」柯林解釋完印度苦行僧的事情之後說：「我希望你相信。」

「孩子，我相信的，」迪肯媽媽回答：「只是我不是這麼稱呼。不過，稱呼不同又有什麼關係？我敢說啊，法國人用的稱呼不同，德國人也有自己的稱呼。讓種籽膨脹發芽，讓太陽大放光芒，讓你的身體變好，都是同一種力量，而且這種力量是好事。只有我們人類傻呼呼的計較名稱，可是這個力量一點都不在意名稱的問題。還好啊，這個『天大好事』根本不煩惱別人怎樣叫它。它會繼續創造許許多多的世界，像我們這樣的世界。你們繼續相信這個天大好事吧，也要知道，這個世界到處充滿了這股力量，隨你們怎麼稱呼都行。我剛剛走進花園時，你們正在對這個力量唱歌呢。」

「我剛剛好快樂喔，」柯林用那雙美麗奇異的眼睛望著迪肯媽媽說：「我突然感覺自己跟以前非常不同，手臂跟腿變得好強壯，也有能力挖土跟站穩腳步。所以我跳起來，想大聲歡呼，只要有東西願意聽我呼喊，無論是什麼都好。」

「你們唱讚美詩的時候，魔法都在聽。無論你們唱什麼，它都會聽進去。最重要的是覺得快樂。欸！孩子啊孩子，對於帶來快樂的這股力量來說，名稱不是很要緊。」迪肯媽媽又輕快拍拍柯林的肩膀。

今天早上，迪肯媽媽照例準備了食物籃，裡面裝了平日的豐盛餐點。大家一覺得肚子餓，迪肯就從藏匿處拿出來。大夥兒狼吞虎嚥吃著迪肯媽媽準備的食物，她跟他們一起坐在樹下，笑呵呵望著他們，一面為他們的好胃口得意不已。她好風趣，逗得大家笑聲不斷。她用濃重的約克郡腔跟他們說了不少故事，也教他們一些方言字彙。他們告訴她，要柯林繼續裝成脾氣暴躁的病人，難度愈來愈高了。迪肯媽媽一聽到這件事，不由得大笑出聲。

「你知道嗎，我們在一起的時候，隨時都忍不住想笑，」柯林解釋：「笑聲聽起來都不像在生病。我們拚命想憋住，可是忍不住還是噗哧出聲，最後反倒笑得更厲害。」

「我常常想到一件事，」瑪麗說：「我一想到那件事，就幾乎憋不住笑。我一直想像柯林愈來愈胖，最後臉圓得像月亮。他的臉現在還沒那麼圓，他只是每天長胖一點點。我想像有天早上，他的臉圓得跟月亮一樣，那麼我們該怎麼辦！」

「老天保佑，我看得出來你們得卯起來演戲了，」迪肯媽媽說：「可是你們不需要再撐多久，因為克瑞文老爺要回來了。」

「你覺得他快回來了？」柯林問：「為什麼呢？」

迪肯媽媽咯咯輕笑。

「我想，要是在你有機會親口跟父親說以前，就讓他知道你的事，你一定會很傷心，」迪肯媽媽說：「你可是熬了不少夜，花了不少心思在計畫吧。」

「要是別人搶先跟他講，我會受不了的，」柯林說：「我每天都在設計各種不同的方式。現在，我想乾脆跑進他的房間，直接說就好了。」

「他一定會嚇一大跳，」迪肯媽媽說：「孩子，我真想看他的表情，真想親眼看看！他一定要回來、一定要。」

他們天馬行空聊著，其中一件事就是要去小木屋拜訪。他們鉅細靡遺計畫著：先坐馬車越過荒原，在石南叢間露天野餐，還要跟十二個孩子見面，也要看看迪肯的園子，等到玩累了才回家。

迪肯媽媽最後站起來，準備走回屋裡找梅德拉克太太。時間到了，也該用輪椅把柯林推回家了。可是，柯林坐進輪椅以前，站得離蘇珊很近，他用困惑又敬愛的眼神望著她，突然緊緊抓住她藍斗篷的衣褶。

「你就是我想要的……我想要的，」柯林說：「你是迪肯的媽媽，真希望你也是我媽媽！」

迪肯媽媽馬上彎下腰，把他拉進溫暖的懷抱裡，讓他貼在藍斗篷上，彷彿把他當成迪肯的弟弟。她的雙眼泛著淚光。

「欸！親愛的孩子！」迪肯媽媽說：「我深深相信，你媽媽就在這個花園裡，她捨不得離開這裡，你爸爸一定要回來看你……一定！」

27 在花園裡

打從開天闢地以來，人們在每個世紀裡，陸陸續續發掘各種美妙事物。上個世紀發現的驚奇事物，比之前任何世紀都多。在這個嶄新的世紀裡，人們將會發現更多教人嘆為觀止的事物。起初，大家原本不願相信人類可以完成某種奇怪的新事物，接著卻開始期盼這件事可以成功，後來又明白這件事確實辦得到——最後這件事就成功完成了，結果全世界反而納悶不已，幾個世紀前怎麼辦不到呢？上個世紀裡，人類開始發掘的新事物當中，其中一件就是：思緒（純粹是思緒而已）的力量就跟電池一樣強，要不是跟陽光一樣好處多多，就是跟毒藥一樣害處不小。讓傷心的思緒或是負面的念頭溜進腦袋，就跟腥紅熱病菌入侵體內一樣危險。染上那種病菌以後，如果病菌一直留在體內，有生之年可能永遠都擺脫不了，負面思緒也是如此。

瑪麗小姐以前總是想著她討厭的事，老是看別人不順眼，吹毛求疵，對所有的事情興趣缺缺。只要腦袋塞滿不愉快的想法，瑪麗就會是個面黃肌瘦、病懨懨、無所事事又惹人厭的孩子。不過，她的命運還不錯，雖然她感覺不到。命運開始發揮力量，把她推來擠去，讓她慢慢成長茁壯。負面想法會影響她的肝臟跟消化，讓她面黃肌瘦、體力不繼。當種種事物漸漸填滿她的腦袋，像是知更鳥、擠滿小孩的荒原小屋、古怪暴躁的老園丁、年輕的約克郡女僕、春日時光、一天天復甦的祕密花園、荒原男孩跟他的小動物，她就沒有多餘的空間留給不愉快的思緒。

只要柯林老把自己鎖在房裡，一心只想到自己有多恐懼、身體有多虛弱，不停想著自己多麼厭惡盯著他看的人，還有駝背與早夭的事，他就會一直歇斯底里、有些瘋狂。他一直覺得自己有病，完全不知道陽光與春天多麼美妙，也不明白只要自己願意嘗試，身體就會慢慢健壯，也能好好站起來。當美好新鮮的想法開始把可怕的舊想法排擠出去，他重新獲得生命力，血液在血管裡健康的流動著，力氣像洪水一樣湧進體內。他的科學實驗既實用也很簡單，沒什麼奇怪的地方。當不愉快或令人喪氣的想法跑進腦海裡時，要記得趕緊把它推出去，然後放進鼓舞人心又愉快的想法，只要能做到這件事，任何人都能經歷比柯林更神奇的遭遇。正面的想法與負面的想法，是沒辦法並存的。

「我的孩子啊，你只要好好照料玫瑰花，
荊棘就無法容身。」

祕密花園逐漸重現生機，兩個孩子也愈來愈有生命力。此時，有個男人正在遙遠美麗的地方遊蕩，他踏遍挪威的峽灣、瑞士的河谷與山脈。過去十年來，男人的腦海裡充斥著陰鬱傷痛的念頭，根本提不起勇氣；他不曾試著趕走這些黑暗念頭，用別種想法取而代之。他漫步在湛藍湖畔，腦海裡卻淨是晦暗的念頭。他躺臥在山坡上，四周滿是盛開的深藍色龍膽花，花兒吐出的香氣瀰漫在空中，黑暗的想法卻充塞了滿腦子。他曾經過得快樂幸福，後來卻遭逢令人哀慟的可怕變故。從此以後，他就放任自己的靈魂充滿黑暗，決不讓一絲光線穿透進來，把家庭跟責任都拋在一旁，忘個精光。他周遊各地的時候，黑暗依然籠罩著他。不管他走到哪裡，都會散發一股憂鬱，好像對周遭的空氣下了毒似的。凡是看到他的人都會自認倒楣。大部分陌生人對他感覺是：他要不是快瘋了，不然就是靈魂裡藏有不可告人的罪過。高大的他面色憔悴、拱著肩。他在旅館登記住宿時，總用這樣的名稱：「英格蘭約克郡，米瑟威特莊園，亞奇伯．克瑞文」。

他在書房裡跟瑪麗小姐碰面，允許她拿「一點地」以後，就出門雲遊四海，足跡遍及歐洲風光最美的地方，不過每個地方他都只短短停留幾天。他挑選了最寧靜、最偏僻的地點。他曾經登上高山，高聳的山巔竄入雲霄。日出時分，他往下俯瞰四周的山巒，凝望太陽冉冉升起，黎明曙光遍灑山峰，全世界彷彿剛剛誕生。

可是，光線卻遲遲碰觸不到他的心。直到有一天，他十年來第一次明白有怪事發生了。當時他正在奧地利的泰魯爾郡，沿著美妙的河谷漫步，眼前風光如此明媚，足以把任何人的靈魂從陰影中拉出來。他走了好久好久，卻還是擺脫不掉陰影。不過，最後終於體力不支，就地躺在小河邊的大片苔蘚上休息。這條小河河水清澈，沿著狹窄河道輕快奔流，一路穿過芳香四溢的濕潤青草地。河水淙淙流淌、繞過石頭，流水聲恍若低沉的笑聲。他看到小鳥飛來河邊，低頭喝水，接著拍拍翅膀又飛走。小河彷佛有生命似的，發出的細小聲響反倒襯得四周更沉靜，整個河谷悄無聲息。

亞奇伯．克瑞文坐起來，盯著清澈的流水，覺得身體與心靈也慢慢沉澱下來，有如河谷一般寧靜。他在想，自己是不是快睡著了，但是沒有。他坐著凝望陽光照耀的河水，開始注意到小河河畔的植物。有一叢可愛的藍色勿忘我，長得離小河太近，葉子都被河水濺濕了。就在他望著這些勿忘我時，頓時想起多年前也看過這樣的東西。他柔情款款的想著，這叢勿忘我真可愛，上百朵小花好似一點點的藍色驚奇。他不知道這麼單純的想法正慢慢盈滿心靈，一點一滴填滿他的心，最後輕輕把負面想法推到一邊去。彷佛在一潭死水中，湧出一股甜美清澈的泉水；泉水汩汩噴湧不停，最後把原本的汙水掃了出去。不過，他當然沒想到這點，只知道當自己坐在這裡，凝望這片明亮細緻的藍，這座河谷漸漸變得愈來愈靜。他不知道自己坐了多久，也不明白內心起了變化，可是他彷佛逐漸甦醒一般開始活動。他緩緩起身，站在那片地毯般的苔蘚上，輕輕久久深吸一口氣，對自己的舉動覺得驚奇。內心彷佛有什麼悄悄鬆脫、釋放開來。

「這是怎麼回事？」他細聲說，用手抹過額頭：「我覺得自己好像……活過來了！」

人類不曾探索過的事情很多，這些事情有時非常神奇，我對這種事情瞭解得不夠多，無法解釋他身上為什麼會發生這種事。到現在還是沒人知道怎麼回事。他自己也是一頭霧水。幾個月後，他再次回到米瑟威特，想起在河谷裡的那個奇異時刻，無意中卻發現，柯林就在同一天進入祕密花園並且高喊「我會永永遠遠活下去！」

他那種奇特的平靜感覺持續了整晚。他前所未有的一夜好眠，但這種平靜感並未持續下去。他並不知道自己其實可以設法延續這種感受。隔天晚上，他再次敞開心靈大門，任由黑暗想法竄進來，這些想法成群結隊、爭先恐後衝回來。他離開河谷，繼續漫遊。可是，那個黑暗的心靈包袱有時會消失個幾分鐘——有時長達半小時，他覺得很怪，也不懂原因何在，但這時他就會意識到自己還活著。他不懂得原因何在，可是慢慢的，他也跟祕密花園一樣重現生機了。

當金光燦爛的夏天逐漸轉為濃深金黃的秋天時，他來到科莫湖。那裡的風光如夢似幻。幾天下來，他要不是在透藍的湖水上遊船，不然就是爬坡上山。山坡上綠草如茵，他踩在青草上走啊走，直到疲倦為止，才能讓自己一夜好眠。不過，到了這個時候，他知道自己的睡眠品質已經有所改善，夢境不再讓他那麼害怕。

「也許，」他心想：「我的身體慢慢強壯起來了。」

在那難能可貴的幾個鐘頭裡，他的想法偶爾會有轉變，心情因為獲得平靜，身體逐漸強健起來，靈魂也愈來愈強韌。他開始想起米瑟威特，想到是不是該回家了？他有時會稍稍想起兒子，他自問，要是回到兒子的房裡，站在四柱木雕床邊，低頭望著睡夢中的兒子，會有什麼感覺？想到會看到那張有稜有角、蒼白如象牙的臉，濃密黑睫毛繞著緊閉的雙眼，他就覺得怵目驚心，避之唯恐不及。

有一天很奇妙，他走了好遠的路，在回程路途上，渾圓月亮高掛天際，全世界都覆蓋在紫與銀的暈影裡。湖水、湖畔跟樹林如此寧靜美好，他沒回到別墅裡，反倒走到林木遮蔭的小小露台上。露台緊臨湖畔，他坐在椅子上，吸進妙不可言的夜間香氣，覺得心中悄悄升起某種奇異的平靜，那種感覺愈來愈深刻，最後他終於墜入夢鄉。

他不知道自己何時睡著，也不曉得何時開始做夢。夢境極為逼真，他根本不覺得自己在做夢。事後回顧，夢中的他自以為十分清醒，也很警覺。夢中，他坐在原地，呼吸夜間的玫瑰香氣，耳聞腳邊湖水拍岸，似乎聽見有人在呼喚。聲音好遙遠，聽起來甜美、清晰又愉快。雖然感覺來自很遙遠的地方，但他卻聽得一清二楚，彷彿近在咫尺。

「亞奇！亞奇！亞奇！」那個聲音呼喚道，接著變得更甜美、更清晰，「亞奇！

亞奇！」

他以為自己跳了起來，但一點也不驚慌。

那個聲音好真實，彷彿他會聽到，也是天經地義的事。

「莉莉亞思！莉莉亞思！」他回答：「莉莉亞思！你在哪？」

「在花園裡，」回傳的聲音彷彿是金笛吹出來的：「在花園裡啊！」

那場夢就這麼結束了，但他並未醒來。他睡得很沉，整個美好的夜晚都睡得很香甜。等他終於醒來，已是陽光燦爛的早晨，有個僕人正站在旁邊盯著他看。看到這種事，這個義大利僕人見怪不怪，別墅裡的僕人們都是這樣。無論外國主人做什麼怪事，僕人全都照單全收，向來不多問。沒人知道主人何時出門、何時回來，也不知道主人決定在哪兒就寢。也許主人整晚都在花園裡漫步，也許整夜都躺在船上、在湖面漂蕩。這個僕人端著擺了幾封信的淺盤，默默等候克瑞文先生把信拿走。僕人離開後，克瑞文先生握著這些信，多望著湖泊半晌。那種奇妙的平靜感覺縈繞不去，而且另外還有別的感覺，某種輕盈的感覺，好像有什麼已經改變；好像過去發生的那件殘酷事情跟他想的有所出入。他想起那場夢，那場夢多麼……多麼真實啊。

「在花園裡！」他驚奇不已的說：「在花園裡！可是那道門明明鎖著啊，鑰匙也深深埋在土裡。」

幾分鐘後，他瞥瞥這些信件，看到頂端是封英文信，約克郡寄來的。一看就知道是女性的筆跡，但他不認得這個字跡，也沒多想是誰寫的，乾脆把信拆開，頭幾個字馬上抓住了他的注意力。

親愛的先生：

我是蘇珊．召爾比。我曾經在荒原上冒昧跟您搭話。我那次是要談瑪麗小姐的事，但這回我又有事冒昧跟您談談了。先生，如果我是您的話，一定會趕快回家的。我想，您要是回來，一定會很開心。先生，容我唐突地多說一句：我想，您夫人要是還健在，也一定會要您回來。

您順服的僕人，
蘇珊．召爾比

克瑞文先生把信讀了兩遍才放回信封，思緒一直繞著那場夢打轉。

「我要回米瑟威特，」他說：「嗯，我馬上出發。」

他穿過花園走回別墅，要皮契準備回英國的事。

幾天後，他已經回到約克郡。他搭了好久的火車，在漫長的旅途上，他發現自己一直想著兒子。過去十年來，他從沒把心思放在兒子身上過。那些年裡，他只希望忘了兒子。現在，雖然他並未刻意去想兒子，對兒子的回憶卻不時飄進腦海。他記得那些黑暗的日子裡，當他發現嬰兒還活著、妻子卻死了時，自己像瘋子似的大吼大叫，那時他怎麼都不肯去看出生不久的兒子。當他終於勉為其難去探視孩子時，看到的卻是個虛弱可憐的小東西，大家都以為嬰兒撐不了幾天就會夭折。可是幾天過去，嬰兒卻活下來了，讓負責照料的人很詫異。後來大家又相信，這個嬰兒一定會變成殘廢或畸形。

他不是故意要當個失職的父親，但他毫無為人父的感覺。他為孩子聘請醫生、雇請保母，還提供各種奢侈品，卻一點都不願想起孩子的事，只是兀自沉溺在個人的不幸裡。後來他離家一年，再回到米瑟威特時，那個模樣可憐兮兮的小東西有氣無力抬起頭，漠不關心望著他，灰色大眼配上長睫毛，跟他愛慕過的那雙快樂眼睛很相似，卻又迥然不同。看到這雙眼睛，讓他受不了，他馬上一臉刷白，轉身離開。後來他幾乎只在兒子睡覺時去探望兒子，只知道兒子一定病了。兒子脾氣暴烈，歇斯底里，動不動就發狂，無論大小事，大家都要順著兒子的意思，免得兒子情緒失控傷了自己。

這些回憶並不愉快，但火車往前疾馳，載著他穿越山峰隘口跟金色平原時，這個「重現生機」的男人開始用新的角度思考。他持續不斷的深思，想了好久好久。

「也許這十年來我都錯了，」他自言自語：「十年是一段很長的歲月，現在想改變什麼，可能已經太遲、太遲了。我以前到底在想什麼啊！」

當然，一開始就嫌「太遲」，這種想法就是錯誤的魔法，連柯林都會跟他這麼說。可是他對魔法一無所知，不管是邪惡或善良的。魔法的事，他還有得學呢。他想，蘇珊．召爾比鼓起勇氣寫信給他，會不會只是因為這個慈愛的婦人知道兒子狀況逐漸惡化，到現在已經到了病危的地步？要不是因為他還籠罩在那股奇異的平靜感裡，一定會覺得比以前還悽慘。可是那股平靜帶來了某種勇氣跟希望，這次他並未逕往壞處想，反而發現自己竟然試著正面思考。

「會不會是因為蘇珊．召爾比覺得，我對兒子可能會有好的影響，而且能夠好好管教他？」他想，「我回米瑟威特的路上順便去看看她好了。」

可是，他在穿越荒原的途中，要馬車停在小木屋前的時候，本來四處玩耍的小孩全都簇擁上來，七八顆小腦袋點啊點，友善客氣的屈膝行禮。他們告訴他，媽媽一早就到荒原另一頭去幫忙剛生產的婦人。「我們家迪肯，」他們主動提到：「在莊園的一個花園裡忙，他每個星期都會去那裡好幾天。」

克瑞文先生望著這群孩子，小小身子個個健壯結實，圓潤的臉頰紅通通，笑容各有特色。他這才想到，這群健健康康的孩子真討人喜歡。他們友善的微笑著，他也報以笑容，然後從口袋拿出一鎊金幣，交給年紀最大的「我們家的依莉莎白愛倫」。

「如果你分成八份，每個人就能拿到兩個半先令。」他說。

孩子們點頭行禮，咧嘴咯咯笑。克瑞文先生就在孩子的笑聲中駕車離去。欣喜若狂的孩子用手肘推來擠去，開心的蹦蹦跳跳。

駕車穿越美妙的荒原，很能撫慰人心。為什麼荒原會給他一種回家的感覺呢？他本來很確定自己不會再有這種感覺的。土地、天空、遠處的紫花多麼美麗；離家愈來愈近時，心裡多麼溫暖。他家族已經在那棟古老宅邸定居六百年了。他上回離家的時候，一想到屋子裡關閉的房間，還有躺在披掛浮花錦緞四柱床上的男孩，身子就頻打寒戰。兒子有沒有可能好轉了些？他能不能克服不想見兒子的抗拒感？他的夢那麼真實，那個回答的聲音又多麼奇妙清晰：「在花園裡……在花園裡啊！」

「我會想辦法把鑰匙找出來，」他說：「我會設法打開門，我非這麼做不可，雖然我不知道為什麼。」

他抵達莊園時，僕人按照平常的禮儀前來迎接，他們都注意到他氣色變好了，也注意到他沒在皮契的陪同下，立即躲進屋裡最偏遠的房間，他以往都住那邊。他一反常態前往圖書室，召喚梅德拉克太太過來。梅德拉克太太來找他的時候，情緒有點激動，神色也略微好奇慌張。

「梅德拉克，柯林小少爺還好嗎？」他問。

「唔，老爺，」梅德拉克太太回答：「他……他不大一樣了。」

「狀況走下坡了嗎？」他提示。

梅德拉克太太漲紅了臉。

「唔，這個嘛，老爺，」梅德拉克太太試著解釋：「我、克瑞文先生跟保母，都不大摸得清他的狀況。」

「為什麼？」

「老爺啊，老實說，柯林小少爺可以說是漸入佳境，但也可能是每況愈下。他的胃口啊，老爺，真是讓人摸不著頭腦，還有他的行為……」

「他變得更……更奇怪了嗎？」主人問，焦慮的蹙緊眉頭。

「是啊，老爺。如果拿他跟以前比，他是愈來愈怪了。他以前啥也不吃，後來突然胃口大開，然後又突然沒了食慾，就跟以前一樣，把餐點原封不動退回來。老爺，您可能有所不知，他以前是絕不讓人帶到戶外去的。我們以前要用輪椅推他出門，總是吃盡苦頭，嚇得心驚肉跳。少爺的反應會很激烈，克瑞文醫生也不敢強迫他。嗯，老爺，某次脾氣風暴以後不久，在毫無預警的狀況下，他突然堅持要瑪麗小姐、蘇珊．召爾比的孩子迪肯天天帶他出門，由迪肯幫忙推輪椅。迪肯還把自己馴養的小動物帶來。老爺，信不信由你，現在啊，柯林小少爺從早到晚都待在戶外呢。」

「他看起來怎樣呢？」他接著問。

「如果他正常吃飯，老爺，您會覺得他長肉了，可是我們擔心那可能是虛胖。他跟瑪麗小姐獨處的時候，有時候會發出奇怪的笑聲，他以前從來不笑的。如果您覺得妥當，可以叫克瑞文醫生馬上過來，他這輩子從沒這麼困惑過。」

「柯林小少爺現在在哪？」克瑞文先生問。

「在花園裡，老爺。他老是在花園裡，不過他怕別人會盯著他看，所以不准任何人接近。」

她講的最後幾個字，克瑞文先生幾乎沒聽進去。

「在花園裡！」他說。把梅德拉克太太遣開以後，他站起來，一次次複述：「在花園裡！」

他很勉強才把自己拉回了現實。一回神，就馬上轉身離開房間。他走的路線跟瑪麗一樣，先穿過灌木叢裡的那扇門，再穿過月桂樹、繞過噴泉花圃。噴泉此刻正噴著水柱，周圍淨是色彩斑斕的秋季花卉。他越過草坪，轉進長春藤圍牆旁的長走道。他放慢腳步走啊走，眼睛盯著步道。不知怎的，好像有股無形的力量，把他拉回這個遭人遺棄許久的地方。他愈走愈近，腳步跟著放慢。雖然門被長春藤掩住了，但他知道確切位置，不過鑰匙到底埋在哪裡，他就不清楚了。

他索性停下腳步，先是靜靜佇立，繼而環顧四周。他才停下動作，就嚇了一跳，連忙豎耳傾聽——他自問是否在夢遊。

十年寂寞的歲月裡，濃密的長春藤垂蓋在門上，鑰匙埋在樹叢底下，沒人可以穿越那道門。可是，花園現在卻傳出了聲響，似乎有人繞著樹木彼此奔跑追逐的腳步聲，還有刻意壓低的奇怪人聲，是驚呼聲以及壓抑下來的歡呼。好像是小朋友的笑聲。這些小孩不想讓人聽到，卻抑制不住自己的笑聲，不過情緒還是愈來愈亢奮，隨時就要爆笑出聲的樣子。他在做什麼夢啊？聽到的聲音又是什麼？他難道失去了理智，自以為聽到人類耳朵不該聽到的東西？夢裡那個遙遠清晰的人聲，指的就是這件事嗎？

此時，那個時刻終於到來，那個再也控制不住的時刻：有人忘了壓低聲音，克制不住的開懷大笑，腳步愈跑愈快，離花園門口愈來愈近。快速、強壯又年輕的呼吸聲，盡情的又喊又笑，再也克制不住。牆上的門突然大大敞開，那片長春藤往旁邊甩開，有個男孩全速衝出門口，沒看到站在外頭的人，幾乎直接衝進對方懷裡。

克瑞文先生及時伸出手臂，擁住男孩，免得男孩因為撞上他而摔跤。當他把男孩往後撐開，想瞧瞧男孩的模樣時，卻驚訝得換不過氣來。

男孩高䠷俊美，散放生命的光輝，臉龐因為奔跑而紅潤。男孩把額頭上的濃密頭髮甩開，奇異的灰眸往上一瞧，眼周的黑睫毛宛如流蘇，眸子滿是淘氣的笑意。讓克瑞文先生倒抽一口氣的，就是那雙眼睛。

「你是？什麼？你是？」克瑞文先生支支吾吾。

計畫趕不上變化，這個情境跟柯林原本預期的不同。他沒料到會這樣遇到爸爸，不過他跑步比賽領先他人而衝出花園，也許是更好的見面方式。柯林盡可能站直身子。瑪麗跑在柯林後面，跟著衝出門口。瑪麗確定，柯林在他爸爸面前，想辦法讓自己看來比以往更高，一口氣高了好幾吋呢。

「爸爸，」柯林說：「我是柯林。你一定不相信，我自己也很難相信。我是柯林。」

當爸爸急得劈頭就說「在花園裡！在花園裡！」，柯林跟梅德拉克太太一樣，也聽得一頭霧水。

「是啊，」柯林急忙說下去：「都是花園、瑪麗、迪肯跟小動物的功勞，也是魔法的作用。沒人知道這件事。我們一直守口如瓶，想等你回來才告訴你。我健康起來了，也可以跑贏瑪麗，我以後要當運動員。」

柯林說話的模樣，就像個健康男孩，臉紅紅的，因為急於傾訴而滔滔不絕。克瑞文先生的靈魂因為難以置信而快樂顫抖。

柯林伸出手，搭在爸爸的手臂上。

「你開心嗎，爸爸？」柯林最後說：「你開心嗎？我會永永遠遠活下去耶！」

克瑞文先生舉起手，攬住男孩雙肩，靜靜擁住，有好一會兒，連話都說不出來。

「孩子，帶我進花園吧，」克瑞文先生終於說：「把所有的事情都告訴我。」

他們就帶著他進去了。

秋天的花朵在這裡盡情綻放，有金黃、紫、青紫、火紅。花園四面都看得到一叢叢晚開的百合，有白的，還有紅白相間的。克瑞文先生想起當年種在這裡的第一批百合，就在這個季節裡，展現它們遲來的光輝。晚開的玫瑰四處攀爬，垂掛下來，聚集成叢。樹葉漸漸轉黃，在陽光的照耀下色澤變得更深濃，讓人覺得自己好像站在黃金砌成的神廟裡。這個新來的人默默站定，就像孩子們最初走進來，面對花園整個灰濛濛的反應。克瑞文先生一次次環顧花園。

「我還以為花園的植物都死了呢。」克瑞文先生說。

「瑪麗一開始也以為是，」柯林說：「可是花園又活過來了。」

接著，除了柯林以外，大家都在那棵樹底下坐定。

柯林用男孩子那種衝動莽撞的方式，滔滔不絕講著，亞奇伯·克瑞文先生暗想，這真是他所聽過最怪的事了。謎團、魔法、野生動物、奇怪的夜半會面——春天到來。小王爺因為自尊受到侮辱，一時激動，為了挑戰老班，在他的面前站了起來。奇怪的同伴組合、裝模作樣、細心維護的天大祕密。克瑞文先生聽得開懷大笑，直到雙眼溢出淚水；有時即使沒笑，還是淚眼婆娑。那位運動員兼演說者兼科學發現家，真是個充滿歡樂、討人喜愛又健康的年輕孩子。

「現在呢，」柯林在故事結尾的時候說：「不用再保密了。我打賭啊，他們看到我的時候，一定會嚇得死去活來，可是我再也不要坐輪椅了。爸爸，我跟你一起走回家裡。」

老班通常都在花園裡工作，很難抽身，不過在今天這種情況下，老班找藉口送點蔬菜到廚房去。梅德拉克太太邀請老班到僕人食堂喝杯啤酒。於是，米瑟威特莊園這個世代最戲劇化的事件發生時，老班恰恰也在場——他本來就希望親眼目睹。從面向中庭的一扇窗戶望出去，可以瞥見草坪。梅德拉克太太知道老班剛從花園過來，她希望他已經見過老爺，也恰巧看到老爺跟小少爺柯林碰面的情形。

「老班，你看到老爺還是小少爺了沒？」梅德拉克太太問。

老班把啤酒杯從嘴邊拿開，用手背抹了抹嘴。

「欸，有啊。」老班機靈又意味深長的回答。

「兩個都見到啦？」梅德拉克太太追問。

「都見到了，」老班回答：「夫人，真是謝謝，可以再來一杯嗎？」

「他們兩個在一起嗎？」梅德拉克太太說，急匆匆的添酒，可是因為興奮過頭而倒了太多。

「柯林小少爺在哪裡？他看起來怎樣？他們跟對方說什麼？」

「我沒聽到耶，」老班說：「我只是站在靠牆的梯子上，往裡面瞧。不過，我跟你說啊，外面發生了好些事情，是你們在屋裡工作的人完全不知道的。你很快就會曉得是什麼事了。」

老班吞下最後一口啤酒，然後舉起酒杯，嚴肅的朝窗戶揮一揮。從窗戶望出去，透過灌木叢，可以看得見一部分草坪。

「如果你覺得好奇，」老班說：「可以往窗外那邊瞧瞧，看看誰往草坪走來了。」

梅德拉克太太看到的時候，突然舉起雙手、發出小小尖叫聲。聽到叫聲的男僕跟女僕紛紛衝過僕人食堂，貼在窗前往外看，大夥兒的眼珠子差點掉下來。

米瑟威特的主人越過草坪走來，臉上流露他們從未見過的神情。他身旁有個男孩，頭抬得高高，雙眸淨是笑意，跟約克郡的任何男孩一樣，腳步穩健又強壯的走著——正是柯林小少爺！

祕密花園
The Secret Garden

作　　者　法蘭西絲·霍森·柏內特
　　　　　(Frances Hodgson Burnett)
譯　　者　謝靜雯
封面設計　萬勝安
封面插畫　Woody
內頁版型　高巧怡
行銷企劃　蕭浩仰、江紫涓
行銷統籌　駱漢琦
業務發行　邱紹溢
營運顧問　郭其彬
責任編輯　林淑雅
總 編 輯　李亞南
出　　版　漫遊者文化事業股份有限公司
地　　址　台北市103大同區重慶北路二段88號2樓之6
電　　話　(02) 2715-2022
傳　　真　(02) 2715-2021
服務信箱　service@azothbooks.com
網路書店　www.azothbooks.com
臉　　書　www.facebook.com/azothbooks.read
發　　行　大雁出版基地
地　　址　新北市231新店區北新路三段207-3號5樓
電　　話　02-8913-1005
訂單傳真　02-8913-1056
二版一刷　2024年6月
定　　價　台幣350元

ISBN　978-986-489-954-8

國家圖書館出版品預行編目 (CIP) 資料

祕密花園/法蘭西絲. 霍森. 柏內特(Frances Hodgson Burnett) 著 ; 謝靜雯譯. -- 二版. -- 臺北市 : 漫遊者文化事業股份有限公司出版 ; 新北市 : 大雁出版基地發行, 2024.06
320 面 ; 14.8x21 公分
譯自 : The secret garden
ISBN 978-986-489-954-8(平裝)
873.57　　113006921